Doris Knecht, geboren in Vorarlberg, gehört zu den originellsten Stimmen des österreichischen Journalismus und zählt zu den wichtigsten Kolumnisten des Landes. Sie war u. a. Redakteurin beim Nachrichtenmagazin «profil», beim Züricher «Tagesanzeiger Magazin» und stellvertretende Chefredakteurin des Wiener Stadtmagazins «Falter», für das sie nach wie vor als Kolumnistin tätig ist. Für den «Kurier» schreibt sie fünfmal wöchentlich eine Kolumne mit dem Titel «Jetzt erst Knecht». Doris Knecht lebt mit ihrer Familie in Wien und im Waldviertel. «Gruber geht», ihr erster Roman, stand auf der Longlist des Deutschen Buchpreises 2011. Er wurde 2014 für das Kino verfilmt. Für «Besser» erhielt Doris Knecht 2013 den Buchpreis der Stiftung Ravensburger Verlag.

«Ein einnehmend gutes Buch.» (SonntagsZeitung)

«Gute Unterhaltung, im allerbesten Sinne.» (Wienerin)

«Ein starkes, provokantes Buch ohne Tabus.» (Westdeutsche Allgemeine Zeitung)

«Ein Roman, der kaum zu toppen ist.» (Brigitte)

«Das funkelnde Porträt einer geistreichen, lustvoll zickigen, zwingend beschädigten und doch stets sehnenden Frau.» (Stern)

«Schwarzhumorige Abrechnung mit der heilen Familienwelt.» (Elle)

«Gnadenlos und witzig!» (Nido)

Doris Knecht *Besser* Roman

Rowohlt Taschenbuch Verlag

Das für dieses Buch verwendete FSC®-zertifizierte Papier
Lux Cream liefert Stora Enso, Finnland.

Veröffentlicht im Rowohlt Taschenbuch Verlag,
Reinbek bei Hamburg, August 2014
Copyright © 2013 by Rowohlt · Berlin Verlag GmbH, Berlin
Umschlaggestaltung any.way, Walter Hellmann,
nach einem Entwurf von ANZINGER | WÜSCHNER | RASP, München
(Umschlagabbildung: plainpicture/Hollandse Hoogte/Iris Loonen)
Satz aus der Arno Pro PostScript
bei Pinkuin Satz und Datentechnik, Berlin
Druck und Bindung CPI books GmbH, Leck
Printed in Germany
ISBN 978 3 499 25930 2

Besser

Eins Ich werde nicht kommen heute, ich weiß es jetzt schon. Zu nervös. Zu nüchtern. Zu viele Sachen im Kopf. Und die Narbe an seinem Hals zu deutlich vor meinen Augen, viel deutlicher als sonst. Er liegt auf mir, in mir und ich mache die Augen zu und sehe diese Narbe trotzdem. Es ist nicht die Narbe an dem anderen Hals, die Narbe, die ich vergessen wollte, schon vergessen hatte, an dieser Narbe hier war kein Messer schuld, keine Wut und kein Krieg, es ist eine harmlose, alte Narbe, ein Kinderfahrradunfall, ein dummer Sturz, irgend so etwas, aber ich sehe diese Narbe und erinnere mich an die andere Narbe an dem anderen Hals. Ich dränge die Erinnerung weg, verscheuche sie und lasse meinen Körper mit seinem sprechen, während ich überlege, wie spät es jetzt ungefähr ist ... Halb drei vermutlich, um halb sieben werden zehn Leute zum Essen kommen, sechs Erwachsene, vier oder fünf Kinder. Adam kocht den Hauptgang, was bedeutet, dass ich mich um alles andere zu kümmern habe. Er fickt mich, drückt mit seinen Händen meine Handgelenke auf die Matratze, sein langer, knochiger Körper bewegt sich auf mir, er stöhnt laut und ich mache die vorgesehenen Geräusche, während ich an die fertigen Vorspeisen im Kühlschrank denke, an die gestern bereits zubereitete Entenleber-Pâté, an die Ziegenkäse-Tartes und an die Würstchen in Blätterteig für die Kinder, die ich nur mehr aufzubacken brauche. Ich wünschte, ich wäre mehr bei der Sache, aber ich bin es nicht, ich will mich darauf einlassen, aber es gelingt nicht. Er stemmt sich hoch, aus mir heraus, dreht mich herum und schiebt mit den Knien meine Beine auseinander. Ich habe zur Sicherheit noch italienische Wildschweinsalami besorgt, ein Stück Parmesan, fette, schwarze Oliven und Avocados, es wird reichen, auch falls Adam das Lamm, sein erstes Lamm, versemmelt. Er packt meine Hüften, keucht und stöhnt. Es wird alles gut sein, alles wird gut aussehen, perfekt, vorschriftsmäßig, nichts verrät mich. Schweiß rinnt meinen Nacken hinab, ich spüre, wie in meinem rechten Oberschenkel ein Muskel verkrampft. Das Kissen riecht nach billigem Waschmittel. Er wird schneller, heftiger, gleich kommt er. Zum Dessert in Rotweinsud gedünstete Birnen mit Vanilleeis, er wimmert jetzt und krächzt meinen Namen, und für die Kinder Schokosoße auf Birnenpüree, schnell gemacht. Er krallt sich mit beiden Händen in meine Hüften, und jetzt kommt er, er kommt endlich, und ich tue so, als käme ich auch, er brüllt, er stöhnt ein letztes Mal wie erlöst auf, er fällt, seine Hände in meinen Haaren, schwer auf mich und atmet heiser in meinen Nacken. Ich bleibe einfach mal so liegen. Ist gut so. Ich werde heute das Geschirr von Adams Großmutter verwenden, das mit dem Rosenmuster.

«Hast du den Knoblauch mitgebracht?»
Hatte ich.
«Habe ich. Und Bratenschnur auch, wie befohlen.»
Adams SMS war da gewesen, als ich das Handy wieder eingeschaltet habe.
«Hatte ich vergessen», sagt Adam. «Weil ich wieder mal in Hundescheiße gestiegen bin und mich so aufgeregt habe. Irgendwann rutscht mir die Faust aus.»

Ja, haha, Adams Mädchenhammer, sicher.

«Da ist ja der Supermarkt neben dem Atelier, war kein Problem ... Hier.»

«Danke.» Adam küsst mich hastig auf den Mund und reißt dann die Folie vom Schnurknäuel.

«Für dich immer, Schatz», sage ich.

Adam kocht jetzt. Oder besser: Er glaubt, er kocht. Als Elena aus der Säuglingszeit herauswuchs und wir sie nicht mehr so einfach in die Restaurants mitnehmen konnten, in denen Adam damals praktisch wohnte, als wir uns also gezwungenermaßen privat mit anderen Familien mit ebenfalls nicht gesellschaftsfähigen Kleinkindern sozialisierten, hatte er begonnen, vom Kochen zu reden, und dass er das jetzt auch anfange. Denn wenn ihr Luschen kochen könnt, kann ich das schon lange, so Adam zu den anderen Vätern, die fast alle kochen, zum Teil gut kochen, weil auf täglicher Basis. Dann fing er an, und jetzt kocht er manchmal, meistens für Gäste. Was man sich so vorstellen muss, dass Adam große, teure Fische vom Naschmarkt daherschleppt und dann Manuel anruft, der ihm erklärt, was er damit tun soll. Manuel kennt Adam lange genug, er hat Adam in seinem Restaurant ungefähr eine Million Mal bekocht, er kennt Adam und seine Möglichkeiten und sagt ihm deshalb nur die einfachsten Dinge: Leg den Fisch auf ein Blech, fülle ihn mit Zitronenscheiben und Kräutern, bepinsle ihn mit Olivenöl und schieb ihn eine halbe Stunde in den Backofen. Bei hundertachtzig Grad, ja. Ich würde das, was Adam da macht, nicht als Kochen bezeichnen, es ist mehr wie Malen nach Zahlen. Aber am Schluss kommt meistens etwas heraus, das ganz gut und eindrucksvoll aussieht und auch so schmeckt, außer Manuel hatte vergessen zu erwähnen, dass da auch Salz drangehört, was für einen Koch zu selbstverständlich ist, um es eigens anzuführen, aber nicht für einen, der vom Kochen nichts versteht, null. Einmal, zu Elenas zweitem Geburtstag, buk Adam einen Schokoladenkuchen, er rief Manuel an, und der mailte ihm ein Rezept, alle Zutaten schön aufgelistet, nur das Mehl hatte er vergessen, weil er das immer nach Gefühl macht. Ist Adam nicht aufgefallen. Also mischte er kein Mehl darunter, gar keins. Elena verschlang den Kuchen trotzdem, Hauptsache süß und obendrauf tüchtig Schokoguss und Smarties. Für die Erwachsenen kaufte Adam dann schnell noch eine Sachertorte dazu, eine echte, die seinen feinen Gaumen nicht beleidigte. Einsatz hatte er ja schließlich gezeigt, oder. Aufrichtigen Einsatz. Ganz engagierter Vater und zupackender Partner. Damals war er kochmäßig noch nicht so ehrgeizig.

Jetzt wickelt Adam die Schnur um das Lamm, eine ausgelöste Haxe, in die er ein paar Zweige Rosmarin gesteckt hat. Die Schnur rutscht immer wieder herunter, während er wickelt, und er flucht. Ich weiß, wie man das richtig macht, ich könnte ihm zeigen, wie es geht. Adam hat mir zu meinem Geburtstag kurz nach Elenas Geburt einen zweitägigen Kochkurs bei einem seiner Lieblingsköche geschenkt, in einem Haubenlokal im Burgenland. Ich hatte nicht recht gewusst, ob ich mich freuen sollte oder es beleidigend und erniedrigend und frauenfeindlich finden. Aha, ich soll also kochen für dich und das Baby, und zwar besser als bislang. Adam war klug genug gewesen, Astrid mit einzuladen, er hatte alles mit ihr abgesprochen, und meine Schwester fand es super. Zwei Tage mit mir, gut essen und tollen Wein trinken und quatschen.

Jedenfalls beschloss ich, es auch gut zu finden, und als Elena ungefähr vier Monate alt war, fuhren wir hin. Astrid war begeistert, bloß fand sie schade, dass das Baby nicht mitkam. Und ich muss sagen, es war toll. Und ich habe etwas gelernt.

«Soll ich dir einen Trick zeigen?»

Ich höre Elena hinten im Kinderzimmer murmeln; das typische Elena-Feierabendgeräusch. Sie hat das gern, sie braucht das, ein bisschen Ruhe nach dem Kindergarten, ein bisschen ihre Autos herumschieben oder ihren Puppenwagen, einfach so vor sich hin kramen, einfach in Ruhe gelassen werden. Ich verstehe das; sie hat das von mir. Der Kleine, das höre ich auch, rast auf seinem Rutschauto durch das riesige Wohnzimmer. Durch das viel zu große Wohnzimmer. Manchmal sind mir so große Räume immer noch fremd, nach wie vor. Eng, klein und eng waren Zimmer für mich immer, und eng ist gut, solange es eine Tür gibt, die man öffnen kann, und Fenster, durch die Licht dringt. Juri rast wieder zurück. Er ist eindeutig ein Kerl. Und ich danke Gott periodisch, dass unter uns Leute wohnen, die ebenfalls ein kleines Kind haben.

«Was für einen Trick», sagt Adam mit einem Unterton. Er verliert nicht leicht die Nerven, er hat eine endlose Geduld, aber es ärgert ihn, wenn ihm etwas so Babyleichtes, das doch jeder kann, jeder können müsste, misslingt. Die Schnur verrutscht, hält das Fleisch nicht zusammen. Schön aussehen tut es auch nicht, es ist ein Durcheinander. Adam hat Durcheinander nicht gern. Adam hat es gern übersichtlich, genau und ordentlich.

«Einen Wickeltrick.»

Er trägt eine schwarze Kellnerschürze, so eine, wie sie die Kellner in Manuels Restaurant tragen. Sven hat sie ihm geschenkt, zusammen mit dem Marcella-Hazan-Kochbuch, nachdem Manuel wohl den einen oder anderen Witz über Adams Anrufe gemacht hatte. Adam schaut mich skeptisch an. Er lässt sich nicht gern helfen, schon gar nicht von einer Frau. Schon gar nicht von seiner Frau. Und schon überhaupt nicht beim Kochen von einer Künstlerin. Von einer Künstlerin i. R., um genau zu sein, derzeit zumindest, aber davon weiß Adam nichts. Braucht er auch nicht zu wissen. Ist ja auch nichts Endgültiges. Kann sich jederzeit wieder ändern.

«Bitte, wenn du es besser kannst.»

Kann ich. Hab ich gelernt. Er hat dafür gesorgt, dass ich es lerne.

Ich krempte die Ärmel meiner Bluse hoch, wasche mir die Hände mit Seife, trockne sie an einem Geschirrtuch ab und wickle dann die Schnur um das kalte, feuchte Fleisch. Einmal rundherum, dann unter der Schnur durch, in einer kleinen Schlinge, dann wieder um das Fleisch, dann wieder unter der Schnur durch. Ein dicker Zweig Rosmarin ragt aus dem zusammengerollten Fleisch. Das Hazan-Kochbuch liegt aufgeschlagen auf der Küheninsel.

«Ach so geht das», sagt Adam muffig.

«Ja, so geht das. Habe ich von Kurt gelernt.» Jess, von Kurt, deinem Zweitlieblingskoch, das muss dich doch …

«Okay, gib her.» Es stimmt ihn gleich hörbar milder, dass ich das Bratenwickeln auch nicht in der Genetik habe. Sondern erst lernen musste, in dem Kurs, den er mir geschenkt und bezahlt hat, er. Jetzt ist es in Ordnung für Adam, er bleibt der Bestimmer, so ist es richtig.

Er wickelt weiter und verpackt den Braten sofort wie ein Profi, in perfekten Abständen schneiden die Schnüre in das Fleisch ein. Wenn Adam etwas macht, muss es richtig sein oder zumindest schön ausschauen. Das, und beinahe nur das, macht ihn unrund: wenn er etwas nicht kann, wenn etwas nicht sofort so gelingt, wie es gehört. Und, ach ja, Hundescheiße auf der Straße, da zuckt er aus. Allerdings hat er's auch nicht gern, wenn ich etwas besser kann. Ich schaue zu, wie er das Fleisch auf dem Brett dreht, öffne den Schrank und zähle vierzehn Teller herunter, hebe sie heraus und denke an drei Stunden vorher. Meine Haut, seine Haut. Manchmal ist die Erinnerung besser als die Realität. Die Erinnerung verklärt alles, lässt das Unangenehme verschwinden, die Dissonanzen, die Kanten. Die Erinnerung macht mich verliebt. Und geil. Ich würde mich jetzt gern in Ruhe ein bisschen erinnern.

«Die nimmst du? Die Oma-Teller? Willst du nicht lieber das schöne neue Geschirr nehmen?»

Nein, will ich eigentlich nicht, sonst hätte ich das neue nämlich genommen. Andererseits ist es mir einerlei. Teller egal. Ich hatte meinen Nachmittag. Ich verfüge heute über ein enormes Potenzial an Großzügigkeit.

«Mir ist es wurscht. Wie es dir gefällt.»

«Na, nimm halt dein Oma-Geschirr, wenn du es so gern hast.»

«Nein, ganz egal, im Ernst.»

Ich schiebe die Blümchen-Teller wieder in den Schrank und zähle daneben acht von den großen flachen Iittalas herunter und acht von den kleineren, olivgrünen, die es nicht mehr gibt. Nach denen ich an den Tagen, an denen ich vorgeblich im Atelier an meiner Kunst arbeite, im Internet suche, in irgendwelchen obskuren Shops, die noch Restbestände lagern und sie überteuert verkaufen. Mit so etwas kann man seine Zeit verbringen, doch. Ich stelle die Teller auf den Tisch, schiebe Adam zur Seite, der das hasst, und nehme aus einer großen Lade noch sechs von den sonnengelben, viereckigen, unzerstörbaren Melamin-Tellern, für die Kinder.

«Ich hab gerade noch Mirkan getroffen.» Mirkan ist unser Hausmeister. Er und Alenka wohnen in der Erdgeschosswohnung, sie haben eine einjährige Tochter, Adile, die Mirkan vergöttert. Er war gerade mit ihr im Hof, als ich zur Haustüre hereinkam, ich hatte kurz mit Mirkan geplaudert und mit Adile gescherzt. «Adile ist wahnsinnig süß.»

«Das Baby?»

«Ja, das Baby.» Adam kann sich keine Namen merken, manchmal wundere ich mich, dass er die Namen seiner eigenen Kinder nicht vergisst. «Die Frau heißt Alenka.»

«Weiß ich doch.»

«Aber die findest du vielleicht süß.»

«Nein. Zu dünn.»

«Aha.»

Jetzt fünf Minuten für mich. Fünf Minuten unter der Bettdecke. Fünf Minuten Autonomie, bevor ich wieder nur Frau und Mutter bin, Mutter und Frau. Fünf Minuten, bevor ein Rudel hipper junger Eltern bei uns einmarschiert, mit denen ich hippe Jung-Eltern-Gespräche führen werde, als wäre ich genauso wie sie. Sie denken, ich sei genauso. Aber das bin ich nicht. Ich bin jemand, der sich jetzt gern irgendwo verkriechen und sündigen Gedanken nachhängen würde. Das könnte ich jetzt brauchen, das wäre jetzt … Draußen im Flur macht es einen Rumpler, dem bitteres Wehgeschrei folgt. Der Kleine hat die Entfernung zur Wand offenbar falsch eingeschätzt. Ich werfe das gerade aus der Lade gezählte Besteck auf den Tisch und laufe hinaus. Hebe Juri hoch, drücke ihn an meine Brust, bette seinen Kopf an meine Schulter, streichle seinen Rücken. Er ist ein kompaktes, blondes, eher grobschlächtiges Kind mit einem Bauerngesicht, er hat nichts von Adam. Ich setze mich mit ihm aufs Sofa, bette ihn auf meine Knie, tröste ihn, tätschle seinen Bauch. In meiner Tasche, drüben auf der Küchenbank, höre ich mein iPhone galagang machen. Ich blase auf seinen wehen Fuß. Alles ist gut, Schnucki, alles ist gut, armer, kleiner Juri, schau, wir pusten es einfach weg, da schau: schon weg.

«Ist was passiert?», fragt Adam über die Schulter.

«Ja, ganz großes Aua», sage ich, «wird aber schon besser. Wollen wir doch sehen, ob sich nicht trotzdem ein kleines Lachen in dem Juri versteckt.» Ich kitzle seine Wange. Der Kleine konserviert seine Jammermiene noch zwei Sekunden, dann strahlt er. Funktioniert immer.

«Auto bös», kichert er, und fasst nach meiner Brust. Das ist eine merkwürdige Sache; ich habe ihn nie gestillt, und trotzdem geht er mir an die Brust. Vielleicht weil er ein Kerl ist. Oder einfach, weil er es bei anderen Zweijährigen sieht, die auf ihre am Tisch plaudernden Mütter zumarschieren, ihnen mit beiden Händen eine Brust aus der Bluse fassen und sich festsaugen. Wird heute wohl auch wieder so sein. Ich muss jedes Mal wegsehen und mir auf die Zunge beißen. Ich finde es abartig, wie diese Mütter ihre Kinder nicht loslassen können. Sind übrigens meistens, eigentlich immer, männliche Kinder, Mädchen stillen sich offenbar freiwillig früher ab, oder Mütter haben zu ihren Töchtern schon in der Säuglingsphase eine andere, weniger symbiotische Beziehung. Ich kann da nicht mitreden. Ich habe das Stillen bei Elena kurz probiert, es ging nicht. Ich glaube, ich wollte gar nicht richtig. Ich glaube, ich will meine Brüste nur zum Spielen. Ich will nur volljährige Männer an meinen Brüsten.

Ich würde jetzt gern seine SMS lesen, würde gern wissen, was er geschrieben hat. Dass er es schön fand und geil, dass er mich schon vermisst, und wie sehr er mich vermissen wird in Damaskus oder wohin er schon wieder fährt, aber ich setze den Kleinen in den Hochstuhl, mache ein Glas Obstbrei auf, schütte es auf seinen Teller mit den grinsenden Monstern, ziehe ihm einen Frottee-Latz über den Kopf. Ich drücke ihm einen Plastiklöffel in die eine Hand und eine Baby-Biskotte in die andere. Juri gluckst glücklich und haut rein. Und dann decke ich, soweit sein Gepatze am Tischende das zulässt, in sicherem Abstand auf. Moosgrüne Teller auf weiße Teller, die gelben Kinderteller, dazu hellgrüne Servietten, Silberbesteck und Plastikbesteck, Riedel-Gläser und die schweren Ikea-Gläser, die auch kleine Kinder nicht kaputt kriegen.

«Ich weiß jetzt», hatte Moritz am Tag vorher am Telefon gesagt.

«Was weißt du?»

«Meine Vorsätze für heuer.»

«Silvester ist vorbei», sagte ich.

«Egal», sagte Moritz.

«Also?»

«Ich werde nicht mehr bei H&M einkaufen. Überhaupt bei keinen Billigdiskountern mehr. Ich werde kein Fleisch mehr essen. Ich erwäge, mir einen Hund zuzulegen. Und ich habe dieses Jahr zum frauenlosen Jahr erklärt. Die Weiber sind mir jetzt wurscht. Die sollen mich jetzt alle mal. Frauen interessieren mich heuer nicht.»

«Keine Frauen mehr? Das ganze Jahr?»

«Ja. Sie sollen ruhig kommen: Ich lasse sie abprallen und auflaufen.»

«Ein fast ganzes frauenloses Jahr?»

«Genau. Das Jahr ohne Frauen.»

«Das ist doch mal ein guter Anfang.»

«Wie meinst du das jetzt?»

«Ach, nur so», sagte ich.

«Ich bin nicht schwul», sagte Moritz, «wie war dein Nachmittag?»

«Ich weiß nicht, wovon du sprichst», sagte ich. «Was für einen Hund?»

«So einen wie in ‹The Artist›», sagte Moritz.

«Steht dir sicher», sagte ich.

Ich habe auch Moritz eingeladen, aber er fühlt sich heute nicht gut. Oder hat wahrscheinlich eher keine Lust. Er ist, wie ich, kein Fan von Felizitas von und zu Dingshausen, aber im Unterschied zu mir kann er sich aussuchen, ob er mit ihr befreundet sein will oder nicht. Und ob sie an seinem Tisch sitzt oder nicht. An meinem sitzt sie jetzt, neben Sven, Adams ältestem Freund.

«Aber es ist doch ganz logisch, dass die Mitte-Parteien ihren Kurs ändern, wenn ihnen sonst das gesamte unzufriedene Klientel von den Rechten abgenommen wird», sagt Sven. Er hat das Kartoffelpüree abgelehnt und vom Fleisch etwa ein Zehntel seiner üblichen Portion genommen, bitte lieber mehr Spinat und Erbsen, danke. Fräulein Aristo hat's, ich hab es aus dem Augenwinkel gesehen, befriedigt zur Kenntnis genommen. Sven hat sichtbar abgenommen, er verliert die Kilos gerade ebenso rasant wie ihm parallel dazu die Haare ausgehen, offenbar hat er nach einer Million Fehlversuchen mit frustrierenden Rückschlägen endlich eine Diät gefunden, die wirkt. Sie heißt Felizitas. Felizitas von Dings zu Irgendwas, ich kann mir das nicht merken. Ich will es mir nicht merken, ich hoffe, dass sie schon bald wieder zu den Leuten gehört, deren Namen man zu Recht vergessen hat, über die man bei Einladungen Witze machen kann, weißt du noch, Svens Aristotrutscherl, wie hieß die noch gleich ... Schaut aber derzeit leider nicht danach aus, so gar nicht. Sven scheint es nicht zu bemerken, dass die nicht zu ihm passt. Ich konnte mich bislang dennoch nicht entschließen, sie zu mögen. Ja, sie sieht fantastisch aus, auf diese angeboren makellose Art, wie es nur höhere Töchter draufhaben. So einen Teint kriegt man in der Unterschicht nicht zugeteilt, nicht mal in der Mittelschicht, diesen Teint gibt's nur für Aristos und Großindustrielle. Das hat man in den Genen oder man hat es nicht. Und solche Nasen gleichfalls. Obwohl, die Felizitas-Nase ist eigentlich zu perfekt, die kommt vielleicht eh aus der Schönheitsklinik. Wobei mir hier die moralische Basis fehlt, ein Urteil zu fällen, aber. Die Frau ist auch sonst sehr attraktiv, aber auf eine, wie soll ich sagen, irgendwie asexuelle, aseptische Weise. Adam findet sie, jedenfalls hat er das kürzlich dahergewitzelt, offenbar scharf, was mir irgendwie nicht so egal ist, wie es mir sonst egal ist, wenn er andere Weiber scharf findet. Woran sich wieder einmal zeigt, dass wir sehr, sehr verschieden sind, Adam und ich. Ich bin zum Beispiel nicht der Perlenohrstecker-Typ. Aber er ist eben mit derlei aufgewachsen, der hat bis achtzehn vermutlich gar nicht gewusst, dass Frauen an und für sich ohne Perlenohrstecker aus der Fabrik geliefert werden, der wuchs in dem Glauben auf, Frauen hätten das serienmäßig wie Zähne und Brüste und flache Mokassins mit Troddeln dran. Ich stehe auch nicht auf Designer-Mokassins, obwohl sie jetzt gar keine trägt, ich glaub sogar, ich habe sie noch nie in flachen Schuhen gesehen. Aber die verstellt sich doch. Die hat sich die Troddel-Tod's mühsam von den Füßen schälen müssen, ich würd's schwören. Ich brauch ja nur zu sehen, wie unstimmig ihr existenzialistisch-schwarzes Fashion-Victim-Outfit daherkommt: schwarze Pumps (nicht hoch genug, deshalb bisschen bieder), schwarze Hochwasserhosen (nicht eng genug oder sie zu dünn dafür) und einen, okay, der ist fantastisch, den hätte ich auch gern, schwarzen Rollkragenpullover aus Seide, der ihre perfekten Brüste perfekt ausstellt. Alles wie von der «Vogue» für Kreative vorgeschrieben, nur mutloser, weil verschwendet an einer Frau, die für die Schärfe, die so ein Outfit verlangt, letztlich zu feig ist. Nein, anders: die über so eine Schärfe nichts weiß, sie nie erlebt hat, nicht kennt, nicht hat. Solche Pullover stehen prinzipiell nur Frauen, die sie sich nicht leisten können. Sobald man sich so einen Pullover leisten kann, hat man nicht mehr die innere Haltung dafür. Jedenfalls hat Felizitas nicht die Haltung dafür, weder innen noch außen. Das Zeug hängt an ihr wie an einer Puppe in der Auslage vom Künstlerbedarfsladen. Vermutlich trägt sie darunter endgeile Dessous von Agent Provocateur, in denen sie sich nicht ganz wohlfühlt, weil sie so was eigentlich pervers findet, die sie aber trotzdem anhat, weil sie noch ein bisschen mehr davon ablenken sollen, wie beige Felizitas von Natur aus ist. Ich glaube, darunter ist die komplett beige, bis in ihre Ohrlöcher und in die Wurzeln ihrer beigen, blondierten Haare hinein. Ich bin sicher. Ich weiß es. Ihre Lider sind beige unter den Smokey Eyes. Wahrscheinlich ist auch ihre Muschi beige. Und ihr Arschloch; obwohl, ihr Arschloch könnte auch lodengrün sein oder burberry-kariert, nicht dass ich es herausfinden möchte. Die Frau regt mich auf, ich könnte kotzen, wenn ich ihr zusehe, wie sie einen auf urcool und extra modern macht und auf superliberal und aufgeschlossen und sich auf der Bühne auszieht und total arg aus sich herausgeht und überhaupt total eine von uns ist, als Künstlerin und Frau, also eigentlich noch viel unsriger ist, als wir es je sein werden. Kontraaristokratisch, quasi. Ich hätte es ihr fast geglaubt. Jetzt glaube ich es ihr nicht mehr, nichts mehr glaub ich der, kein Wort. Alles falsch an ihr, alles Fake. Kunst? Hahaha. Für Kunst muss man sich auch mal dreckig machen, fragt mich, ich mach mich mächtig dreckig, oft, immer. Das tut die nicht. Schmutz kennt die nicht, Schmutz bleibt an der nicht kleben, perlt an der ab. Die könnte kopfüber in eine Jauchegrube tauchen, die würde blitzsauber wieder herauskrabbeln. Alles klinisch sauber an der, jeder Geruch aufgesprüht, jedes Futzelchen Schmutz nach Plan aufgemalt, alles Trompe-l'Œil.

«Die linken und liberalen Parteien müssen auf den Rechtsruck doch reagieren. Und wie, wenn nicht so?», sagt sie jetzt. Meine Güte. Ich könnte ihr erklären, was ich davon halte und warum das totaler Quatsch ist, was sie da erzählt, aber es ist mir zu blöd. Sie ist mir zu blöd. Schade, dass Moritz nicht da ist, der hätte dem Spuk schon ein Ende bereitet. Aber Moritz ist ja heute krank. Irgendwas mit dem Magen. Sagt er.

«Eben», sagt Sven.

«Es hat ja keinen Sinn», sagt die von Pfitzendingshausen, «mit linken Idealen und überholten sozialen Ideen an den Menschen vorbeizuregieren und sie damit als Wähler letztendlich zu verstoßen, da gebe ich Sven ganz recht.»

Sven strahlt: Habt ihr das gehört, habt ihr das alle gehört? Die zu Pfitzenfotzner hat mir recht gegeben, seht ihr?, sie hält zu mir, sie liebt mich, diese großartige, schöne Frau von edlem Blute liebt mich! Der Narr. Er kapiert nicht, dass das nichts anderes war als die Belohnung dafür, dass er Adams Essen fast vollständig entsagt hat, dass es ihr gelungen ist, ihn seinem besten Freund zu entfremden, kulinarisch und nun auch politisch, dass Sven jetzt superdepperte Meinungen vertritt, von seinem üblichen, eher konservativen Standpunkt jetzt plötzlich zum Reaktionären schielt, und dass er unsere Vorspeisen mit einem verlegenen und gleichzeitig gierigen Grinsen verschmäht und seit zehn Minuten winzigste Stückchen von einer fast durchsichtigen Scheibe Lammbraten heruntersäbelt, nicht so viel, nicht so viel! Der Lammbraten ist, by the way, überraschend fantastisch geworden: zart, rosa, saftig, rosmarinig. Und die Schnur hat gehalten. Das Kartoffelpüree kommt vielleicht eine Ahnung zu fest und trocken daher, aber sonst alles picobello. Hätt's nicht besser machen können. Adam ist zufrieden mit sich, er genießt es gerade, man sieht es ihm an. Er lehnt glücklich in seinem Sessel, die Ärmel seines hellblau karierten Hemdes aufgekrempelt, die

Backen rot und ein bisschen schweißig glänzend unter dem graugesprenkelten Bart, seine Glatze über den übrig gebliebenen, penibel rasierten Seitenhaaren leuchtet. Ich schaue ihm zu (und spüre, wie der Miller mir dabei zuschaut), wie er dem Moser (der Miller steht jetzt von seinem Stuhl auf und geht aufs Klo) zuschaut, wie der die Riesenportion reinhaut, die er sich hat auflegen lassen, ruhig noch ein bisschen mehr, gerne, und Svens Vollversagen als Gast wettmacht – und ihn nicht ohne Absicht ein bisschen demütigt. Der Moser verträgt es nicht, wenn man Essen verschmäht, und ich schaue Adam zu, wie er das sichtbar gut findet. Ich lächle zu ihm hinüber. Er ist ein toller Mann. Es hat nichts mit ihm zu tun.

«Doch ein Glas Wein, Feli?» Sie hat irgendwann erwähnt, ein, zwei oder vielleicht sogar drei Mal, dass es ihr (Bühnenschauspielerinnen heißen nun mal nicht Feli und adelige schon gar nicht) lieber wäre, Felizitas genannt zu werden, und während ich ihr, sie hat den Wein abgelehnt, Wasser nachschenke, registriere ich, dass es sie nervt. Okay. Geht doch. Ich würde die Frau im Leben nicht einladen, aber man kriegt Sven nicht mehr ohne sie, und Adam braucht Sven, auch bei solchen Familienanlässen. Speziell bei solchen Familienanlässen: Sven gibt Adam das Gefühl, nicht völlig vervatert und bekindert zu sein. Sven ist sein Beweis dafür, dass er noch am Leben ist, trotz mir und den Kindern. Dass sein altes Leben noch da ist, auf Standby, und praktisch jederzeit wieder eingeschaltet und aufgenommen werden könnte: Adam Pollak, der wilde Hund. Nicht dass ich glaube, dass Adam je ein wilder Hund gewesen wäre, jetzt außer im Sinne von Harley-Davidson-wild, und das ist ja wie Metallica unplugged, Metal, aber bitte ohne das Gefährliche, Wilde, Stinkende daran, und die Haare bitte gewaschen und gekämmt. Zudem ist Sven, seit er mit dieser Frau zusammen ist, im Handumdrehen zehnmal spießiger geworden als Adam je sein kann; so radikal wie Sven das in den letzten acht Monaten hingekriegt hat, kann Adam in vier Leben nicht verspießern, selbst wenn wir noch vier Kinder kriegen. Und natürlich hat er sich den Anker in sein früheres, echtes Leben aufgehoben. Der parkt zwei Gassen weiter in einer sauteuren, bewachten Garage und wird jeweils dann ausgefahren, wenn wir wirklich schlimmen Krach haben. Die Harley, das Spießermotorrad, über das ich mich gern lustig mache ... Aber wenn Adam, was zum Glück selten vorkommt, die Tür hinter sich zuknallt und ich weiß, jetzt marschiert er zur Garage, dann ängstige ich mich, und das gehört selbstverständlich zu Adams Racheplan, jedes Mal bis in die Knochen. Und wenn er nach ein paar Stunden wieder zurückkommt, bin ich, auch wenn ich es nicht zugebe, nur noch erleichtert und froh. (Danke, Gott, dass er wieder da ist, danke.) Das ist doch programmierter Selbstmord, so eine Maschine. Ein Streitwagen, buchstäblich. Damit kann man wirklich viel kaputt machen, vor allem sich selbst, vor allem wenn man voller Zorn darauf steigt, auch wenn Adams Zorn nur ein Zörnchen ist, jetzt mal verglichen mit meinem.

Oder dem Zorn vom Moser, wenn ihm was nicht passt. Und schau her, dem Moser reicht's jetzt, der Moser sammelt sich, er schaufelt ein paar Erbsen auf die Gabel und schiebt ein bisschen Kartoffelpüree hinterher, er ist gleich so weit. Ich schenke mir schnell noch ein Glas Veltliner nach und dem

Moser auch, weil der das gleich brauchen wird, wie ich ihn kenne. Ich lehne mich schon mal zurück.

Der Moser wirkt harmlos, fast unsichtbar, in seiner formlosen, unrasierten Bärigkeit, ein gemütlicher Teddy, wuschelig, kuschelig, lieb, ein netter Papi, aber solche wie die Felizitas frisst der Moser zum Frühstück. Auf so eine wie die Felizitas hat der Moser nur gewartet, wartet er eigentlich die ganze Zeit. Die machen sein Leben erst lebenswert, gerade ein Moser muss und möchte sich hin und wieder einmal abreagieren, und wenn man ihm die Gelegenheit dazu quasi auf den Bauch bindet, dann nutzt er sie auch. Wenn man dem Moser eine wie die Pfützenfotze gegenübersetzt, sagt er nicht nein. Der Moser genehmigt sich noch einen Schluck und holt dann tief Luft. Geht schon los.

«Fahrt ihr eigentlich heuer wieder nach Sizilien?», sagt Adam.

In Richtung Moser. Spielverderber! Verdammter Spielverderber. Adam hat es auch kommen sehen, hat gesehen, wie der Moser sich aufmunitionierte und hat ihn in einem Anflug von Harmoniesucht ausgebremst. Wobei es wahrscheinlich nur um sein Lamm ging, er wollte sich die Feier seines ersten und auch noch perfekten Lammes nicht durch einen Streit verderben. Und er hat, was mir nun überhaupt nicht gefällt, offenbar Mitleid mit der Aristotusse … Die Kuh hat kein Mitleid verdient. Schon gar nicht von Adam. Es nervt mich. Es gefällt mir nicht. Zum Glück ist ihr offenbar nicht aufgefallen, dass Adam eben wie ein Ritter auf dem weißen Ross zu ihrer Rettung herbeigaloppierte.

«Ja», sagt der Moser und schiebt sich noch ein Stück Fleisch in den Mund.

«Mit wem?», fragt Adam. «Sind die Fricks wieder mit dabei?» Er macht es kaputt. Letztklassig. Er hält das einfach nicht aus, eine Disharmonie. Der Schwächling, der Lulu.

«Nein», sagt der Moser, «nicht die Fricks. Die Fricks nicht mehr.» Die Millers kennen die Fricks auch, ich sehe die Millerin aufhorchen, Tratschalarm, aufgepasst, bin schon da. Die Mosers waren jahrelang immer mit den Fricks in Sizilien, jedes Jahr zwei Wochen zur gleichen Zeit im gleichen Haus, man hat Kinder im gleichen Alter und verstand sich gut. Jetzt, infolge kulinarisch-ideologischer Zerwürfnisse, nicht mehr. Unüberbrückbare Gegensätze sozusagen. Über die man vom Moser heute nichts erfährt.

«Warum nicht mehr mit den Fricks?», fragt Adam. Er kennt den Grund nicht.

«Ach, Terminprobleme», sagt der Moser. Lügt der Moser. Ich kenne den Grund. Es hat was mit den berühmten Moser-Schnitzeln zu tun, zu denen wir alle schon eingeladen waren, und mit Neo-Vegetariern. Ich werde es Adam später erzählen, wenn alle weg sind, wenn wir die Küche aufräumen. Falls ich ihm bis dahin seinen Verrat verziehen habe.

«Und mit wem fahrt ihr heuer?», fragt Adam. Er ist offenbar entschlossen, zu kalmieren und das egalisierende Element zu bilden, zur Not auf Kosten des Mosers. Mein iPhone macht galagang. Ich weiß, wer das ist. Ich spüre es zwischen meinen Beinen.

«So, wie es ausschaut, kommt die Strasser mit den Kindern mit.»

Das war's mit Adams Egalität.

«Was?», sagt Adam. «Ist nicht wahr! Die Strasser? Du hältst die Strasser aus? Kein Mensch hält doch die Strasser länger als einen Nachmittag aus! Ach, keine zwei Stunden!»

Der Moser schaut jetzt ziemlich muffig. Er hat's nicht gern, wenn man seine Entscheidungen und Freundschaften in Frage stellt. Aber Adam kann nicht zurück. Er hatte, ich weiß das von seiner Mutter, vor langer Zeit mit der Strasser ein Gspusi. Als er noch mit Sissi zusammen war. Sie haben sich, so erzählt es seine Mutter, bei irgendeiner beruflichen Sache getroffen, sind zusammengeknallt und kamen fünf Tage nicht aus dem Bett. Am sechsten soll es zu einem Heiratsantrag und seiner feierlichen Akzeptanz gekommen sein. Am siebten zum ersten Konflikt. Einem ernsten, seither immerwährenden Konflikt, denn am achten Tag soll er wieder bei Sissi vor der Tür gestanden haben. Die knallte ihm diese Tür vor der Nase wieder zu und ließ ihn noch zwei oder drei Wochen bei Sven schmoren, dann durfte er auf Bewährung heim. Er soll jahrelang nicht mehr mit der Strasser gesprochen haben, aber nicht, weil es die Sissi so verlangt hatte, sondern aus eigenem Bedürfnis. Das mit der Strasser war wohl traumatisch, auch wenn wir sie jetzt hin und wieder bei Freunden treffen und Adam zwischenzeitlich in der Lage ist, mit ihr so etwas wie Smalltalk zu machen. Er hat mir nie erzählt, was am siebten Tag passiert war.

«Zwei Wochen in einem Haus mit der Strasser! Allein ihre Stimme schlägt einen ja sofort in die Flucht!» Offenbar wurde während der Liaison nicht viel geredet. Aber, gut, das kennt man ja. Ich kenne das ja.

«Wegen zwei Wochen?», sagt der Moser. «Da bin ich aber völlig gelassen. Komplett unbesorgt. Zwei Wochen halte ich es mit jedem in einem Haus aus.»

«Ach so?», sagt Adam.

«Definitiv», sagt der Moser. «Zwei Wochen vertrag ich mich mit wurscht wem. Zwei kleine Wochen», sagt der Moser, und schüttet sein Glas in einem radikalen Zug hinunter, «zwei Wochen vertrag ich mich sogar mit Hitler. Gemeinsam in einem Zimmer.»

«Hahaha», sagt Adam.

«Aber Hitler sich vielleicht mit dir nicht», sagt die Millerin.

«Speziell, wenn du ihm jeden Tag einen Berg Wiener Schnitzel brätst», sage ich.

«Am achten Tag bettelt er auf Knien um teutsches Kemüse», sagt der Miller, der vom Klo zurück ist.

«Aber der Moser kennt keine Knade», sagt Sven.

«Also, ich finde, dieses Gespräch geht in eine sehr merkwürdige Richtung», sagt Felizitas.

Die Kinder sind längst in ihrem Zimmer verschwunden, mit dem Kindermädchen der Millers. Ich mag die Millers, aber ich finde es total affig, dass die immer ihre Nanny mitbringen, völlig selbstverständlich, ohne uns vorher auch nur zu fragen, ob uns das recht ist. Dabei haben die auch nur zwei Kinder, man kann doch mal mit zwei Kindern das Haus verlassen, ohne das Personal mitzunehmen. Das muss für moderne Menschen doch möglich sein, mal mit zwei Kindern, einer Wickeltasche und einer Flasche Wein andere Leute in deren Wohnung zu besuchen, zumal wir ja auch Kinder haben, ist ja nicht so, dass bei uns Kinder irgendwie ruhiggestellt oder weggesperrt werden müssen. Ich bin einigermaßen an Kindergeräusche gewöhnt, und Adam putzt auch nicht mehr wie am Anfang jedes Fleckchen Kinderdreck sofort weg. Ich sollte die Kindermädchensache mal diesem Moral-Onkel vom «Süddeutschen»-Magazin schreiben, der immer so Fragen zu ethischen Zwiespälten beantwortet. Ich sollte den mal anmailen, ob das okay ist, einfach ungefragt das Kindermädchen mitzubringen, wenn man bei anderen Leuten zum Essen eingeladen wird, ob das Kindermädchen also sozusagen zur Familie zählt und keiner extra Einladung bedarf, beziehungsweise, ob es okay ist, das nicht okay zu finden, wenn Leute, die man zum Essen einlädt, einfach die Nanny anschleppen. Ob es moralisch vertretbar ist, das daneben zu finden. Ich finde das nämlich sehr daneben, unhöflich und taktlos. Ich weiß nie, wie ich dann umgehen soll mit dem Kindermädchen, da gibt's sicher auch irgendeinen Verhaltenskodex, und ich kenne ihn nicht.

Für die Millers ist es selbstverständlich, dass das Kindermädchen nicht mit uns isst, und sie speisen sie, diese hier heißt Ankica, mit ein paar Würsteln gemeinsam mit den Kindern ab, bevor die Erwachsenen, die richtigen Erwachsenen, zusammen essen. Mir ist das nicht recht. Ich will, dass wir alle gemeinsam essen, Kinder, Kindermädchen und wir, aber wer das Kindermädchen bringt, darf offenbar auch bestimmen, wer wann isst. Adam greift da nie ein, der ist Kindermädchen und ihre soziale Ausgrenzung ja gewohnt, aber ich finde das, ehrlich gesagt, übergriffig, ja widerwärtig. Aber wer hat in so einer Situation die Hoheit über Rechte und Pflichten des Kindermädchens, die Arbeitgeber oder die Gastgeber? Wer bestimmt, wann das Kindermädchen wo was isst? Wenn wir bei Millers sind, isst die Nanny überhaupt mit den Kindern, auch mit unseren, in der Küche oder im Kinderzimmer, während wir im Esszimmer dinieren, das macht mich jedes Mal unrund. Dieses hochherrschaftliche Getue. Die sind sonst ja wirklich okay, die Millers, nur im Umgang mit Personal kommt denen immer so was Snobistisches durch, das mich anwidert. Ich werde jedes Mal giftig davon, kann aber nichts sagen, ist ja deren Haus, ich werde höchstens schnippisch, und die wissen dann nicht, wie ihnen geschieht. Adam weiß, woran es liegt. Ich muss diesem Ethik-Kerl schreiben, mich beschäftigt das. Ich muss ihn fragen, ob man beim nächsten Mal, zumindest bei uns im Haus, etwas sagen darf oder soll oder nicht: Bitte lasst euer Kindermädchen daheim oder sagt es uns zumindest vorher, wenn ihr sie mitbringt, und dann isst sie mit uns am Tisch.

Nur ... Es ist akut natürlich gar nicht unangenehm, dass das Kindermädchen jetzt hier ist und sich mit den Kindern beschäftigt, auch unseren. Es ist doch deutlich weniger Herumgepatze. Und Geschrei. Und Gestreite. Und Geweine. Und Meinsmeinsmeins!-Gebrüll. Und Vomtischaufspringenmüssen, weil aus der Toilette ein «feaaartiiig!» erschallt. Adam hat mich bereits angestupst: Siehst du? Er findet das natürlich gut. Adam wollte immer, dass wir uns eine Nanny nehmen. Er hatte ja auch immer eine. Aber ich will das nicht. Ich finde eine Nanny irgendwie unsportlich. Ich wusste als Kind nicht mal, was das ist, ein Kindermädchen, beziehungsweise, dass es so was auch bei uns gibt, ich dachte, das gibt es nur in amerikanischen Filmen, und dort auch nur für reiche Waisen- oder Halbwaisen-Kinder, Trapp-Familien und so. Ich möchte das nicht. Außerdem ist das eine fremde Person im Haus, das habe ich nicht gern. Denn erst mal ist sie fremd, und ich fühle mich in ihrer Gegenwart unwohl und beobachtet und durchschaut, solche durchschauen mich immer, sie werfen mir Blicke zu, auch das Kindermädchen von den Millers hat mir heute wieder so einen Blick zugeworfen. Und dann hätte ich ständig das Gefühl, ich darf in meiner eigenen Wohnung nicht so sein, wie ich bin und sein will. So wütend oder so traurig oder so ausgelassen oder so bekifft oder so nackt. Nicht, dass ich mich dauernd so ausleben würde, aber ich könnte, und ich könnte nicht mehr mit einer Nanny im Haus. Mit einer Fremden. Und sobald sie mir nicht mehr fremd wäre und ich sie mögen würde, könnte ich ihr nicht mehr sagen, was sie zu tun hat, da bekäme ich ein schlechtes Gewissen. Adam sagt immer, du solltest das lernen, zu delegieren, zumal, wenn du dafür bezahlst, du musst das lernen. Muss ich eben nicht, wenn ich mir nämlich keine Nanny nehme, nicht bezahlen, nicht lernen, nicht delegieren. Außerdem habe ich Astrid. Astrid liebt die Kinder, Astrid hätte selbst so gern Kinder gehabt, sie nimmt die Kinder oder kommt, wann immer ich sie anrufe. Und wenn sie nicht kann, dann kommt Alenka, die ohnehin jede Woche bei uns sauber macht, für ein paar Stunden mit Adile hoch, schaut auf die Kinder und bügelt dazu Adams Hemden, was mir recht ist, weil ich Bügeln hasse, obwohl es mir eigentlich nicht recht ist, jetzt quasi moralisch gesehen. Alenka ist nett und jung, sie kam mit nichts aus Polen hierher, sie traf Mirkan, der auch mit nichts hierhergekommen war, sie zogen zusammen, jetzt haben sie das Baby, Alenka kann das Geld gut brauchen. Und ich gebe es ihr gern, aber ich habe auch jedes Mal ein komisches Gefühl dabei. Nicht direkt ein schlechtes Gewissen, aber ich fühl mich … komisch. Falsch. Vielleicht, weil ich weiß, was es heißt, sich Geld so zu verdienen wie Alenka und Mirkan. Und weil ich es jetzt nicht mehr muss. Weil ich jetzt was Besseres bin, irgendwie. Und weil das nicht mein Verdienst ist, sondern Adams. Und Adam, klar, Adam ist das einfach gewohnt, dass man Leute bezahlt und ihnen sagt, was sie zu tun haben, all die Dinge, die man selber nicht tun oder lernen möchte, er ist so aufgewachsen, er kann sich das gar nicht anders vorstellen. Aber ich mag das nicht und kann das nicht, lieber mach ich alles selber, jetzt mal abgesehen davon, dass Alenka einmal die Woche saubermacht. Aber auf die Kinder schau ich selber. Haben ja eh den Kindergarten. Ich will keine Nanny. Und bist dafür am Abend kaputt und grantig, sagt Adam. Und bin am Abend grantig, ja. Manchmal. Und manchmal auch nicht, wenn es ein Tag wie heute war.

Zwei

«Was ist denn zwischen den Fricks und den Mosers?»

«Du hast die Kuh beschützt, das verzeihe ich dir nie.»

«Ich wollte nicht, dass der Moser am Tisch auf sie losgeht. Du kennst ihn doch. Da gibt's keine Gnade und kein Aufhören, wenn der mal wo hinhaut, wächst dort kein Gras mehr.»

«Genau. Und es hätte keine Falsche getroffen.»

«Ich weiß nicht, was du gegen Felizitas hast. Der ganze Abend wäre im Arsch gewesen. Ich wollte das einfach nicht. Und es war doch nett heute, oder nicht? Hat doch alles gepasst.»

Adam stellt sein Weinglas und eine beinah volle Flasche Rotwein auf seinen Nachttisch. Er will offenbar noch nicht schlafen.

«Ja, es war nett. Und das Lamm hast du wirklich prima hingekriegt.»

«Ja?»

«Ja. Nur am Kartoffelpüree musst du noch arbeiten, das gehört eine Idee geschmeidiger.»

«Soso. Sagt Frau Antonia. Gerade du.» Er zieht die Hose aus und die Boxershorts, sein Hemd und sein Unterhemd. Seine Rippen stehen heraus. Er ist dünn, zu dünn, wenn man mich fragt.

«Genau. Gerade ich.»

«Als ich dich kennengelernt habe, konntest du nicht einmal ein Ei aufschlagen.»

«Die alte Legende.»

«Also, was war jetzt mit den Fricks und den Mosers?»

Ich schlage mein Magazin zu und klaube mir die Brille von der Nase.

«Ich kenne die Geschichte ja nur von der Frick. Hab sie kürzlich getroffen, beim Shoppen, da tranken wir einen Kaffee in dem neuen Lokal, oben am Dach vom Gerngroß.»

«Gerngroß?»

«Das Kaufhaus. Du solltest mal öfter einkaufen gehen.»

«Jaja.»

«Ist übrigens nicht so toll wie alle tun, das Lokal. Ist eigentlich ziemlich stinkig. Schaut aus, als hätte es eine von diesen TV-Einrichtungstanten für so eine Sendung eingerichtet, weißt schon, erbsengrüne Wände mit Wandtattoos, floral, und der Service könnte ...»

«Toni! Jetzt sag schon, was die Frick erzählt hat.»

«Ja, Ungeduldiger.» Ich trinke mein Wasserglas in einem Zug aus und halte es ihm hin. «Ich erzähl ja schon. Die Aussicht von da oben ist allerdings super.»

«Jetzt sag endlich!», sagt Adam und lässt Wein in mein Glas gluckern, bis es voll ist. «Bittesehr.»

«Also. Also Fricks sind ja jetzt Vegetarier.»

«Echt? Alle? Total? Die essen überhaupt kein Fleisch mehr? Wusste ich nicht.»

«Ja, klar, du bemerkst so was gar nicht. Seit über einem Jahr schon.»

«So lange schon? Ist mir gar nicht aufgefallen.»

«Sie machen ja auch keine große Sache daraus. Es kam so schleichend. Kannst du das Licht wegdrehen bitte? Das blendet.»

Adam dreht seine Lampe dicht vor die Wand, bis nur noch ein dünnes Kreisrund aus Licht unter dem weißen Metallschirm hervordringt. Ich schaue durch mein Rotweinglas in ein verzerrtes, blutig loderndes Zimmer und berichte. Die Fricks wurden aus ideologischen Gründen Vegetarier, eh klar. Sie hatten, die Frick hat es mir einmal erzählt, ein paar Artikel in der «Zeit» und im «Spiegel» gelesen, dazu Jonathan Safran Foer und Karen Duve. Und viel darüber geredet, auch mit den Kindern. Jedenfalls bekamen sie beim Fleischessen wohl ein zusehends ungutes Gefühl und wollten dann schließlich nicht mehr, dass ihretwegen Tiere getötet würden. Wollten bessere Menschen werden, das ist ja jetzt modern. Gut, sie sind nicht missionarisch, sie machen das für sich, ganz beiläufig, ich hab's nur zufällig bemerkt, als ich einmal mit der Frickin mittagessen war. Sie hätte von sich aus gar nicht damit angefangen. Und sie verbieten auch den Kindern das Fleisch nicht, die dürfen selber entscheiden, aber Kinder sind ja von ihren Eltern leicht zu beeinflussen, und außerdem ist die Tochter grad in dem Alter, in dem man darüber nachdenkt, wo das Essen herkommt, und plötzlich kapiert, dass das da auf dem Teller früher einmal ein süßes Viecherl war. Bis auf ein paar flexitarische Würstel hin und wieder wird bei den Fricks jetzt also weitgehend fleischlos gelebt, ohne großes Trara.

«Ich hab dich», sagt Adam und rückt näher zu mir. «Und was war jetzt mit den Mosers?»

Der Mann ist nicht immer der schnellste Blitzgneißer. Meine warme Hand liegt unter der Decke in der Grube zwischen meinen Schenkeln. Eine Erinnerung an den Nachmittag blitzt in meinem Kopf auf; jetzt nicht. Später vielleicht, wenn Adam schläft.

«Jetzt wart halt, kommt ja alles.»

Das Problem war: keine große Sache aus dem Vegetarismus zu machen, das geht gut, wenn man *en famille* ist oder unter Gleichgesinnten. Aber in einem gemeinsamen Urlaub mit anderen, im jährlichen Urlaub mit den fleischeslüsternen Mosers, sieht derlei natürlich anders aus. «Der Moserin war's wurscht, kennst sie ja, der ist Essen nicht so sehr wichtig, die isst, was man ihr vorsetzt, wann man es ihr vorsetzt, egal was, Hauptsache, sie muss es nicht kochen und sich nicht darum kümmern.»

«Aber scharf ist sie», sagt Adam, während sich seine Hand unter meine Decke und auf meinen Bauch schiebt.

«Was hat das jetzt damit zu tun?»

«Ich sag ja nur.»

Dem Moser war's aber selbstverständlich nicht wurscht. Der Moser, als deklarierter und begeisterter Carnivore, interpretierte das sofort moserisch, nämlich als Angriff auf seine Weltanschauung, seinen Lifestyle, seine Person. Und er sah keinen Grund, seinen fleischzentrierten Lebens- und Kochstil im Urlaub mit den Neo-Vegetariern nicht entschieden beizubehalten, ja ich wage zu vermuten, dass er ihn aus heimlicher Beleidigtheit noch intensiviert hat.

«Haha», sagt Adam und stellt sein Glas ab, «ich kann mir das genau vorstellen.» Seine Hand berührt jetzt den Bund meines Slips.

«Kann man allerdings.»

So viele schöne Lammkeulen und Kaninchen Cacciatore, Gulasche, Roastbeefs, Hühner in Brotteig oder mit Rosmarin-Erdäpfelfüllung hatte der Moser den Fricks geschmort, gebraten, gegrillt, gebacken und aufgetischt, das sollte jetzt alles nichts gewesen sein? Ich kenne den Moser. Der Moser und ich sind das gleiche Sternzeichen, er hat nur einen Tag vor mir Geburtstag, ich weiß, wie der funktioniert. Der Moser hat wahrscheinlich gesagt: Jeder wie er mag. Aber insgeheim hat er es total persönlich genommen, und sofort ist ihm das Rebellische eingeschossen. Und da musste er Fleisch kochen, noch viel mehr Fleisch als sonst.

«Der alte Querulant.»

«Die Frick hat mir haarklein berichtet, wie er bei vierzig Grad im Schatten zu Mittag einen riesigen Haufen Wiener Schnitzel gebraten hat. Mit Pommes. Und ich kann ihn genau vor mir sehen: Er hat das gemacht, weil er darauf nun einmal Lust hatte und weil er sich von niemandem etwas aufzwingen lässt, und schon gar nicht von Lulu-Vegetariern.»

So ist der Moser, lustig und umgänglich und hilfsbereit und großzügig und stur wie ein Esel. Und, im entschiedenen Gegensatz zu Adam, nicht konfliktscheu, wenn es darauf ankommt. Es ging jedenfalls eine Woche lang gut, die Fricks aßen einfach nur Beilagen, viel Salat und Obst und versuchten zwischendurch ohne großen Erfolg, das eine oder andere fleischlose Mahl zwischenzuschieben. In der zweiten Woche gab's kleine Problemseminare zum Thema Rücksichtnahme und Toleranz gegenüber den Weltanschauungen anderer.

«Hahaha», sagt Adam.

In der dritten, wieder zuhause, kam es dann zu einem richtigen, offenen Streit, und die Fricks erklärten den Mosers schließlich auf sanfte, aber bestimmte Weise, dass ihre Lebensstile und Prinzipien ganz augenscheinlich nicht mehr harmonierten und die Freundschaft ihrerseits für beendet.

Wie es halt unweigerlich kommt, wenn zwei fundamentalistische Religionen aufeinanderprallen.

«Und bis jetzt schaut's schon so aus, als wär's für immer. Natürlich verstehen die Mosers bis heute nicht so recht, wieso.»

«Klar», sagt Adam.

«Mir ist dann nur eingefallen, wie mir der Moser einmal gesagt hat, er kann nicht gut mit Leuten, die sich extra eine modische Essstörung zulegen und diese dann mit derartig missionarischem ... weg mit der Hand.»

«Welche Hand?»

«Diese deine Hand da.»

«Was ist mit der Hand?»

«Nicht die, die andere. Und diese Essstörung dann mit einem derartig missionarischen Eifer zelebrieren. Ich hab damals geglaubt, der redet von der Böhm, die immer auf Diät ist und über die er dauernd schimpft. Aber er hat die Fricks gemeint. Die Frick hat mir ganz im Vertrauen gesagt, sie versteht nicht, wie jemand Nahrungsmittel so zum Lebensmittelpunkt machen kann wie der Moser, und sie hätten es nie zuvor erlebt, dass jemand die Zubereitung von Mahlzeiten wie eine Waffe benutzt. Als Mittel der Abschreckung und Aggression. Als Kriegserklärung.»

Adam lacht kehlig. «Ich kann es mir so unglaublich gut vorstellen.»

«Glaub ich», sage ich, und nichts darüber, was mir die Frick danach dann noch erzählt hat, als wir von Kaffee auf Prosecco wechselten. Das erzähle ich ihm jetzt besser nicht. Das würde er vermutlich nicht verstehen. Das kann er sich nicht so gut vorstellen. «Weg die Hand, hab ich gesagt.

Moritz plant dieses Jahr übrigens kompletten Frauenverzicht.»

«Ach. Er macht aus einem Mangel eine Ideologie, oder was.»

«Oder er ist endlich auf dem richtigen Weg. Er ahnt es vielleicht langsam … Hände weg! Ich will heute nicht.»

«Doch, du willst. Du willst ganz bestimmt.»

«Nein. Du bist betrunken.»

«Nicht mehr als du. Da, ich spür doch, wie du willst.»

Soso. Tut er das. Na gut. Hmm. Na gut, okay, dann will ich halt.

Drei
Die Vergangenheit riecht nach Schweiß und trägt jetzt eine Brille, die für ihr Gesicht zu klein ist. Das Gesicht ist schlecht rasiert und deutlich mehr geworden, die Wangen sind fleischig jetzt, das Kinn ufert aus. Die Vergangenheit hat sich verändert; was früher scharf war, ist nun schwammig, was einmal blond strahlte, ist stumpf und grau jetzt, wo früher Lücken klafften, sind jetzt Zähne, gelb, aber da, nur die Narbe rechts vom Kehlkopf sieht noch genauso aus wie früher. Die Vergangenheit ist fahrig und nervös, dann wird sie ungut, dann geht sie grußlos. Du sitzt hinter deinem Caffè Latte und schaust ihr zu, wie sie mit einem Ruck aufsteht, wie ihr Stuhl zornig zurückzuckt und irgendwie verdreht stehenbleibt, zufällig und falsch, wie eine verrenkte Katze auf der Fahrbahn. Oder wie der Hund, der einmal am Bürgersteig tot umfiel, als du gerade mit den Kindern in der Straßenbahn vorbeifuhrst. Der Hund kippte einfach nach rechts, hing noch an der Leine, eindeutig tot, und du erinnerst dich daran, wie sein Frauchen neben dem toten Hund stand und verständnislos auf ihn hinuntersah und dann über die Straße und dann wieder auf den Hund, du erinnerst dich an die vollkommene Fassungslosigkeit in ihrem Gesicht, an all das erinnerst du dich, während du versuchst, das Zittern zu unterdrücken, das schon die ganze Zeit durch deinen Körper rast, während du zuschaust, wie die Vergangenheit in verwaschenen, weiten, schlechtsitzenden Jeans und in einem billigen schwarzen Nylon-Blouson aus dem Kaffeehaus marschiert, ohne zu

bezahlen. Ohne sich umzusehen. Die Vergangenheit fährt sich heftig mit der Hand in die wenigen, schlecht geschnittenen Haare und stößt die Drehtür auf und wird auf die Straße hinausgekotzt, und dann geht sie am Fenster vorbei, den Blick entschlossen in eine Ferne gerichtet, in der du nicht bist. In der dein Anblick nicht stört und deine Worte niemanden wütend machen. Es ist merkwürdig. Ungerecht. Du hast die Vergangenheit nicht gerufen, du wolltest sie nicht in deiner Gegenwart, du bist ihr immer ausgewichen, hast dich vor ihr versteckt in deinem neuen Leben. Dann stiegst du in ein Taxi, und da saß sie, die Vergangenheit, auf dem Fahrersitz. Du hast sie erst nicht erkannt, so von hinten, aber sie sah dich im Rückspiegel und erkannte dich, trotz deiner Haare, trotz deiner Nase. Und jetzt, wo sie sich gezeigt hat, durch einen Zufall, wo du ihr begegnet bist und dich, nur für ein paar Minuten, nur einen Kaffee lang, auf sie eingelassen hast, ist sie mit einem Mal so präsent, dass es dir die Brust eng macht. Du willst den Kragen aufreißen, der dich würgt, aber du trägst ja einen leichten, lockeren Pullover mit Wasserfall-Ausschnitt, und du spürst, wie dein Atmen zu wenig Luft in deine Lunge pumpt, zu wenig, zu wenig. Es macht dich nervös, dann macht es dich panisch. Luft. Viel mehr Luft. Du willst dich jetzt beruhigen. Es ist nichts passiert, gar nichts passiert, alles ist total okay. Einfach atmen, langsam weiteratmen. Es war alles in Ordnung bisher und es wird weiter in Ordnung sein. Er ist weg. Er weiß nicht, wo du wohnst, du hast ihm nichts erzählt. Tief durchatmen, so sagt man doch, tief in den Bauch hinein. Es war ja überhaupt nichts. Du hast die Vergangenheit getroffen, zufällig, jetzt ist sie wieder weg und du machst einfach ganz normal mit der Gegenwart weiter. Nichts ist passiert. Nichts hat sich verändert. Es ist alles okay, alles okay. Du zündest dir eine Zigarette an, inhalierst in deinen viel zu kleinen Brustkorb, in deine winzige Lunge, im Blick das Fenster, durch das du eben noch die Vergangenheit gesehen hast. Sie könnte zurückkommen. Sie kommt nicht zurück, das Fenster füllt und leert sich mit Männern und Frauen und Kindern, die nichts mit dir zu tun haben. Du rauchst und starrst, das Fenster bleibt unberührt von dem Bild, das du fürchtest. Du ziehst, drückst deine Zigarette aus, ihr ungerauchter Rest krümmt sich im Aschenbecher. Du stehst jetzt auf, schiebst deinen Stuhl zurück, lässt deine Zigaretten auf dem Tisch liegen und das Feuerzeug, du packst deine Tasche, du gehst an den Tischen vorbei und schau, niemand blickt hoch. Es ist alles ganz normal. Alles an dir ist ganz normal. Niemandem fällt etwas auf, alle Gesten, Gespräche, Geräusche unverdorben von dir oder deiner Anwesenheit. Du steigst vorsichtig die teppichbelegte, geschwungene Treppe hinunter, der Handlauf aus Messing kommt dir gelegen, es ist gut, dass du dich jetzt festhalten kannst. Unten zwei Türen, du gehst nach links in die Damentoilette. Es ist still, du bist allein, niemand steht an den Waschbecken, alle drei Kabinen klaffen offen. Deine Schritte hallen zu laut, als du zum großen Spiegel gehst und davor stehen bleibst. Ein neonbeleuchteter, ovaler Ausschnitt aus dem Hier und Jetzt, mit dir im Zentrum. Mit dir. Du. Das bist du. Und du siehst noch genauso aus wie vorher, du siehst gut aus, dein Lippenstift hat die richtige Farbe, nicht zu grell und nicht zu feig, deine kurzen Haare liegen heute genau richtig. Deine Hüften sind breiter jetzt, aber das hat die Vergangenheit nicht gesehen, die Vergangenheit hat nur dein Gesicht gesehen, dein neues Gesicht, deine neue Nase, deine neuen, blonden Haare über deinen neuen Augen, in denen jetzt wieder Leben ist, dein neues Leben, deine Augen, die heute mehr grün als braun glänzen. Und deine Brust, die endlich wieder weiter ist und mehr Atem einlässt. Und aus. Und ein. Du stützt dich aufs Waschbecken, es ist niedrig und beugt dir den Rücken, deine Haare fallen dir in die Augen, du streifst sie zurück hinter deine Ohren. So siehst du jetzt aus, so hat die Vergangenheit dich erwischt, so hat sie dich gesehen. Es ist in einem guten Moment passiert. Du bist es noch, das bist noch du, der Blick, den die Vergangenheit auf dich richtete, hat dich nicht verändert, nicht verletzt. Er konnte dir nichts anhaben. Diesmal nicht, nicht mehr, nie mehr. Du bist noch dieselbe, du bist immer noch die, die du geworden bist, durch deinen Willen und deine Kraft geworden bist. Die Vergangenheit hat keine Macht mehr über dich, ihr Blick und ihr Wille prallen ab an dir. Sie kennt deinen neuen Namen nicht. Geh nach Hause, es ist alles ganz normal, es ist alles gut, es ist alles besser, man sieht nichts, niemand sieht etwas.

Vier «Steh auf, bitte.»

«Nein.»

«Bitte, Mausi. Steh jetzt auf.»

«Nein!»

Man glaubt, wenn man einmal eine Trotzphase gesehen hat, hat man alle gesehen. Falsch. Ganz falsch.

«Schnuckelchen, komm. Morgen haben sie wieder Schokokipferl. Koste doch einmal dieses Vanillecroissant hier. Das ist auch ganz süß. Das schmeckt super. Schau mal. Schnupper mal daran.»

«Nein! Mag nicht Nille. Ich will Schoko!»

Der Kleine holt aus und wischt mir das Croissant aus der Hand. Es fällt auf die Straße, in den Dreck, in die Hundekacke, und ich sag's ganz ehrlich: Ich würde ihn jetzt gern hauen. Ich würde meinem zweijährigen Sohn jetzt gerne eine herunterhauen, hier, auf der Straße, vor dieser Bäckerei, ich würde diesem kleinen, blonden Kind, das da neben seinem Laufrad auf der Straße hockt und brüllt, jetzt gern ins rote, verzerrte Gesicht schlagen, mit Kraft. Das sollte nicht sein. Ich sollte nicht hier sein. Ich sollte in meinem Atelier sein und meine Kunst machen, allein, ungestört, unangebrüllt, ohne Gewaltphantasien.

«Dann eben gar kein Kipferl. Und morgen auch keines. Deine Entscheidung.»

Es ist schwer zu glauben, dass er noch lauter brüllen kann als eben, aber er kann.

«Juri. Steh jetzt auf. Bitte, Juri. Wir müssen Elena abholen. Elena wartet schon auf uns. Komm jetzt!»

«Nein! Nein! Nein!»

Elena hatte das auch. Aber anders. Ich weiß auch nicht wie anders, aber es hat mich nicht halb so aggressiv gemacht. Er ist anders als Elena. Härter, schärfer, entschlossener. Und es wird schlimmer, je länger es dauert. Ich dachte, ich würde mich daran gewöhnen, aber das geschieht nicht. Es geht die meiste Zeit gut, und dann steht man auf der Straße, redet auf einen brüllenden kleinen Jungen ein und die Wut steigt in einem auf und man denkt: Während ich dieses Leben lebe, verpasse ich ein anderes. Während ich dieses Leben leben muss, verpasse ich mein richtiges. Während ich mich um dieses grauenhafte Kind hier kümmern muss, zieht irgendwo hinter einem Vorhang, hinter einer Wand, hinter den Häusern, hinter den Bergen, über dem Meer mein besseres Leben vorbei, das, das ich eigentlich hätte leben müssen. Das, das für mich vorgesehen war, das mir eigentlich zustand, für das ich auf die Welt gekommen bin, für das ich gelitten habe. Nicht für dieses hier. Dieses hier ist mir nur passiert. Nein, es ist mir nicht passiert, ich wollte es. Ich könnte Juri jetzt einfach hier liegen lassen und fortgehen wie nicht seine Mutter, einfach nicht mehr da sein, wie meine Mutter, und den Spalt suchen, der manchmal, in unerwarteten Momenten, jäh die Mauer aufreißt und mir zeigt, was dahinter wäre, was ich versäume. Ich könnte meine Hand durchstrecken, meine Schulter, mich durch den Spalt zwängen und darin verschwinden.

Ich gehe in die Hocke und packe mein Kind mit beiden Händen an beiden Armen. Ich packe ihn sehr fest, zu fest. Diese kindliche Unnachgiebigkeit ... Ich habe immer verstanden, warum es vorkommt, dass Eltern ihre schreienden Säuglinge zu Gemüse schütteln. Ich glaube, alle Eltern verstehen es, sie reden nur nicht darüber. Kinder graben etwas aus einem heraus, von dem man nicht wusste, dass es da ist, dass man es hat, aber fast alle, auch wenn sie die superentspannten Michbringt-nichts-aus-der-Ruhe-Eltern geben, haben es in sich: die Wut, den einen Schlag, der für Ruhe sorgen wird. Alle haben sie es, mehr oder weniger vergraben. Ich auch, und Juri spürt jetzt, dass ich es habe. Er jault, aus Schmerz und aus Angst.

«Du beruhigst dich jetzt. Wir holen jetzt Elena ab. Du beruhigst dich jetzt.»

Es ist nicht immer so. Manchmal schaffe ich es, ihn einfach auf der Straße liegen und schreien zu lassen, fünf, zehn Minuten lang, ich lehne mich an eine Hausmauer und schaue ihm zu und rede beruhigend auf ihn ein, bis er von selbst aufhört, beuge mich runter, streichle ihm über den Kopf und den Rücken, es macht mir nichts aus, dass er mich abschüttelt und nach mir schlägt. An ganz guten Tagen, an diesen entspannten, gelassenen Tagen, an denen ich mich vollständig fühle und an denen es mir egal ist, was die Leute über mich denken und ob sie denken, wie Unterschicht ist die denn, krame ich meine Zigaretten heraus und lehne mich an eine Wand, während Juri brüllt. Ich stehe an der Mauer und rauche und denke vor mich hin und überlege, was ich am Abend kochen werde, und an Adam, an den Krach am letzten Abend und daran, dass ich einen Zahnarzttermin für Elena ausmachen sollte. Während mein Kind mit rotem

Schädel auf dem Gehweg kniet, auf den Asphalt einschlägt und schreit und aus seinem Babyzorn nicht herauskommt. Sie haben in diesem Alter keine Exitstrategien, es hört einfach auf, früher oder später. Irgendwann hört es immer auf, weil sie dann einfach erschöpft sind. Einmal habe ich, was ich normalerweise in Gegenwart der Kinder nicht tue, einen Mini-Joint aus der Spezialdose in meiner Tasche geraucht, als sich Juri auf den Boden warf. Er brüllte, ich kiffte, er brüllte lauter, ich wurde bekifft, er brüllte, als werde er nie wieder damit aufhören, es war mir völlig egal. Ich ließ ihn dort liegen und brüllen, ich lachte ihn aus und vervielfachte seine Wut, eine halbe Stunde lang oder so, ich vergaß die Zeit. Ich saß auf dem Vorsprung eines Schaufensters und schaute ihm zu und fand es – witzig. Ja, witzig. Und merkwürdig. Und witzig. Es hatte nichts mit mir zu tun. Da war ich, dort war er, dazwischen keine spürbare Verbindung. Ich habe das seither nie wieder gemacht, weil mir nachher klar wurde: dass ich so stark das Gefühl hatte, nicht dazuzugehören, dass mich das eigentlich gar nichts angeht und ich nur durch Zufall hier bin – das ist gefährlich. Das geht nicht. Wenn man Kinder hat, geht das nicht. Wenn man Kinder hat, muss man ihnen angehören, auch ihren Launen und Charakterschwächen. Man muss die Verbindung spüren, immer, man darf es nicht zulassen, dass man sie nicht spürt. Man muss sich um sie kümmern, um sie kümmern wollen, auch wenn man sie gerade schrecklich findet. Man darf das Gefühl nicht zulassen, dass es okay wäre, jetzt einfach wegzugehen, einfach zu verschwinden, durch einen Spalt oder keinen Spalt, ganz egal.

Ich stelle Juri auf die Füße und sehe ihn böse und kalt an.

«Wir holen jetzt Elena ab. Okay? Wir gehen jetzt deine Schwester holen.»

Ich lasse seine Arme los, schiebe den Henkel meiner Tasche auf die Schulter, greife mit einer Hand nach dem Laufrad, packe ihn mit der anderen am Handgelenk und gehe los. Er lässt sich widerwillig ziehen, aber fallen lässt er sich nicht. Er weint jetzt schluchzend vor sich hin, in einer Mischung aus Schock, Verzweiflung und Verlassenheit. Ich sollte Mitleid mit ihm haben. Er kann nichts dafür. Er kann nichts tun gegen seine Wut und seinen Trotz, er kann nichts tun gegen mich. So wie ich nichts gegen ihn tun kann und das Gewicht meiner Tasche und das Laufrad, das bei jedem Schritt gegen meinen Schenkel schlägt. Das ist jetzt einfach so. Später wird es mir leid tun, schlechtes Gewissen wird mich überrollen wie ein Gewitter eine Sommerlandschaft, ich werde ihn hochheben und in meine Arme klammern, ich werde ihn drücken und küssen und streicheln, ich werde ihm süße und lustige Dinge ins Ohr flüstern und seinen Rücken kitzeln, wie er es gern hat. Ich werde mich daran erinnern, wie er damals im Gras lag, nass, blass und fast schon ohne Leben. Ich werde ihn drücken und ihn liebhaben wie nichts und niemanden sonst auf der Welt, aber jetzt nicht, jetzt gerade nicht.

Fünf Etwas Derartiges wie eine Glücksunterhose existiert nicht.

Sechs In der Nacht erwache ich aus einem Traum, in dem die Kinder kleine, hell gemusterte Katzen herumtrugen, in jeder Hand drei, und er sagte, nach der langen Zeit mit mir brauche er jetzt mal ein blondes Mädchen. Ein sonniges, blondes, unkompliziertes Mädchen, und im Traum fand ich das okay. Im Traum konnte ich es verstehen, aber als ich langsam aufwache, fühle ich mich einsam und gedemütigt. Ich bin nicht blond, nicht in Wirklichkeit, und im Traum wusste er das. Ich bin jetzt nett, ich kann jetzt nett sein und lustig und ausgelassen, aber mein Blond leuchtet nicht, es ist stumpf und ernst und streng. Mein Blond ist nicht echt. Die Kinder und die Katzen verschwinden, der Zusammenhang verschwindet, aber was er gesagt hat, bleibt, schwappt in den Tag hinein, wird mir den Tag kontaminieren. Immerhin, es war kein Traum, in dem eine Frau in ihrem Blut liegt, eine alte, graue Frau mit straffem Haar, mit Augen, die sagen, hilf mir. Es war nicht dieser Traum. Dennoch. Es kribbelt in meinen Armen und Beinen, was bedeutet das, bedeutet das schlechtes Karma, Krankheit und Tod, oder bedeutet es einfach nur ganz banal, dass ich Gewicht verliere, was ich gut finde, aber nicht sollte.

Adam schläft neben mir, mit einem leisen, zufriedenen Grunzen, und ich strecke und biege meine Finger und das Kribbeln hört nicht auf. Als ich letztes Mal schwanger war, spürte ich auch dieses Kribbeln in den Händen, es wurde immer schlimmer, am Ende musste ich Schienen tragen, und als Juri endlich da war, der kräftige kleine Juri, konnte ich ihn kaum aus dem Gitterbett heben. Es ist zu kalt im Zimmer. Ich bin nicht schwanger, ich kann gar nicht schwanger sein. Vielleicht liegt es daran, dass es in diesem Zimmer immer zu kalt ist. Ich habe es gern warm, ich ertrage keine Kälte mehr, ich brauche es warm. Aber Adam kann nicht schlafen, wenn es warm ist, und ich kann nicht schlafen, wenn Adam nicht schläft. Und wachliegen kann ich dann auch nicht. Wenn man schon jede Nacht eine, zwei, drei Stunden mit der Schlaflosigkeit verhandelt, dann will man dabei wenigstens für sich sein, ungestört, unberührt, unbeschlafen. Sie ist nicht immer feindlich, die Schlaflosigkeit. Manchmal ist die Schlaflosigkeit eine Erleichterung, ich stoße durch eine Wand aus einem kalten, blauen Traum, ich wache auf und lande unvermutet in einem Gefühl flauschiger Geborgenheit, und während ich langsam zu mir komme, wird mir klar, dass dieses Gefühl nicht erträumt oder eingebildet, sondern real ist, mein Leben. Dass ich hier in einem warmen, sicheren Nest liege, neben einem warmen Mann, mit friedlich schlafenden Kindern nebenan.

In manchen, besonderen Nächten werde ich nicht ganz wach, sondern dämmere dahin in einem Zustand der Halbwachheit, in den man ohne Drogen nur ganz selten gelangt, und wenn, dann meistens nur für einen wackligen Augenblick, der in dem Moment vergeht, in dem man ihn identifiziert. Wenn man kapiert, das ist so ein Moment, ist er auch schon vorbei. Es sind diese Momente, wegen denen ich am Heroin fast verreckt wäre, weil es damals in meinem Leben, in meinem wachen, klaren Leben keine auch nur annähernd so guten Momente gab wie den, in dem das Heroin durch dein System rast und deine Angst lahmlegt und dich in einen Zustand vollkommener Ruhe und Wunschlosigkeit versetzt. Und obwohl es so lange her ist, und obwohl es in meinem neuen Leben auch im Zustand der Wachheit gute, ja viel bessere Augenblicke und Gefühle gibt, vermisse ich noch immer genau diesen Zustand. Nicht so sehr den Rausch, das Wegdriften, nicht das Hinabgleiten in die Gelassenheit, ja, das auch. Aber viel mehr noch dieses stabile Schweben zwischen Wachheit und Schlaf, in dem das Leben nicht nur aus Fakten und harten, greifbaren Tatsachen besteht, sondern sich vermischen kann mit dem Geträumten und dem Ersehnten, und wo das, was man sich wünscht, gleichberechtigt koexistiert mit dem, das man bekommen hat. Vielleicht fühlt sich das Sterben so an. Ich weiß es nicht. Aber ich weiß, dass ich dieses Gefühl oder die Erinnerung daran noch immer festhalten will.

Und schon bin ich wach und das Gefühl ist ruiniert, meistens abgelöst von Verlust- und Versagensängsten, von der Gewissheit, dass nichts sicher ist und dass ich meine Familie, meine Kinder nicht beschützen kann, dass ich sie jeden Tag im Stich lasse, dass ich sie nicht genug liebe und ihnen keine gute Mutter bin. Gar nicht sein kann. Dass ich sie Risiken aussetze, die ich nicht richtig einschätze, und dass ich Gefahren ins Haus und in unser Leben lasse, die ich nicht mehr kontrollieren werde können, irgendwann, bald, vielleicht schon morgen, und ich werde alles ruinieren und verlieren. Durch meine Nachlässigkeit, durch meinen Eigensinn und meinen Egoismus, durch mein Unvermögen, wäre nicht Juri letztes Jahr beinahe gestorben? Eigentlich müsste er tot sein, weil ich so ein schlechter Mensch bin und so eine schlechte Mutter. So eine schlechte Autofahrerin und so eine unvorsichtige

Fußgängerin, erst gestern wäre mir Elena ums Haar mit dem Roller in ein Auto gerast, ich habe nicht aufgepasst und konnte sie erst im allerletzten Moment an der Jacke zurückreißen. Ich habe schrecklich geschimpft, und es war gemein, denn es war meine Schuld, meine Schuld, meine Schuld, ich hatte nicht aufgepasst, nicht Stopp gerufen, sie könnte tot sein, und der Rest von uns könnte jetzt weinend und schlaflos im Wohnzimmer sitzen, ohne Elena, ohne die für immer tote Elena. Merkwürdigerweise ist es manchmal das sichere Gefühl, dass so etwas passieren wird, unweigerlich, unvermeidlich passieren wird, das mich wieder einschlafen lässt. Der sichere Tod, das sichere Unglück: auch eine Sicherheit.

Aber manchmal beruhige ich mich. Ich beruhige mich, weil ich Adam neben mir fühle, seinen Atem höre, das Leben, das durch seine Brust pumpt, regelmäßig, zuverlässig. Dass er da ist, dass er neben mir liegt: Das beweist, dass es vielleicht eine Chance gibt. Dass vielleicht nicht passiert, was passieren könnte und mit Garantie passieren würde, wenn Adam nicht da wäre, wenn ich noch allein, wenn ich noch wie früher wäre. Es sind die alten Filme in meinem Kopf, die mich beruhigen, die Gewissheit, dass sie Vergangenheit sind, Erinnerung. Die Erinnerung, die richtige Erinnerung ist mein Mantra. Ich muss mich auf die richtigen Erinnerungen an früher konzentrieren, oder besser, auf die Erinnerung daran, wie das Früher zum Jetzt wurde, die Erinnerungen an Schönes und durch Zufall oder Schicksal gut Gewordenes. Ich muss sie in der richtigen Reihenfolge abspielen und mit den richtigen Worten erzählen: Dann wird alles gut, dann werde ich ruhig, dann werde ich schlafen. Die Worte sind wichtig. Und die Orte, ich muss nur zurück an die Orte, in den richtigen Momenten.

Ich muss wieder auf diese Weihnachtsfeier und wieder mit meinem Tablett voller Fingerfood durch die Räume gehen, durch riesige, weiß lackierte Flügeltüren, muss Menschen anlächeln, die ich nicht kenne und ihre Gespräche stören. Ich muss wieder Adam zum ersten Mal sehen, er muss wieder fremd werden, ich muss ihn wieder und wieder zum allerersten Mal sehen, Adam, einen langen, dünnen Mann mit merkwürdig verbogenen Beinen in zu weiten Jeans, der sich mit einer Hand am Türrahmen abstützt und eine Frau anlächelt, deren Gesicht ich nicht sehe, aber ich sehe seins, über ihrer Schulter, die keck verdreht und von etwas Schwarzem, Transparentem bedeckt ist, und rechts darüber Adams Gesicht. Und dann schaut er mich direkt an, die wärmsten Augen, die mich je angesehen haben, und ich sehe, wie er durch meine dumme Servieruniform hindurchsieht, wie er mich sieht und wie etwas in ihm stolpert und einknickt, final.

Ich muss zurück an den Strand auf Kreta, zurück in einen blau-weiß-gestreiften Liegestuhl unter einem roten Schirm, und zwischen meinen schlanken, braunen Schenkeln hindurchschauen, wie Elena und Juri im seichten, warmen Meer stehen und sich gegenseitig mit Wasser anspritzen, perfekte Kinder mit leuchtend orangen Schwimmflügeln und dem perfekten Kinderkrähen, während Adam mit Sonnenbrand neben mir im Sand hockt und meine Zehen kitzelt und unsere Kinder mit einem Blick voller Glück und Stolz betrachtet, mit meinem Blick, unserem gemeinsamen Blick.

Ich muss zurück in das Krankenhaus, an den Tag, als ich vor dem Entlassungsschalter stand und Formulare ausfüllte und meine Sachen zurückbekam, den vollgekritzelten Stadtplan von Berlin, den Nietengürtel und das Messer, das ich noch in der Halle in einen Mülleimer warf. Nach Wochen, die am Anfang so entsetzlich waren, eine derartige, schmerzhafte, wütende Qual, dass ich die Erinnerung daran verdrängt habe, wie man die Erinnerung an eine Geburt verdrängt. Es ist wie: gelöscht, es sind nur noch die letzten Tage gespeichert in meinem Kopf. Die Tage, an denen es schon besser war, gut, an denen mich nicht mehr die Trauer und der Zorn über das beherrschte, was mir genommen worden war, als die Tür nach draußen sich langsam öffnete und die Möglichkeit eines neuen Anfangs, nein, die Gewissheit, dass es jetzt anfangen würde, jetzt endlich ganz von vorne anfangen würde, und richtig diesmal.

Ich muss zurück in die Wohnung, in der ich danach gewohnt habe, zurück in die Küche mit den schäbigen Fliesen, dem klebrigen, gräulichen Duschvorhang, dem verdreckten Herd. Zurück an den Tag, nach dem alles besser wurde. Und manchmal, wenn ich dort war, manchmal hört dann das Kribbeln auf, und manchmal schlafe ich dann ein. Manchmal auch nicht, und dann krieche ich irgendwann aus dem Bett. Schleiche aus dem Zimmer. Sehe nach meinen schlafenden Kindern, lausche Juris Atem und Elenas leisem Schnarchen, decke sie zu, schleiche mich wieder hinaus, ziehe den Bademantel an und, wenn es kalt ist, meinen alten Daunenmantel und die Lammfellstiefel für daheim, die mir Adam für meine immer kalten Füße geschenkt hat, und rauche auf der Terrasse einen Joint an, während ich auf dem Absatz der Tür sitze und meine Knie unter dem Mantel umschlinge, ohne dass sie warm werden, und ich denke an W, der jetzt in Kabul ist oder in Bagdad oder auf dem Weg dorthin oder auf dem Weg zurück, ich denke an seine Hände, versuche, mich an sein Gesicht zu erinnern. Und manchmal, wenn er nicht im Ausland ist, nicht in irgendeinem Krisengebiet, wenn ich ihn gerade gesehen habe, am gleichen oder am Tag zuvor, denke ich daran, wie es wäre, immer bei ihm zu sein, aber meistens verscheuche ich den Gedanken wieder, schiebe meine schlafenden Kinder vor ihn, ihre Unschuld, ihre Unversehrtheit, ihr Glück, meinen grunzenden Adam, mein eigenes Glück, das ich mir mit Wünschen und Träumen und Geheimnissen vergifte, die es zerstören können und mich mit ihm, und ich jage den dummen, gefährlichen Gedanken fort. Ich sitze dort und hirne und rauche und will müde werden. Manchmal raucht vis-a-vis ein Nachbar zum Fenster hinaus. Manchmal geht unten ein anderer Schlafloser mit seinem Hund vorbei. Meistens bin ich allein in der Nacht und ich rauche meinen Joint, bis endlich ein langsames, weiches Wohlgefühl meinen Organismus durchfrickelt. Und manchmal, selten, reicht für dieses Gefühl schon die Vorstellung, dass ich jetzt gleich aus dem Bett kriechen und die Kinder betrachten und mir dann einen Joint anzünden und den Rauch in tiefen Zügen inhalieren und ein paar Sekunden in meinen Lungen behalten werde, während ein Nachbar aus dem Fenster raucht oder nicht oder ein schlafloser Hund vorbeidackelt oder nicht, und es ist gut, es ist okay.

Sieben
«Guten Morgen.»

«Mhm.»

«Kaffee.»

«Oh ja. Danke. Danke sehr.»

Glückliche Menschen ohne Geheimnisse schlafen besser. Glückliche Menschen ohne Geheimnisse sind am Morgen ausgeschlafen. Glückliche Menschen tun sich deshalb leicht beim Aufstehen. Adam ist ein glücklicher Mensch. Er schläft gut. Keine Angst stört seinen Schlaf, keine riskanten Phantasien, kein schlechtes Gewissen. Glückliche Menschen sind gutmütiger. Das fällt ihnen leicht. Ich glaube, Adam war immer schon glücklich. Er wurde glücklich geboren in eine glückliche, wohlhabende Familie hinein, als Kind eines glücklichen Paares, das mit diesem wunderbaren Sohn so glücklich war, dass es kein weiteres Kind brauchte, ja sich ein weiteres, ein anderes, ein weniger perfektes Kind nicht einmal vorstellen konnte. Adam blieb ohne Geschwister, aber er hat sie nie vermisst. Er hatte keinen Grund, irgendetwas zu vermissen. Er hatte alles, er bekam, was er brauchte: Liebe und Aufmerksamkeit, Zuneigung und Anerkennung, Spielzeug und Kindermädchen, Freunde und Hunde. Er war folgsam, nett und süß. Alle liebten ihn. Er liebte alle. Das glückliche Kind wurde ein glücklicher Erwachsener, der noch immer alle liebt, Menschen und Tiere. Er hätte gern einen Hund. Er hätte gern noch mehr Kinder. Er würde gern auf dem Land leben, unter einfachen, glücklichen Menschen, der Narr. Er kennt das Land nicht und die Menschen dort. Er ist naiv. Er hat keine Vorstellung, wie das Leben sein kann, zu anderen. Er hat ein paar Kanten, schon: Er hat wenig Geduld, und er kann zynisch werden, wenn es die Situation erfordert, aber meistens tut sie es nicht. Er kann gar nicht anders, er kennt es nicht anders. Manchmal, ganz selten, liefert ihm das Leben eine Idee davon, wie es auch ist, zu andern ist, ein kleines Blinzeln, und dann reagiert Adam wie ein normaler Mensch, wütend, überfordert, falsch. Aber meistens hat er das nicht nötig.

Manchmal möchte ich ihm ins Gesicht schlagen und ihm etwas darüber erzählen, dass das Leben in Wirklichkeit nicht so ist, wie er es sich vorstellt. Aber für ihn ist es so. Sein Leben war immer so. Er liest Zeitung und schaut Nachrichten, er weiß, was alles passieren kann, es ist ihm klar, dass es anderen Leuten dreckig geht, und er fängt an, sich darüber Gedanken zu machen, aber mit ihm zu tun hat es eigentlich nichts. So was kann ihm nicht passieren. Er hat Glück, er kann nichts dafür, aber er hat es nun mal. Alles geht gut für ihn. Das ist der Grund, warum ich mit ihm zusammen bin: weil um ihn herum alles gut geht, weil ihm nichts passieren kann. Er ist wie kugelsicher. Alle haben ihn gern. Er ist glücklich und bescheiden, wer so glücklich ist, kann sich Bescheidenheit leisten. Er besitzt zehn identische Levi's und zwanzig gleich geschnittene Hemden und acht gute V-Pullis in Blau und Grau, er hat zwei Paar schwarze Ludwig-Reiter-Schuhe, zwei Paar Sneakers, ein Paar Wanderstiefel. Er geht, seit ich ihn kenne, mit demselben Ergebnis zum selben Friseur. Er hat eine Menge Geld, er gibt es aus, er wirtschaftet damit, es bedeutet ihm nichts. Es ist nur Geld, und es ist zufällig da. Bei ihm. Und es war zufällig immer schon da. Er liebt das Geld nicht. Er liebt das, was er damit machen kann. Er liebt seine Kinder.

Und er liebt mich. Er hat mich gesehen, er hat mich gespürt, und nun liebt er mich eben. Er wollte mich, und wenn Adam etwas will, bekommt er es meistens. So einfach ist das für Adam. Er weiß nicht, dass ich Unglück bringe, denn ihm bringe ich ja keines. Er sieht mein Unglück, aber er erkennt es nicht, er hält es für schlechte Laune oder einen interessanten Charakterzug oder eine Unart, die man mit Yoga oder Psychotherapie oder Osteopathie und mehr Sex wegmachen, heilen kann. Und irgendwie gelingt es ihm genau dadurch, mein Unglück zu neutralisieren. Er schaut durch mein Unglück hindurch, und dadurch ist es irgendwie nicht da. Es wird nichts passieren, solange ich in seiner Nähe bleibe, mit den Kindern, immer in seiner Nähe. Solange ich bei Adam bleibe, bin ich sicher. Es wird vielleicht nicht besser, aber es bleibt gut. Und gut ist doch gut, oder. Für mich ist gut gut. Als ich Adam das erste Mal gesehen habe, die Liebe und die Sicherheit in seinen Augen, seine Fähigkeit, glücklich zu sein, und als ich gleich darauf spürte, was ich in ihm anrichtete: Da sah ich, dass ich mit ihm mein Leben retten konnte, das Fingerfoodtablett für immer abstellen, die Uniform auszuziehen, die Vergangenheit übertünchen. Jemand anderer sein. Es war wie das beste Angebot, das ich je bekommen hatte, und ich nahm es in der Sekunde an. Ich ließ ihn natürlich zappeln, ich machte es ihm schwerer, als er es gewohnt war. Aber ich hatte längst unterschrieben. Er war meine Rettung, und er bleibt es. Für ihn ist alles okay. Er weiß nicht, wer ich bin.

Einmal, während eines Sommers in den Bergen, saßen wir mit Elena am Bach. Juri war noch nicht geboren. Es ist kein breiter Bach, aber wir kannten ihn, und nach Regen kann er reißender sein, als man ihm zutrauen würde, und die Familie, die ein Stück oberhalb von uns, zwischen den Tannen auf der anderen Seite mit drei oder vier kleinen Kindern dort Steine versetzte, wusste das offenbar nicht. Man sieht es dem Bach nicht an. Aber das Unglück kam. Das kleinste Kind stolperte und fiel in den Bach, ging auf der Stelle unter, trieb ab. Stieß gegen einen Felsen und wurde zum nächsten Felsen gerissen. Ich sprang auf und schrie und die Eltern des Kindes schrien auch und die anderen Kinder und Elena, alle standen und schrien, man konnte das Entsetzen sehen und das Schreien, aber man konnte es nicht hören, weil der Bach an diesem Tag so laut war. Und während alle lautlos in das Gegurgel und Gerausche hineinschrien, sah ich Adam schon in der Mitte des Baches, ich weiß nicht, wie er so schnell dahingekommen ist, er stapfte mit seinen dünnen Beinen einfach mitten durch die Strömung und das Reißen und fasste das schreiende, speiende, spuckende Kind am Hosenbund wie einen nassen Sack. Packte es und nahm es fest in seinen Arm, seine riesige Hand fest auf dem bebenden Rücken des Kindes, ich kann sie immer noch sehen. Stand mitten im Bach, mitten im Lärm und sprach mit dem Kind auf seinem Arm. Und das Kind sah ihn an und hörte auf der Stelle zu schreien auf, weil es in Adams Augen dasselbe erkannt hatte wie ich damals: dass es jetzt sicher war, gerettet. Dass Adam das Unglück von ihm genommen hatte. Adam weiß nicht, dass er diese Gabe hat. Er weiß nicht, dass er Menschen rettet. Er weiß nicht, dass er mich gerettet hat. Er weiß nicht, was ich getan habe. Er weiß nichts von einem Hals mit einer Messernarbe, die sich leuchtend an einen Adamsapfel schmiegt. Er weiß nichts von der alten Frau, nichts von dem Blut und von dem Schreien und von der Stille nach dem Schreien. Ich habe es ihm nicht erzählt und werde es ihm nie erzählen.

Acht   Meine Schwester stirbt. Meine andere Schwester. Astrid hat es mir am Telefon erzählt. Ich lag im Atelier auf der Couch und scrollte mich durch eBay, Abteilung Design und Kunst, fünfziger, sechziger und siebziger Jahre. Ich brauche einen Paravent, irgendwie habe ich das Gefühl, ein Paravent, ein Vintage-Paravent, würde diesen Raum besser machen. Vielleicht könnte ich endlich wieder arbeiten, wenn dieser riesige Raum mich nicht so erschlagen würde. Ich weiß nicht mehr genau, wie ich reagierte, als Astrid anrief und sagte, dass Tanja im Sterben liegt, ich sagte wohl aha, soso, oder so etwas. Und fragte, woran sie denn stirbt. (Lungenkrebs, vor sechs Wochen erst diagnostiziert, und man kann schon nichts mehr tun.) Und, genau, ich sagte, interessant, wo die Tanja doch nie geraucht hat, aber das stimmt wohl nicht, die hat schon geraucht, heimlich halt. Ich hätte gedacht, das kann die gar nicht, ich hätte gewettet, die sauberen Lungen von meiner sauberen Schwester nehmen etwas derart Schmutziges wie Rauch und Teer gar nicht an.

Aber Überraschung. Tun sie doch. Allerdings kenne ich sie ja auch kaum. Sie ist viel älter als ich, sie war vierzehn, als ich auf die Welt kam, und als ich fünf war, zog sie von zuhause aus. Ich kann mich kaum an sie erinnern. Ich erinnere mich an ihre Hochzeit, da war ich neun, und dass ich ihr erstes Kind im Arm hielt, da war ich elf. Und wie ich sie mit Mutter im Krankenhaus besucht habe, als sie ihr zweites bekam, da war ich zwölf, und als sie am Telefon sagte, nein, du kannst nicht zu mir kommen und ruf nicht mehr bei uns an, da war ich siebzehn. Und als ich vor der Tür ihres Fertighauses stand und sie mich nicht hineinließ und sagte, sie ruft die Polizei, wenn ich nicht sofort verschwinde, da war ich auch siebzehn, eine weinende, verzweifelte, kaputte, obdachlose Siebzehnjährige, die an die falschen Freunde geraten war und angefangen hatte, Drogen zu nehmen, die von ihrer betrunkenen Mutter im Streit aus dem Haus geworfen worden war, die seit einer Woche auf der Straße gelebt und vor Angst kaum geschlafen hatte. Meine Schwester steckte mir nicht einmal Geld zu. Man kriegt doch normalerweise Geld zugesteckt, wenn man derart verjagt und verstoßen wird, in Filmen ist das jedenfalls üblich, dass der Verstoßer dem Verstoßenen wenigstens ein bisschen Geld gibt, zur Beruhigung des schlechten Gewissens. Meine Schwester hat das nicht gemacht, sie hat nur die Tür zugeworfen, den Schlüssel umgedreht und durch den Spion oder die Vorhänge zugesehen, wie ich mich schlich, zurück in mein Elend. Als die Tür zwischen uns zufiel, sah sie nicht aus, als hätte sie ein schlechtes Gewissen. Wahrscheinlich hatte sie keins, und falls doch, wird sie sich gedacht haben, dass sie am Samstag eh zur Beichte gehen wird, zehn Vaterunser und drei Rosenkränze und alles wieder in Ordnung.

Meine Schwester ist sehr katholisch. Das hilft ihr jetzt hoffentlich beim Sterben. Deswegen ist man doch ein Leben lang katholisch und geht jeden Sonntag in die Kirche, damit dann das Sterben mehr Sinn hat, ja Freude macht, weil man ein Jenseits hat, in das man vertrauens- und erwartungsvoll hinüberblicken kann, weil einen dort etwas erwartet, das allerweil besser ist als das hier. Meine Schwester ging sonntäglich zur Messe und war auch sonst religiös immer sehr engagiert. Die hat jetzt beim Sterben eh alle Vorteile, die braucht mich gar nicht. Ich habe versucht, das Astrid zu erklären, aber der mangelt es am nötigen Sarkasmus, immer schon. Seit damals, als meine Schwester wieder hinter ihrer Tür verschwunden war, habe ich sie nie wiedergesehen.

Nein, stimmt nicht, einmal sah ich sie zufällig, vor zwei oder drei Jahren, in einem Einkaufszentrum am Stadtrand. Ich habe sie nicht sofort erkannt, sie stand in einem Schreibwarendiskounter an der Nebenkassa an, ihr Wagen war voller Partyartikel, Pappbecher, bunter Pappteller, Papierschlangen, Konfetti, Kerzen für eine Geburtstagstorte. Dann erkannte ich sie. Sie hatte sich gut hergerichtet, Minirock, Stöckelschuhe, blondierte Haare und viel Schminke, aber sie sah trotzdem alt aus. Sie ist ja gute fünfzig, vielleicht hat sie schon ein paar Enkel, das Zeug in ihrem Wagen sah jedenfalls nach Kindergeburtstag aus. Astrid hatte mir erzählt, dass sie sich hatte scheiden lassen, ich war natürlich sicher, ihr Mann habe das böse Weib verlassen, aber nein, sie hat ihn verlassen, für einen viel Jüngeren, da schau her, interessant, so katholisch war sie dann offenbar doch auch wieder nicht. Oder hat auch dafür viel gebeichtet und gebüßt, das Katholische ist ja eine hochpraktische, lebensnahe, sehr pragmatische Religion. So gesehen wundert mich auch das Rauchen nicht. Vermutlich hat sie auch gesoffen wie ein Loch. Vorne schöne bürgerliche Fassade, die man sich nicht von einer kaputten kleinen Schwester anpatzen lässt, hinten alles so im Arsch, dass man's nicht einmal der kaputten kleinen Schwester zeigen kann. Astrid will, dass ich sie im Krankenhaus besuche.

«Wo liegt sie denn?» Nicht dass es mich interessiert.

«In Linz.»

«Will sie mich sehen?»

«Na ja, also.»

«Hat sie was gesagt, dass sie mich sehen will?»

«Jetzt nicht direkt.» Also nein. Hat sie nicht. Ist wohl mehr Astrids Harmoniesucht, Astrid will immer, dass alle gut sind und lieb miteinander, ein schweres Schicksal in dieser kaputten Familie.

«Nein, also?»

«Nein. Aber es geht ja nicht nur um Tanja.»

«Sondern.»

«Um dich auch.»

«Ach, um mein Seelenheil geht es hier?»

«Eher um dein Karma.» Ich würde sie gern fragen, was sie mein Karma angeht, aber sie ist da empfindlich und ich brauche sie noch. Sie macht halt Yoga.

«Mein Karma, aha.»

«Du solltest ihr vergeben.»

«Warum? Ich sehe keinen Grund dazu.»

«Dir würde es besser gehen.»

«Würde es nicht.»

«Würde es doch. Wenn nicht jetzt, dann irgendwann. Es wäre etwas Großes, Selbstloses. Es wäre gut für dich.»

«Aha.»

«Ja.»

«Ich weiß nicht.» Ich weiß nicht. Muss ich das? Ich glaube nicht. Nicht nach all dem. Muss ich ihr verzeihen, nur weil sie zufällig stirbt? Muss ich nicht, oder. «Wenn sie von einem Lastwagen erwischt worden und schlagartig tot wäre, und ich hätte keine Gelegenheit mehr gehabt, ihr zu verzeihen, ich glaube, ich könnte damit gut leben. Könnte man nun einmal nichts machen, oder?»

«Aber du weißt es jetzt. Du weißt, dass sie nicht mehr lange da ist.»

«Sie ist ein Arsch. Sie ist ganz bestimmt immer noch ein Arsch. Was man unter anderem daran sieht, dass sie in all den Jahren ganz offensichtlich nie das Gefühl hatte, dass sie etwas falsch gemacht hat. Sie hat sich ja nie gemeldet bei mir, hat sich nie entschuldigt.» Es war ja nicht so, dass ihr plötzlich eine innere Stimme geflüstert hat, dass das damals übrigens gar nicht nett war, dass das jetzt besser gutgemacht werden sollte. Hat sie ja nie versucht. Ist ja nie gekommen. Hat ja nie ihre Hand ausgestreckt. Sie will ja gar nicht, dass ihr verziehen wird, sie sieht ja vermutlich immer noch nichts Vergebungswürdiges in ihrem Verhalten ihrer kleinen Schwester gegenüber.

«Aber du bist eben kein Arsch. Und deswegen kannst du ihr verzeihen.»

«Können vielleicht. Aber wollen nicht.»

Ich würde gern Adam fragen, was ich tun soll, der könnte es mir sagen, Adam würde bestimmt das Richtige raten in dieser Situation, bloß kann ich ihn nicht fragen, denn Adam glaubt, ich hätte keine Familie mehr, außer meiner einzigen Schwester Astrid. Was ungefähr zur Hälfte ja eh wahr ist und demnächst noch ein ganzes Stück wahrer wird. So hat es meine Schwester im Prinzip auch gemacht.

Ich habe Astrid gefragt, wie lange man ihr denn noch gibt, aber Astrid weiß es auch nicht so genau; kann morgen vorbei sein, kann noch ein halbes Jahr dauern. Aha. Ich weiß nicht.

Ich warte jetzt mal ab. Ich mach's einfach, wie ich es immer bei unwiderstehlichen und meistens unvorstellbar teuren Schuhen mache, die ich in einem Laden sehe, bei denen ich mir aber nicht hundertprozentig sicher bin. Ich tue erst mal nichts, ich setze mich auf meine Hände, schlafe darüber und lasse das Schicksal entscheiden: Sind sie morgen oder übermorgen noch da, gut. Ist meine Schwester nächste oder übernächste Woche noch da: mal sehen. Wenn nicht, Pech gehabt, wird schon richtig sein so.

Neun Jenny hat mal wieder einen Neuen. Ich hatte länger nichts von ihr gehört und rief sie vor zehn Tagen wieder einmal an. Sie sagte, sie könne jetzt nicht sprechen, nur so viel, sie flüsterte jetzt, ein schöner nackter Mann wandle gerade durch ihre Wohnung. Na bitte, sagte ich, ich will alles wissen, ruf mich sofort an, wenn er aus der Wohnung hinausgewandelt ist, und das tat sie zwei Stunden später und sprudelte mir ihr Glück ins Telefon: ein merkwürdiger Zufall, der zu ihrer Begegnung mit dem Mann, dem Traummann, geführt hatte. Ein Wunder, nach dem eben überstandenen Desaster. Anderseits hat Jenny praktisch immer gerade ein Desaster überstanden, und das Beneidenswerte an ihr ist: Sie übersteht das immer unbeschädigt, ohne Rückstände. Ich wollte zu Jenny sagen, lass mich raten, er ist groß und dunkel und hat feurige Augen, in denen man auch versinken könnte, aber ich tat es nicht. Ich wollte Jenny nicht ihre Illusion versauen, sie hätte diesmal einen ganz anderen, einen wirklich Neuen gefunden, den Richtigen.

Wenn Jenny einen Neuen hat, wird er für gewöhnlich zügig in den Freundeskreis eingemeindet, und es war auch bei diesem nicht anders: Noch in derselben Woche wurden Cocktails und anderer Alkohol gereicht, in Jennys Dachwohnung, beziehungsweise darüber. Wir saßen, in warme Decken gewickelt, auf ihrer Dachterrasse, in den gepolsterten Fauteuils und Sofas aus Plastikgeflecht, unter dem Heizpilz, den sie dort jetzt installiert hat. Diese Wohnung war ein bisschen weniger naturfreundlich als ihr Bauernhof, den sie als Wochenend- und Urlaubsdomizil hat. Ich kannte die meisten Leute nicht und teilte sie, während Jenny herumwuselte, wie immer in meine bewährten Kategorien ein, Kategorien unterschiedlich ausgeprägter Verachtung: reich, dumm, verwöhnt, drogensüchtig, sexsüchtig, faul. Die Fashionstreberin, der aufgesetzte Intellektuelle, der Designer, die philanthrope Politikergattin, der Musikauskenner. Neben mir redeten zwei über ihre erste Minimal-Compact-Platte, in welchem Jahr sie die wann genau und wie und wo gekauft hatten, und was sie dabei für Hosen anhatten und was ihnen alles abging, als sie sie zum ersten Mal hörten … Alles kaputte, versaute, kranke, wohlstandsverwahrloste, vollkommen ahnungslose und lebensuntüchtige Idioten im Prinzip, mehr als einer vom Chirurgen verschnitten, ich wollte keinen und keine von denen näher kennenlernen, ich wollte mit niemandem auch nur Smalltalk machen, ich wollte nicht über ihre Witze lachen, ich wollte nichts über ihre Kinder erfahren und über ihre tollen Kreativ-Jobs und nicht mit ihnen über Angeber-Musik aus den achtziger Jahren plaudern. Endlich tauchte Moritz auf, küsste mich links und rechts und drückte sich unter der Decke an mich, als wär ich seine Liebste, und später drückte sich Luna, Jennys Tochter, die jetzt mit dreizehn schon ein bisschen dabei sein durfte, auch dazu, zwischen uns hinein, und erzählte aufgeregt etwas von einem Dragan aus ihrer Klasse, der Hakenkreuze an die Wände schmierte, Hakenkreuze, ob wir wüssten, was das bedeute?! Ich setzte einen betroffenen Blick auf, aber Moritz irritierte Luna mit seinem Glockenlachen und sagte, das sei einfach nur ein Trottel mit vermutlich depperten Eltern und erzählte ihr dann einen schrägen Kinderwitz, und Luna lachte ihr für ihr Alter viel zu dreckiges Lachen und verschwand, um den Witz weiterzuerzählen. Ich wurde warm und langsam weicher, während ich trank. Ein paar Sterne blinkten durch den Rauch, der rund um uns aus Kaminen in den Dezemberhimmel hineinstieg. Ich fragte Moritz, wie es mit den Frauen liefe, und Moritz sagte, es liefe ganz hervorragend, insofern sie seine guten Vorsätze derzeit nicht mit unangebrachten, vorsatzgefährdenden Annäherungsversuchen durchkreuzten.

«Was ja der Plan war», sagte ich. «Die Frauen durch aggressives Desinteresse zu verscheuchen.»

«Na ja», sagte Moritz.

«Vergiss die Frauen, Moritz», sagte ich.

«Ich bin nicht schwul», sagte Moritz.

«Ja», sagte ich.

«Wie geht's W?», fragte Moritz.

«Ja», sagte ich.

«Bist du verliebt?», fragte Moritz.

«Ja», sagte ich.

«Wird es gefährlich?», fragte Moritz.

«Nein», sagte ich.

«Dann bist du nicht verliebt.»

«Du kennst dich ja mit so was aus.»

«Ja», sagte Moritz.

Dann kam Jennys Neuer mit der Champagnerflasche und schenkte uns nach. Ein großer, haariger Bär mit feurigen Augen, ich tat mich schwer, ihn vom vorletzten zu unterscheiden. Und vom Vorvorletzten. Alle Jenny-Männer sind große dunkle Männer mit dunklen Augen; stell sie nebeneinander, und du kannst es als spanisches oder argentinisches Mehrlingswunder verkaufen. Alle mit Haaren am Rücken, garantiert, Jenny hat mir einmal gestanden, dass sie auf Haare am Rücken steht, aber Jenny mag auch Tiere gern. Der Neue ist ein bisschen slicker als die letzten paar, gepflegter, auf unaufgeregte Weise gut angezogen, charmant. Er trug eine Jeans, dazu eine edel abgetragene, aber sichtbar teure Vintage-Lammfelljacke und eine rehbraune handgestrickte Haube, die sowohl mit der Jacke als auch mit seinen Augen harmonierte. Hat ihm garantiert Jenny geschenkt. Jenny versuchte, cool und normal zu wirken, während der Neue einschenkte und freundlich mit ihren Freunden parlierte, aber die Euphorie brach aus ihren Augen, floss über das Dach, tropfte hinunter auf die Straße. Es machte mich froh, sie wieder einmal so zu sehen, Jenny im Glück: endlich der perfekte Mann, endlich der Eine, endlich der Mann fürs Leben, endlich alles gut. Es wird nicht lange halten.

Er war schon dagewesen, als ich aufs Dach gekommen war, über die steile Gittertreppe von Jennys kleinem Balkon aus, und kaum hatte uns Jenny vorgestellt, warnte er mich, während er mir Champagner einschenkte, schon launig vor dem gefährlichen Abgrund hinter der niedrigen Mauer, die das Dach begrenzt. Als sei nicht ich schon ewig mit Jenny befreundet, als hätte nicht ich auf diesem Dach schon viele Feste gefeiert, sondern er. Als wäre nicht er der Neue. Als wohne er schon hier, als sei er bereits der Hausherr. In mir schrillte der erste Alarm. Natürlich hat das mit Jenny zu tun, die ihren Männern so ungeniert das angenehme, einnehmende Gefühl von Zugehörigkeit gibt, das Gefühl, bei ihr zuhause zu sein, alles zu teilen, Bett und Raum und Dinge und Interessen und Arbeit und Freunde, mit ihrer warmen, fast arglosen Vertrauensseligkeit. Er sah schon, wie sich sein materieller und ideeller Besitz mehrte, er sah sich schon den aufgeklärten Pascha geben, in dieser Wohnung und auf diesem Dach, er sah sich schon die Zimmer neu einrichten, seine Sachen zwischen, vor, anstelle von Jennys Sachen zu stellen und dies und das umzubauen, mit seinen Händen und nach seinem Geschmack. Ich sah schon seine Entmännlichung, zwischen all dem Geld und den Sachen von Jenny. Er küsste Jenny auf den Mund, etwas schüchtern noch, seine haarige Hand noch unsicher etwas oberhalb ihres Hinterns. Das wird schon. Nächste Woche sieht das schon ganz anders aus. Nächste Woche langt der schon ganz anders hin, wesentlich zugehöriger, sehr viel besitzstolzer, die Wette gilt.

Jenny, paar Tage davor, am Telefon: Es ist so eine Erlösung.

Ich, im Atelier, Beine auf dem Schreibtisch: Kann ich mir vorstellen.

Konnte ich nicht. Jede von Jennys Beziehungen ist mir ein Rätsel, jeder von Jennys Männern bleibt mir fremd, mit keinem noch hatte ich mehr Gesprächsstoff als Wie-geht's und Ja-gerne-ein-Glas-ist-noch-drin. Doch, stimmt nicht, mit einem, mit Daniel, mit dem konnte ich, aber kaum hatte ich mich eine Viertelstunde oder so gut mit ihm unterhalten, wurde er schon wieder abgelöst. Dieser Daniel litt, erklärte man mir, unter dem Makel der Verschwendungssucht, ein Problem, das sie mit dem Neuen zuverlässig nicht haben wird, der hält an sich, das ist einmal sicher. Ich habe damals überlegt, Daniel anzurufen, ließ es dann aber. Er rief mich an, klingelte am Atelier und griff mir, als ich ihn hereinließ, noch vor dem Hallo zwischen die Beine. Ich habe es Jenny nicht erzählt, obwohl es ihr vermutlich einerlei gewesen wäre; sie hatte ihn längst überwunden, ausgestrichen, war schon mit dem Neuen beschäftigt, voller Glück, strahlend, endgültig.

Wie immer. Und als wär's jedes Mal der Erste und der Letzte. Ich beneide sie darum. Jennys Neue kommen und verschwinden wieder. Es gibt nie einen echten Krach, nie ein Drama, Jenny präsentiert sie, ist ganz Leidenschaft und leidet dann ganz, eingedunkelt vom schaurigen Schatten der Ahnung, dass sie sich wahrscheinlich nie wieder richtig verlieben wird können. Das dauert ungefähr drei Tage. Dann kommt der Nächste, der offensichtlich schon vor der Tür gewartet hat, weil, wo nimmt sie die sonst immer so schnell her? Der Eine wird vom Nächsten abgelöst, kaum ist einer weg, legt schon der Andere schüchtern seine behaarte Hand auf Jennys Arsch. Es ist ihr spezielles Talent, ein Talent, das mir nicht vergönnt ist. Ich beobachte und studiere es mit großen Augen, mit maximaler Bewunderung, nicht gänzlich frei von Neid. Was ist das genau? Wie lebt man so? Sitzt das auf den Chromosomen, bringt einem das eine richtige Mutter bei, lernt man das beim Yoga? Jenny ist durchtränkt von einer sympathischen Unwiderstehlichkeit, jeder will sie kennenlernen, jeder mag sie sofort, stell sie in eine Menge und sie zerfließt wie warmer Schokoladenpudding zwischen den Leuten. Jeder will mehr von ihr, will ihr glucksendes Gelächter, ihre Meinung, ihre Zustimmung. Sie ist ein blondes, sonniges, unkompliziertes Yoga-Mädchen, wie es jeder gerne um sich hat, wie es jeder als Freundin haben will. Manchmal habe ich Angst vor ihr, und ich schäme mich für diese Angst. Sie ist mir fremd, und sie wird es bleiben. Sie hält mich für eine Freundin, aber es ist etwas fremd zwischen uns. Ich mag sie, ich bin gern mit ihr befreundet, und ich wäre ihr gern näher, so nah, wie sie glaubt, dass wir es sind. Ich will Menschen wie Jenny um mich haben, in der Hoffnung, es färbe etwas auf mich ab, ich könnte ein bisschen so werden. Aber ich kann es nicht, und ich bin nicht wie sie, und ich versuche, diesen Makel zu verstecken, weil ich sie gernhabe. Sie ist ja auch klug und ehrgeizig, nicht nur sonnig und blond, und Adam sagt, er weiß nicht, was ich habe, so verschieden seien wir doch gar nicht, Jenny und ich. Er hat doch keine Ahnung. Dieser Daniel hat es gesehen, sofort gecheckt: dass ich die Frau bin, der man einfach zwischen die Beine greift, noch vor dem Hallo, die man in eine Ecke drängt, der man die Zunge in den Hals steckt, den Rock über die Hüfte reißt und in die Möse fährt, noch bevor man ihren Nachnamen kennt und ohne dass man je über ihre Hobbys und ihre Kinder, ihre Träume, ihren Geburtstag und ihre Lieblingssongs wird reden müssen. Ich bin die Frau, die sich das gefallen lässt, die Frau, mit der man das machen kann, weil es in ihr steckt, weil sie es hat und weil sie es ja will. Ich bin die Frau mit der Vergangenheit, und manche Kerle spüren das. Männer wie Adam nicht. Kerle wie Daniel und Jennys Letzter schon.

Jenny vor zehn Tagen, am anderen Ende der Leitung, seufzend: Der ist es. Ich glaube, der isses jetzt.

Ich, während ich gleichzeitig im Laptop einen Schuhversand nach dem ultimativen Stiefel abscrollte: Da bin ich ja schon sehr gespannt.

War ich eigentlich nicht. Ich war in erster Linie erleichtert, dass sie den Letzten los war, dass er verschwunden war, hoffentlich für immer. Der Letzte war ein Irrtum, er passte nicht in Jennys Parade, aber Jenny hat es, glaube ich, gar nicht bemerkt, es war irgendein anderer Fehler, der sie an ihm störte, nicht, dass er ganz offensichtlich ein Psychopath war. Das ist ihr gar nicht aufgefallen, hat sie nicht gespürt und nicht gerochen, und bevor der Blondinen-Zauber aufhörte zu wirken, waren sie schon auseinander. War er weg, durch ein glückliches Wunder, das ihn beruflich ins Ausland geschickt hatte; Jenny braucht Nähe, eine Fernbeziehung ist nichts für sie. Sie weinte einfach drei Tage um ihn, das war's. So rief er mich an, als er in der Stadt war, aber den ließ ich nicht einmal in die Nähe des Ateliers. Ich bin unvernünftig, verwegen und manchmal zu leichtsinnig, aber ich bin nicht suizidal. Und ich hoffe flehentlich, dass daraus keine Tradition wird, dass es Jennys Kerle danach bei mir probieren. Aber es wundert mich auch nicht, dass es diese beiden taten. Jenny hat tausend begehrenswerte Eigenschaften, die alle Männer lieben, und die ich alle auch gerne hätte und höchstens simulieren kann. Aber bei mir erkennen sie, wenn sie mich überhaupt bemerken, das eine, das ich habe: das Dunkel, nur für jene erkennbar, auf denen es ebenfalls lastet. Kerle wie Daniel und Jennys Letzter identifizieren es, spüren das. Und sie wollen es genauer wissen. Genau genommen rief mich der Letzte nicht nach Jenny an, er rief mich noch während Jenny an, mehrmals, mit sehr eindeutigem Anliegen. Beim ersten Mal hob ich noch ab, es war kurz vor Jennys Geburtstag, ich dachte, es ginge um die Party oder das Geschenk. Es ging nicht um den Geburtstag, es ging nicht einmal um Jenny. Ich speicherte die Nummer unter «Arschloch» ein, vermied Begegnungen mit ihm und hob nicht mehr ab, obwohl Arschloch noch ein paar Mal anrief, auch, als es mit Jenny schon aus war. Ein paar Wochen lang schaute ich mich sicherheitshalber vor jeder Tür, durch die ich trat, und vor jedem Haus, das ich verließ, vorsichtig um. Ich kenne solche wie den. Ich weiß, was die wollen und wozu sie fähig sind, damit sie es bekommen.

Die Sonne schien störend auf den Bildschirm meines Laptops, während Jenny mich mit den Eckdaten des Neuen vertraut machte, Beruf (Fotograf, Schwerpunkt Werbung), Familienstand (geschieden, nicht zu frisch, aber auch noch nicht zu lang allein, eine Tochter, praktischerweise ungefähr in Lunas Alter). Dieses Atelier ist zu hell. Aus drei riesigen, in je neun Quadrate geteilten Dachfenstern quält mich von früh bis spät grelles Tageslicht. Adam hat mir das Atelier zum Geburtstag geschenkt. Er überraschte mich vormittags in meinem schönen, kleinen, finsteren Favoritener Souterrain mit den gekalkten Ziegelwänden und dem abgetretenen, farbversauten Bretterboden, er strahlte, machte große und theatralische Gesten und war so albern, mir ein Tuch vor die Augen zu binden. Er nahm mich an der Hand und führte mich zum Wagen, die Treppen hoch, Achtung, jetzt ein Absatz, jetzt rechts, jetzt drei Stufen. Ich kenne den Weg. Ich bin ihn tausend Mal gegangen, im Halbdunkel und im Dunkel, nüchtern und volltrunken, ich habe hier gearbeitet und, was Adam nicht weiß, ich habe hier gewohnt, ich kenne den Weg. Und ich spürte schon: Ich gehe ihn heute so gut wie zum letzten Mal. Ich fühlte grausamen Abschied in mir. Ich lächelte euphorisch, während meine Füße sich von Stufe zu Stufe tasteten. Meine Hand schwitzte in Adams Hand. Das Lächeln schmerzte. Ich hätte lieber geweint. Ich ertrage Abschiede nicht, selbst wenn sie das Ende von etwas Schlechtem bedeuten, und das war nicht schlecht.

Und jetzt bin ich hier, permanent geblendet, mit chronischen Kopfschmerzen. Ich muss endlich Rollos anbringen lassen, dunkelgrau und lichtdicht, ich muss das googeln, dafür gibt's doch Firmen. Früher marschierten an den Knien abgeschnittene Beine durch die Fenster meines Ateliers, Kampfhunde und kleine Kinder, die manchmal neugierig zu mir herunterlinsten, Räder wurden vorbeigeschoben und Kinderwägen; jetzt nichts als gleißender, von Flugzeugen zerkratzter Himmel. Manchmal, ja, der große Mond. Das ist schön dann. Aber früher hatte ich einen türkischen Bäcker im Haus, der meinen Keller mit seinem Backofen heizte und ihn Tag und Nacht mit dem Geruch von frischem Weißbrot ausfüllte. Vis-a-vis gab es ein serbisches Café mit einem Einschussloch in der Tür. Jetzt liegt unter mir der immer propper werdende Brunnenmarkt, wo jede Woche ein neuer Bioprovolonehändler aufsperrt und drüben am Yppenplatz praktisch täglich eine neue schicke Saufhütte für Reich, Schön und Hip. Davor sitzt sommers die Bobo-Kreativwirtschaft mit grünen und roten Bobo-Lokalpolitikern, man kommt vor lauter Bugaboos und struppigen, herumtorkelnden Kleinkindern kaum noch durch. Wir wohnen in einer Seitengasse am Huberpark. Felizitas ist kürzlich auch hergezogen, in eins der teuer ausgebauten Dächer dieser Häuser voller wohlhabender Kreativmenschen und Familien wie uns, die wir gemeinsam das Viertel zu Tode gentrifizieren und zu einem Wiener Prenzlberg machen, und Adam ist daran nicht unschuldig. Er ist vielleicht überhaupt schuld. Ich wollte hier nie wohnen, ich wollte hier nie ein Atelier haben, ich war gern in Favoriten, aber Adam und sein Vater haben in diesem Quartier schon vor Jahren ein paar Zinshäuser gekauft, damals noch für ein Spottgeld. Wir wohnen in einem der Häuser, in einem andern hat Adam mir das Atelier herrichten lassen. Zum Glück liegen fünf oder sechs Blocks dazwischen, der Platz und der Betonspielplatz, auf dem man die Kinder ständig vor Kampfhunden und den serbischen und türkischen Kampffußballburschen schützen muss, die Elena, die ständig deswegen jammert, nicht mal mitspielen lassen würden, wenn es gesetzlich vorgeschrieben wäre. Soll heim Puppenspielen gehen, das Mädchen, und sich ein Kopftuch nähen. Aber ich muss hier sein, ich bin eine Geworfene, ich habe keine Wahl.

Jenny hat eine Wahl, jeden Tag, jedes Mal wieder, und sie wählt immer dasselbe.

«Und der Sex war noch nie so schön.»

«Das höre ich ja gerne.»

«Gell.»

«Ja.»

Zehn Der Lift braucht lange, bis er kommt, und dann geht die Tür sehr langsam auf. Du könntest noch umdrehen, einfach weggehen. Du machst einen Schritt in die Kabine hinein, Edelstahl mit einem großen Spiegel links, zwei Schritte, und lehnst dich dann mit dem Rücken an die Rückwand. Vierter Stock, sagte er durch das Telefon, du drückst auf die Vier. Dann rechts, die zweite Tür, sagte er. Du weißt nicht, was dich dazu getrieben hat, herzukommen. Aber du bist hier. Du weißt, was passieren wird, und du willst nicht, dass es passiert, aber du bist dennoch hier. Der Lift hat eine Decke aus Chromstahl, mit unterschiedlich großen Löchern, durch die blendendes Licht scheint. Das Licht lässt dich im Spiegel blass aussehen, fahl, fleckig, hinter den Gläsern deiner Brille hast du Ringe unter den Augen. Es gibt attraktive Augenringe, Augenringe, die einen interessant aussehen lassen, deine tun es nicht. Du solltest auch keine schwarzen Sachen mehr tragen. Du hättest gar nicht in den Spiegel schauen sollen, hättest dich mit dem Rücken an den Spiegel lehnen sollen, jedes Mal in solchen Aufzügen nimmst du dir das wieder vor und jedes Mal machst du wieder denselben Fehler. Man sollte aus Fehlern lernen. Andere lernen aus Fehlern. Du nicht. Du bist hier und fährst mit dem Fahrstuhl einem neuen Fehler entgegen, der alten Fehlern entspringt, aus denen du eigentlich lernen hättest sollen. Du weißt, dass du das bereuen wirst. Du weißt, dass es kurz gut sein und dass es dann wehtun wird, lange wehtun wird. Der Lift wird langsamer, es kommt dir unendlich vor, dann hält er an und eine weitere Unendlichkeit später schiebt sich die Tür langsam ineinander. Ein schäbiges, finsteres Treppenhaus erwartet dich, es passt nicht zu dem grellen Glanz des Fahrstuhls, aus dem du trittst. Das Leuchten hinter dir wird weniger, dann ist die Tür zu. Du stehst allein im Halbdunkel. Du hast noch eine Chance. Das Leben gibt dir jetzt, in diesem Moment, noch eine Chance, der Narbe zu entkommen, einer Messernarbe an einem Adamsapfel, es heil nach Hause zu schaffen, ohne weitere Verletzungen, die endlos schmerzen und zu Fanalen deiner Dummheit vernarben werden, die du pflegen und verblassen lassen musst und irgendwie in dein Leben integrieren. Du solltest wieder hinunterfahren, Moritz anrufen. Moritz weiß nicht, dass du da bist, denn wenn er es wüsste, wärst du nicht da. Du solltest Moritz anrufen. Oder Adam, ruf Adam an, erzähl ihm irgendeine Geschichte, irgendwas, er wird kommen und dich holen und retten. Er wird dich in den Arm nehmen und von diesem Haus weg und nach Hause bringen, in dein Zuhause, weg von hier, weg von deiner Vergangenheit, in Sicherheit. Du wirst vor dem Haus oder um die Ecke auf ihn warten, es wird dir schlecht geworden sein, du wirst einen Kreislaufkollaps gehabt haben oder irgendwas, Adam wird dich retten, wird dich retten ohne es zu wissen, vor dem, das hinter der Tür auf dich wartet. Vor dem Einen, der hinter der Tür da vorne wartet, nur dort, nur hinter dieser einen Tür. Du brauchst nur nicht durch diese Tür zu gehen. Überall anders ist dein gutes, dein richtiges Leben, nur nicht hinter dieser einen Tür, einer braunen Tür mit einem kleinen, weißen, ovalen Emailleschild, auf dem eine schwarze «42» steht. Eine «42». Zweiundvierzig ist eine böse Zahl. Zwei und Vier sind schlechte Zahlen. Deine Zahlen sind Drei und Sechs und Neun, alles, was gut ist in deinem Leben hat eine Drei, eine Sechs oder eine Neun in sich, das sind deine Zahlen, nicht Zwei und Vier, Zwei und Vier sind böse, Zweiundvierzig ist böse, Vierundzwanzig ist sehr, sehr böse, an einem Vierundzwanzigsten ist es passiert. Du solltest nicht auf eine Vier und eine Zwei zugehen. Du musst nicht an diese Tür klopfen, du brauchst nur nicht durch diese Tür zu gehen, und alles wird gut und deine Seele bleibt gesund. Du kannst einfach wieder in den Lift steigen hinter dir, dich umdrehen, auf den Knopf drücken und durch die sich ineinanderschiebende Tür treten oder rechts davon die Treppen hinunter schleichen. Du warst noch gar nicht da, es ist noch gar nicht passiert, und es würde nichts passieren, wenn du jetzt einfach nicht die paar Schritte über zertretene, schmutzige Fliesen zu dieser Tür hinübergehen würdest, diese eins, zwei, drei, vier, fünf, sechs, sieben, acht (vier mal zwei) Schritte nicht machen und nicht an dieser braunen, immer wieder, aber jetzt schon lange nicht mehr lackierten Tür stehen würdest, vor einem uralten, abgetretenen Fußabstreifer, auf dem WILLKOMMEN steht. Willkommen in der Scheiße. Willkommen in deinem alten Leben. Wenn du ... Und jetzt zwitschert dein iPhone, es zwitschert das «Elena-Kindergarten»-Alarm-Gezwitscher, und für einen Moment stehst du starr und spürst nur, wie deine beiden Welten kollidieren, eine Zehntelsekunde lang nur, und als das Beben verebbt, drehst du dich um und gehst, dein iPhone aus der Tasche fischend, von der Tür weg. Um die Ecke, die Treppe hinunter, du nimmst das Handy ans Ohr und sagst «Ja, Pollak?», du hörst die Kindergärtnerin guten Tag sagen, und dass Elena sich übergeben hat, und gleichzeitig hörst du weiter oben einen Schlüssel sich in einem Schloss drehen, eine Tür aufgehen, Schritte im Flur, eins, zwei, drei, vier.

Du fängst an zu laufen, immer schneller, rennst du die Treppe hinab auf deinen Stöckeln und mit dem iPhone am Ohr, du sagst «ja, bitte» in die Ohrenbetäubnis deines Gestöckels hinein, während du gleichzeitig zu erlauschen versuchst, ob er dir folgt, dir nachläuft, um dich zu holen, dahin, wo du hingehörst. Du läufst. Du rennst. Du hörst, wie der Lift sich in Bewegung setzt, und du rennst noch schneller, viel zu schnell für diese Schuhe rennst du mit einer Hand am Geländer die gewundene Treppe hinunter, und du hörst den Lift surren und das Licht im Treppenhaus geht mit einem Knacken aus, und du rennst weiter das fast dunkle Treppenhaus hinunter, und der Aufzug surrt und wenn du jetzt stürzt, ist es aus mit dir, und du hörst die Kindergärtnerin im Telefon sagen, dass Elena matt und blass auf dem Sofa liegt, und du hörst dich keuchen, dass du sie abholen kommst, jetzt gleich, du bist eh gerade unterwegs, du bist in zehn Minuten da, und du rennst um noch eine Kurve, dann ist die Treppe zu Ende und du siehst helles Tageslicht durch eine gläserne Schwingtür fallen, und du hörst den Fahrstuhl, und du rennst auf die Schwingtür zu, drückst sie mit voller Kraft auf und rennst an Fahrrädern vorbei weiter zum Haustor, das massiv ist und sehr schwer, du hängst dich mit deinem ganzen Körpergewicht an den Türgriff und du ziehst das Tor auf, und du hörst Schritte hinter dir, eins, zwei, und du rennst hinaus und du rennst noch, als du schon ein paar Blöcke entfernt und zweimal um die Ecke bist und erst dann bleibst du stehen. Das Telefon in deiner Hand ist noch immer an, aber es ist niemand mehr dran. Du drehst dich um, aber es ist keiner hinter dir her. Du gehst weiter, und du winkst dir ein Taxi heran, und du lässt dich ins Taxi fallen und nennst die Adresse von Elenas Kindergarten und du fängst an zu weinen.

Elf «Und?»

«Ich weiß nicht.»

«Ich fand's eh schön.»

«Schön? Ich weiß nicht.»

«Ja nett halt. Die Direktorin wirkte auch okay.»

«Mir war sie nicht so besonders sympathisch.»

«Du magst keine Hennaroten.»

«Nicht deswegen! Sie war so ... Ich weiß nicht.»

«Das ist bestechend und geradlinig argumentiert. Alles klar.»

«Ach, was. Bestell mir bitte einen Caffè Latte. Ich muss aufs Klo. Und ein Glas Wasser dazu.»

Es ist ein schäbiges, kleines Espresso, in das wir geraten sind, ich war vorher noch nie hier. Wäre es nicht schäbig, würde es nicht Espresso heißen, dann hieße es Café. Es ist aber ausdrücklich ein Espresso, mit trotzigem Stolz, es will ein Espresso sein, ein altmodischer, nachts garantiert flackernder Neonschriftzug zeichnet es explizit als Espresso aus. Die Fliesen sind hellbraun, die Fugen schwarz, das Resopal der kleinen Tische und der Bar ist dunkelbraun, die Kellnerin ist blondiert und hat einen fetten Arsch, genau wie es sich gehört. Nur dass, als ich von der Toilette mit der beigen Klobrille zurückkomme, tatsächlich ein Latte auf dem Tisch steht. Ein Espresso, das etwas auf sich hält, führt keinen Latte, in einem echten Espresso bekommst du, wenn du einen Latte bestellst, eine wässrige Melange, und wenn du einen Cappuccino bestellst, bekommst du eine wässrige Melange mit etwas Ovomaltine drauf. Das hier ist eindeutig ein Latte. Und er ist gut, schaumig, heiß, mild und stark. Vor Adam steht eine Melange, sie sieht wässrig aus, Adam rührt misstrauisch und mit saurem Blick darin herum. Er ist es gewohnt, etwas Gutes zu bekommen.

«Ich dachte, so was würden sie hier können.»

«Tja.»

«Elena hat es gefallen.»

«Bist du dir sicher? Erstens war Elena noch angeschlagen von dem blöden Darmvirus. Zweitens war sie noch nie in einer Schule. Ihr würde im Augenblick alles gefallen, das gerade knapp nicht Guantanamo oder ein Al-Qaida-Ausbildungscamp ist.»

«Jetzt übertreib nicht. Sie ... »

«Außerdem: Es gab einen Cola-Automaten. Der hat ihr gefallen. Mir dagegen nicht.»

«Der hat mir auch nicht gefallen. Gar nicht. Was hat ein Cola-Automat in einer Grundschule verloren? Der kommt in die Minus-Rubrik.»

«Machst du eine Liste?»

«Im Kopf.»

«Mach doch eine Liste. Eine echte. Du machst doch so gern Listen.»

«Du machst dich lustig.»

«Trotzdem. Leg eine Liste an. Eine Excel-Tabelle.»

«Du machst dich lustig über mich. Ich finde das nicht schön.»

«Jaja. Ich mein's aber dennoch ernst. Auch wenn ich mich lustig mache.»

«Du bist eine böse Frau.»

«Hab nie was anderes behauptet. Mach jetzt die Liste. Warte, ich hab da irgendwo einen Stift.»

«Jetzt im Ernst: die Direk... danke, die Direktorin macht wirklich einen integren Eindruck auf mich. Hast du auch einen Zettel?»

«Moment. Hier. Schreib's auf. Wobei, integer, welche Kategorie ist das?»

«Wie meinst du das?»

«Ich meine: Was hat unser Kind von einer integren Direktorin?»

Ich werde dafür sorgen, dass die Minus-Liste länger wird, Adam wird es gar nicht bemerken. Er wird glauben, es sei unsere gemeinsame Entscheidung, meine und seine. Aber er ist zu naiv, um eine solche Entscheidung zu treffen, er sieht die Probleme nicht. Ich sehe sie. Ich will nicht, dass Elena auf diese Schule geht. Ich habe, während Adam und Elena mit netten, idealistischen Lehrerinnen und süßen Schülerinnen und Schülern plauderten, am Fenster gestanden und auf den Schulhof hinunter geblickt, wo gerade Pause war. Ich sah eine Menge rempelnder, boxender Zwölf- und Vierzehnjähriger, die gar nicht süß wirkten. Vielleicht waren sie süß gewesen, als sie fünf waren, wie Elena, oder auch noch mit sechs und mit sieben, vielleicht werden sie durch ein Wunder wieder süß, wenn sie neunzehn sind oder zweiundzwanzig. Eher nicht. Jetzt sind sie elf, zwölf und dreizehn und nicht süß. Sie sind roh und grob wie Affen. Ich sehe die Narben ihrer Herkunft. Sie haben brutale Stoppelfrisuren, die Schläfen rasiert, wie Mini-GIs. Sie wollen gefährlich aussehen, weil ihre Väter es wollen und ihre älteren Brüder. Sie verachten Frauen, kleine Mädchen bestrafen sie, an größeren reagieren sie sich ab. Erst kürzlich, als ich auf die U-Bahn wartete, sah ich einen, der war vielleicht zwanzig, der beschimpfte eine wunderschöne, elegante und stolze junge Kopftuchträgerin in engen Röhrenjeans, die ihn offenbar abgewiesen hatte. Du Hure, schrie er, dich krieg ich noch, dir zeig ich's noch, du grindige, perverse Nutte. Ich will nicht, dass mein zartes sechsjähriges Mädchen in ihre Hände gerät, ein Opfer ihrer Grobheit, ihres verletzten Stolzes und ihres Hasses wird. Ich will nicht, dass mein kleines Kind sich gegen ihre Weltanschauung wehren muss, ich will nicht, dass sie mit ihren Ansichten konfrontiert wird und ihre Gewohnheiten annimmt. Ich will nicht, dass sie ihre Ausdrücke lernt und ihre Sprache spricht. Ich will nicht einmal, dass sie ihre Sprache hört. Nicht die Sprache des Landes, aus dem ihre Eltern stammen, sondern die Sprache der Straße, die Sprache männlichen Größenwahns, die Sprache von Überlegenheit und Gewalt. Ich habe nichts gegen Ausländer; wir sind sehr gut mit Mirkan und Alenka, netten, aufgeschlossenen Menschen, die mit ihrer Babytochter in unserem Haus eine Hochparterre-Wohnung bewohnen. Ich habe nichts gegen Ausländerkinder. Es geht nicht um Herkunft. Es geht darum, was die Herkunft, die Umstände und die Stigmata ihrer Herkunft aus ihnen gemacht haben, und dass sie deshalb nicht in der Position sind, daran etwas zu ändern. Oder nur mit unheimlich viel Kraft, so viel Kraft, dass es einen einzelnen Menschen meistens überfordert. Ich kenne mich aus mit Herkunft, ich weiß, was sie mit dir macht. Wenn du eine Herkunft hast, ist es schon schlimm genug, sogar, wenn man sie dir nicht ansieht. Wenn man sie dir ansieht, stellt sie dich an die Wand, drängt dich in eine Ecke, in der du nur noch reagieren kannst, und die meisten reagieren wie bedrohte Tiere. Es ist nicht ihre Schuld, sie haben keine andere Wahl, aber ich will Elena dem nicht aussetzen. Ich kann diese Kinder nicht ändern, und sie können nichts für das, wozu sie gemacht wurden, aber ich werde Elena vor ihnen beschützen.

«Lass uns doch noch diese andere Schule anschauen.»
«Welche?»
«Diese Privatschule.»
«Hmm, ich weiß nicht. Ich würde sie lieber in eine öffentliche geben.»
«Aber nicht in die.»
«Aber in eine öffentliche.»
«Warum? Weil du als reiches, in Privat- und Eliteschulen ausgebildetes Söhnchen großzügig die Meriten einer guten Ausbildung ausschlagen kannst? Weil du es ja erlebt hast und deshalb besser weißt? Oder lässt du dein Kind dein eigenes schlechtes Gewissen ausbaden, dass du Bildungsprivilegien hattest, die andere nun mal leider nicht haben?»
«Das kann ich dir sagen. Weil ich auf meinen Privatschulen so viele Druckslehrer hatte, die mit autoritären Methoden elitäre Bildungsbürgermist in meinen Kopf hineinstopften, bis er mir zu den Ohren herauskam. Und weil ich weiß, was für Leute ihre verwöhnten Superkinder in genau diese Schulen schicken. Ich kenne das und ich will nicht, dass Elena so wird wie die.»

Das ist für Adams Verhältnisse ziemlich aggressiv. Der Kampf wird härter, als ich vermutet hatte.

«Aber du bist auch nicht so geworden. Und kannst du mit

Sicherheit sagen, dass du wärst, wo du bist, wenn deine Eltern dich auf eine nette, schlechte öffentliche Schule geschickt hätten, in der achtzig Prozent der Schüler nicht Deutsch können?» Es macht Spaß, Altruist zu sein, wenn man nie auf die Gunst von Altruisten angewiesen war. Es ist leicht, multikulti zu sein, wenn man auf das Leben der Anderen, Fremden, gemütlich von der Terrasse des Eigentums-Dachlofts hinunterschauen kann. Ich will nicht, dass wir ausgerechnet unsere kleine Tochter da hineinschicken. Schon gar nicht, wenn wir nicht müssen.

«Nein. Aber ich glaube nicht, dass mein Leben schlechter geworden wäre.»

«Ich will jedenfalls nicht, dass wir es an Elena ausprobieren.»

«Schreib's auf die Liste.»

«Verlass dich darauf.»

Zwölf Moritz ist zu spät. Das gehört zur Moritz-Folklore. Moritz kommt zu spät. Moritz kommt immer zu spät, konsequent, zuverlässig, aus Prinzip. Ich sitze in einer kleinen Ledersitzecke in der edlen Hotelbar, in die er mich bestellt hat, und verfluche ihn. Gut, die Aussicht ist grandios, man sieht praktisch über ganz Wien und über den halben Wienerwald, und die sonnengelbe Deckeninstallation von Pipilotti Rist ist beeindruckend, aber ich war eh schon mal hier essen, mit Adam. Neben mir studieren reiche, alte Amis den Stadtplan. Südstaatenakzent, soweit ich das beurteilen kann. Man darf hier nicht rauchen. Ich lasse mich in die Lederbank rutschen, nehme kleine Schlucke von meinem Gin Tonic, höre den Amis zu und spüre das Missbehagen in mir hochsteigen, und wie Wut in das Missbehagen tropft. Immer ist Moritz zu spät. Und immer bin ich pünktlich. Ich weiß nicht, warum ich pünktlich bin, es muss etwas Genetisches sein. Aber ab jetzt komme ich auch zu spät. Ich schwöre, dass ich nächstes Mal später komme. Ich schwöre in dieser verschissenen Minute in diesem verschissenen Lokal in das verschissene Sofa hinein, dass ich viel später komme, so spät, dass Moritz auf mich warten muss. Dass Moritz einmal auf mich warten muss, endlich auch einmal warten muss, auf mich. Auf mich, auf die mit dem merkwürdigen Defekt, dass sie nicht zu spät kommen kann. Aber sie wird. Ich komme zu spät, nächstes Mal. Ich werde extra vorher einen Joint rauchen, damit Moritz auf mich warten muss, einmal auf mich warten muss. Zwei Joints.

Ich werde nachher nicht sprechen können mit Moritz, nicht mit ihm shoppen, nicht mit ihm essen, nicht mit ihm trinken und ihm nichts von meiner sterbenden Schwester erzählen, egal, Hauptsache, ich werde zu spät gewesen sein. Ich werde dort mit ihm sitzen, benommen vor Bekifftheit, stumm vor Glück, ihn endlich einmal warten gelassen zu haben. Lange warten gelassen zu haben. Nächstes Mal. Nächstes Mal garantiert. Er wird warten, zehn, zwanzig, fünfundzwanzig Minuten lang, so wie ich immer.

Jedes Mal. Noch kein einziges Mal, seit ich Moritz kenne, habe ich nicht gewartet. Mit Moritz befreundet sein, heißt warten. Mit Moritz befreundet sein wollen, heißt warten können. Ich kann nicht warten, ich habe in meinem Leben zu lange gewartet. Warten ist mir nicht zumutbar, ein richtiger Freund wüsste das. Das Warten drückt mir das Blut in den Kopf. Ein richtiger, ein wahrer Freund würde so was nicht machen mit mir. Ich überlege, ob ich aufstehen soll, weggehen, um die Ecke, um dort zu lauern, bis Moritz gekommen ist, und ihm dabei zuzusehen, wie er seinerseits wartet, ob ich meinen Drink einfach stehen lassen soll und vielleicht überhaupt weggehen, heimgehen, nicht wiederkommen, Moritz warten lassen, endgültig, stundenlang strafwarten zu lassen für all die Warterei, die er mir schon zugemutet hat. Obwohl er vor allen anderen wissen müsste, dass ich nicht warten kann. Dass ich ungut werde vom Warten, aggressiv und panisch. Ich kann nicht warten. Seit fünfzehn Minuten starre ich auf mein iPhone, ich habe alle neuen E-Mails zwei Mal gelesen und Ws SMSe bis in den August zurück und ich habe auf eine Entschuldigungs-SMS gewartet und keine bekommen. Natürlich nicht. Ich sollte einfach aufstehen und das Kopfrauschen nach draußen bringen, an die frische Luft. Rein in den Trenchcoat, weg. Vielleicht noch einen Zettel liegen lassen auf meinem Platz: Warte. Oder: Komme gleich. Oder einen Zettel mit nichts, mit gar nichts. Dem schnieken Kellner einen Zettel für Moritz geben, einmal gefaltet wie die Zettel, die in den amerikanischen Gerichtsserien immer die Geschworenen dem Richter überreichen oder umgekehrt, ich weiß jetzt nicht. Nur, dass auf meinem Zettel kein Urteil steht. Sondern nichts. Was auch ein Urteil wäre, das abschließende Urteil, dass ich auf Moritz jetzt genug gewartet habe, ein für alle Mal. Fertig. Ich mache das. Es sind jetzt siebzehn Minuten. Es sind jetzt insgesamt minimum zehntausend Minuten, die ich auf Moritz schon in irgendwelchen Drecksbars in Drecksledersfauteuils gewartet habe. Ich gehe jetzt. Es reicht. Ich stehe jetzt auf, ich hole jetzt meinen Mantel, ich verlasse jetzt dieses Lokal, nur diesen Zettel muss ich … Da ist er. Da kommt Moritz. Aber es ist zu spät, ich gehe jetzt. Ich gehe trotzdem. Moritz breitet die Arme aus, strahlt. Ich gehe trotzdem. Ich stehe jetzt auf und gehe trotzdem. Er kann mich mal, endgültig. Moritz lässt sich neben mich fallen, schlingt seine Arme um mich, sein schmales Oberlippenbärtchen kratzt auf meiner Wange, unsere Brillen klappern aneinander. Die Amis schauen genervt.

«Ma chère! Bin ich zu spät? Hast du gewartet? Verzeih mir, bitte!» Er geht mir so auf den Geist.

«Schon gut, Honey. Ich bin auch eben erst gekommen.»

«Thank god! Es tut mir schrecklich leid.»

Ja, ich weiß, du Pfeife. Meine Güte. Okay, es ist Moritz. So ist Moritz eben. So kriegt man Moritz. Anders kriegt man ihn nicht. Nur zu spät. Ein rechtzeitiger, pünktlicher Moritz existiert nicht. Wenn man ihn so nicht nimmt, hat man ihn nicht. Mein Freund Moritz. Mein schwuler Freund Moritz. Denn ich habe, wie jede Frau meiner Generation, die etwas auf sich hält, einen schwulen Freund. Meiner hat den kleinen Makel, dass er nicht weiß, dass er schwul ist. Dass er behauptet, es nicht zu sein und jeden Verdacht entschieden von sich weist. Von mir aus. Wir gehen gemeinsam shoppen und zur Massage. Wir hatten nie Sex miteinander und werden nie welchen haben, ein einziger Kuss hat genügt, um Sex für immer auszuschließen. Und ich bin mir nicht nur deshalb vollkommen sicher, dass er definitiv und unwiderruflich schwul ist, aber wenn er sagt, nein … Bitte. Gern. Jeder, wie er will.

Moritz trägt eine Cargohose aus dem Army-Shop, ein schönes, anliegendes, babyblaues Shirt und ein Armani-Sakko, das er in diesem Secondhand-Laden in der Innenstadt gekauft hat. Ich war dabei und habe ihm zugeraten, es passt ihm perfekt. Er sieht gut aus, seine Hände sind frisch maniküt, er riecht dezent und teuer, seine Ärmel spannen an den Oberarmen und er hat einen perfekten Sixpack unter dem T-Shirt. Moritz sieht gut aus, und er weiß das. Moritz kann nicht verstehen, warum er nie eine richtige Beziehung hat. Ich schon. Er stellt mir Frauen vor, ich tue so, als merkte ich mir ihre Namen, was nicht notwendig ist, und ich leide mit ihm, wenn sie ihn wegen eines anderen Kerls verlassen. Genauer: wenn sie ihn wegen eines Kerls verlassen. Oder wenn er sie verlassen muss, wegen irgendeines Problems, das, wenn man mich fragt, im Prinzip stets darin besteht, dass sie Frauen sind, dass sie Brüste haben und Vaginas, auch wenn seine Frauen für gewöhnlich von dem einen nicht sehr viel haben und beides gut zu verbergen wissen. Aber es ändert doch nichts daran, dass sie keine Penisse haben, keine prima definierte Oberarmmuskulatur und keine Sixpacks. Das ist der Grund, nur das. Ich sage es ihm immer wieder, ich zähle ihm die Beweise auf, und er will sie nicht hören. Er ist noch nicht so weit. Jetzt noch nicht. Jetzt will er noch leiden wegen flachbrüstiger Frauen mit praktischen Haarschnitten, die Sneakers oder Ballerinas zu Röhrenjeans und kurzen T-Shirts tragen und alle immer ein bisschen wie Jean Seberg aussehen, als sie am meisten aussah wie ein hübscher, neunzehnjähriger Bursche. Jetzt will er sich noch einreden, dass er irgendwann, bald, eine von ihnen ganz traditionell heiraten und ihr zwei, drei Kinder und seine eigene gute Mutter sehr glücklich machen wird. Wird er nicht. Er wird seine Mutter sehr unglücklich machen, weil er irgendwann, vielleicht noch nicht so bald, einen netten Kerl heiraten und mit ihm ein nettes, dunkelhäutiges Kind adoptieren wird. Ich weiß das. Er weiß das auch, tief in seinem Unterbewusstsein. Da steht es irgendwo geschrieben. Er sieht schon die Zeichen. Er ist nur noch nicht bereit, sie zu lesen.

Wir trinken Gin Tonics und plaudern. Aktueller Wutpegelstand: null, stattdessen sanft wogendes Wohlgefühl. Nur Moritz schafft das bei mir.

«Wie läuft's mit deinem Jahr?»

«Äh, was?»

«Dein frauenloses Jahr. Wie läuft es?»

«Immer noch sehr gut. Insofern, als ich keine Frau hatte seither.»

«Na bitte.»

«Aber sie werden langsam unruhig. Gestern hat mich die Schwester von einem Patienten im Flur brutal angerempelt.»
«Zufällig.»
«Nein! Mit Absicht natürlich.»
«Na, da schau her.»
«Danach hat sie mich wild beschimpft.»
«Das heißt, sie will dich.»
«Genau.»
«Super, wird ja. Die Weiber werden dir noch in Scharen nachlaufen, wart nur ab, spätestens im November, Dezember. Und im Jänner fährst du dann die Ernte ein.»
«Du machst dich über mich lustig.»
«Nein. Ich doch nicht. Wie wär's übrigens, wenn du das nächste Jahr zum Jahr ohne Männer erklärst?»
«Wieso?»
«Wegen der Wirkung.»
«Ich bin nicht schwul. Und du nervst langsam.»
«Ja, Schatz. Ich weiß.»
«Ich kann es mir mit Männern wirklich nicht vorstellen. Absolut nicht!»
«Eh. Ist ja gut. Tut mir leid, ich hör schon auf.»
«Wo sind die Kinder?»
«Astrid holt sie heute ab und geht mit ihnen ins Kino, ich habe frei und kann heimkommen, wann und wie ich will.»
«Und da bist du bei mir? Wo ist denn … ?»
«Damaskus.»
«Wundervoll.»
«Na ja, ich weiß nicht … »
«Für mich natürlich, entschuldige, Süße. Zwei Gin Tonics noch, bitte schnell!»

Moritz will genau wissen, was die Kinder gerade machen, was sie reden, er liebt die Kinder und findet sie wundervoll, wenngleich er meistens nichts dagegen hat, mich ohne sie zu kriegen. Sie sind süß und wunderbar und dann doch auch ein bisschen anstrengend. Ich würde lieber über einen anderen reden, Moritz ist der Einzige, mit dem ich darüber rede, aber ich erzähle Astrids Schwänke und Anekdoten aus dem Familienleben, alles, was er wissen möchte, was Juri wieder Lustiges gesagt hat und wie Elena sich mit ihrer besten Freundin stritt. Dass Adam viel zu tun hat. Was ich von Jennys Neuem halte. Nichts von dem Mann mit der Narbe, vor dessen Tür ich stand. Nichts von meiner sterbenden Schwester. Später vielleicht, nach dem Shoppen, wenn wir mit großen, steifen Tüten in einer anderen Bar sitzen und erschöpft weitere Gin Tonics trinken, dann vielleicht. Moritz erzählt mir von der Arbeit, er hatte Nachtschicht, und eine Patientin hat dafür gesorgt, dass er nicht viel Schlaf bekam.

Wir trinken unsere Gin Tonics aus und gehen nicht mehr sehr nüchtern in einen großen, teuren Designerladen um die Ecke, in dem Moritz die Verkäuferin um den Verstand bringt. Er ist nicht ungut, er ist nur genau. Er will sie nicht quälen, er will es nur ganz genau wissen, ihre Qual ist nur eine Nebenwirkung seines pedantischen Informationsdurstes. Moritz holt aus der Verkäuferin alles heraus, was sie je gelernt hat über Verkaufstechniken, Textilkunde und immer höflichen Umgang mit der Kundschaft, sie wusste gar nicht mehr, dass sie das alles einmal gelernt und im System gespeichert hat, bis Moritz es in ihr wachgeküsst hat. Sie sollte glücklich sein. Stattdessen wird sie am Abend ihren Freundinnen bei zu viel

Diskount-Prosecco, der ihr am nächsten Tag Kopfschmerzen und noch schlechtere Laune machen wird, erzählen, wie ihr heute ein Kunde den letzten Nerv gezogen hat, er sah ganz harmlos aus, aber. Moritz kauft schließlich mit seinem großen, alles kalmierenden Gelächter ein Hemd mit rotem Vichy-Karo, ich kaufe mir einen Seiden-Foulard, eine lange Halskette und eine perfekt sitzende 7 for All Mankind. Mal sehen, ob sie das morgen zuhause auch noch tut. Adam hat mir eine Kreditkarte gegeben, er fragt nie nach, wie viel ich ausgegeben habe. Und ich gebe viel aus. Adam sieht es. Er kommentiert es nie.

«Ist das vielleicht ein wunderbares Hemd?»
«Das ist ein perfektes Hemd, Schatz.»
Moritz, auf den ersten Blick: reine Oberfläche. Er wirkt so glatt, man glaubt, man kann sich in ihm spiegeln. Er verschwindet hinter seinem Glanz, seinem Geplauder, seinem riesigen, überlauten, keiner Konversation angepassten Lachen. Er ist kaum sichtbar hinter dem, was er repräsentiert, den oberflächlichen, leichtfertigen, amüsanten, liederlichen Kerl. Wenn man ihn kennenlernt, denkt man: lustig, amüsant, aber nicht unbedingt die hellste Birne im Luster. Es ist sein Trick, sein Hobby, dümmer zu wirken, als er ist. Die meisten Leute versuchen, smarter rüberzukommen, als sie sind, und genau deshalb fallen sie auf Moritz herein. Warum sollte irgendwer ein Interesse daran haben, von seinen Mitmenschen nicht für voll genommen zu werden? Moritz hat dieses Interesse, ich glaube, weil es seiner verborgenen Eigenbrötlerei entgegenkommt. Man geht dummen Menschen doch eher aus dem Weg, man lässt sie in Ruhe. Ich glaube, jedes Mal, wenn Moritz

merkt, dass ihn wieder einer für eine komplette Pfeife hält, klebt er sich innerlich mit zufriedenem Grinsen ein goldenes Sternchen auf, gut gemacht, Moritz. Er ist stolz darauf, wieder einen reingelegt, sich wieder ein bisschen Ruhe und Raum verschafft zu haben auf der Welt. Wieder ein Stück Freiheit gewonnen. Man wird doch sehr viel eher in Frieden gelassen, wenn sie einen für dumm halten, und man muss nicht so viel Verantwortung übernehmen. Moritz, das behauptet er jedenfalls, scheut sich sehr vor Verantwortung.

Er scheut sich so sehr davor, dass er sein Medizinstudium ein paar Monate vor dem Abschluss abgebrochen hat. Nicht, weil er es nicht gepackt hätte, sondern weil er plötzlich gemerkt habe, dass er doch lieber kein Arzt sein wollte. Ich weiß nicht, wie sehr der Tod seines Vaters, der Chirurg war und in einem Auto starb, das Moritz chauffierte, damit zusammenhing: Aber sehr kurz darauf ließ Moritz, der bei dem Unfall nur leicht verletzt wurde, das Studieren einfach sein. Um dann ein Jahr lang nur nachzudenken. Kellnerte abends in der Bar eines Freundes und dachte tagsüber nach. Dann begann er eine Ausbildung als Krankenpfleger und spezialisierte sich schließlich auf die Psychiatrie, wo er jetzt schon seit Jahren arbeitet. Tut, was man ihm sagt und ist nicht verantwortlich, das heißt, er fühlt sich schon verantwortlich, aber eine Nummer kleiner. Im Krankenhaus weiß keiner, dass er hier genauso gut einer der Ärzte sein könnte, Dr. Wagner, Prof. Dr. Wagner, nicht: Schwester Moritz. Aber er ist zufrieden mit seinem Dasein als Un- oder Minderverantwortlicher. Er würde mitunter gerne ein bisschen mehr verdienen, aber am Ende, sagt er, sei ihm seine Freiheit mehr wert als mehr Geld.

Als ich ihn kennenlernte, war das alles schon geschehen. Ich wollte ihm die Geschichte zuerst nicht glauben, vor allem deshalb, weil Moritz großen Wert auf schöne Dinge legt und auf gute Kleidung. Allerdings: Er hatte schon damals kein Auto und lebte in der riesigen, unbeheizbaren Wohnung, in der er aufgewachsen ist, und aus der seine Mutter nach dem Tod des Vaters auszog, um in einer kleinen, warmen Neubauwohnung mit Balkon alt zu werden, unkontaminiert von Erinnerungen an den Mann und das Unglück, das ihn aus dem Leben riss. Trotzdem habe ich Moritz erst wirklich geglaubt, als er mich einmal zu einem Geburtstagsessen einlud, wo es mir ein paar seiner Freundinnen und Freunde, die alle Mediziner sind, Exkommilitonen, bestätigten. Eine von ihnen hat mir von ihrer Fassungslosigkeit über Moritz' Entschluss erzählt: Wie sie fand, dass er das nicht ernst meinen könne, wie sie nicht sicher war, ob er psychisch krank oder drogensüchtig oder verrückt geworden war von dem Unglück, derlei. Aber das war er alles nicht. Der Unfall hatte seinen Kopf zurechtgerückt und ihm seine Möglichkeiten aufgezeigt, und das bedeutete in Moritz' Fall, dass er weniger wollte, als er haben konnte. Weniger, als man von ihm als Sohn einer Medizinerfamilie erwartete. Er empfand das als unerträgliche Last. Er wollte weniger sein, als er von Geburt aus war, kleiner wirken, als er ist, ohne dass es jemand merkt. Er wollte das einfache, kleine Leben. Vielleicht ist es das, was uns so sehr verbindet, dass wir beide von einem bösen Ereignis, dessen Teil wir waren, von einer Schuld dazu gebracht wurden, unsere Möglichkeiten limitieren zu wollen. Ich meine, er seine, unsere Möglichkeiten waren doch zu unterschiedlich. Wir wollten beide nicht das werden, was für uns vorgesehen war. Ich weniger zornig und weniger traurig, Moritz weniger sichtbar und weniger bedeutend.

Es sind übrigens fast durchgehend Männer, die ihn erst einmal für nicht besonders beschlagen halten. Frauen beurteilen Männer aufs Erste in anderen Kategorien, und die meisten Frauen finden Moritz umstandslos: süß. Attraktiv, lustig und süß. Attraktiv, merkwürdig und lustig und süß. Attraktiv, anstrengend und merkwürdig und lustig und süß. Je länger sie ihn kennen, desto weiter nach hinten rutscht das süß. Er ist süß, ja, und er ist der loyalste, treueste und liebenswürdigste Mensch, den ich in meinem Leben kennengelernt habe, Adam eingeschlossen. Denn im Unterschied zu Adam, der dafür nichts kann, ist Moritz treu und loyal, obwohl er mich kennt. Moritz weiß alles über mich, und er findet meine inneren Narben in Ordnung, er findet, dass einen Narben besser und schöner machen, wenn man sie respektiert und gut pflegt und jeden Tag schmiert und sie dann in Ruhe verblassen lässt. Moritz nimmt, schon aus professionellen Gründen, Verletzungen, auch alte, scheinbar verheilte Verletzungen, sehr ernst. Er weiß, dass sie einen verändern und prägen, aber er ist auch überzeugt, dass man nicht zwangsläufig die Summe seiner Taten und Traumata ist. Er kennt meine Taten und meine Verletzungen, seit meinem völligen Zusammenbruch vor bald zehn Jahren, seit Astrid nicht mehr weiterwusste und mich schließlich in die Klinik brachte, zwei Jahre, bevor ich Adam kennenlernte. Moritz war dabei, als ich mich wieder zusammenpuzzelte. Als ich anfing, zu akzeptieren, wer ich war. Und wer ich geworden war.

Nichts bereitet dich darauf vor, eine Frau sterben zu sehen, durch deine Schuld. Deine Mitschuld zumindest, dein Nicht-Handeln, dein Nicht-Eingreifen. Moritz weiß, dass nichts die Schuld und den Schmerz jemals ausradieren kann. Aber Moritz behauptet auch, dass es heilsamer ist, den Schmerz anzunehmen, als ihn zu ignorieren. Zu wissen: Dieser Schmerz wird niemals ganz weggehen, ein Stück davon wird immer bleiben, es ist besser, sich mit diesem Schmerz zu arrangieren. Mit ihm zu leben, statt an ihm zugrunde zu gehen. Ich lerne das seit Jahren. Es dauert, ich bin noch nicht sehr gut darin. Ich lerne langsam, aber ich lerne.

Außer meiner Schwester ist Moritz der Einzige, der über mich Bescheid weiß. Ich habe ihm irgendwann alles erzählt. Und ich habe nie eine Sekunde bereut, dass ich ihm mein Vertrauen geschenkt habe, mein scheues, missbrauchtes, stets fluchtbereites Vertrauen.

Dreizehn
«Rate, was.»

«Rate was was?»

Adam legt sein iPhone auf den Tisch. Er grinst enthusiastisch.

«Rate, was ich eben erfahren habe.»

«Von wem erfahren?» Ich klebe Juri die Windel fest, ziehe die Strumpfhose über seinen Popo. Er greint unzufrieden, er war ganz rot von dem Durchfall, den er seit gestern hat. Der Gestank ist sogar für eine Mutter schwer zu ertragen. Ich schmatze ihm einen feuchten Kuss auf die Wange, er quietscht und reißt mich an den Haaren, was ich hasse.

«Rate.»

«Adam! Bitte! Von wem? Was?»

Ich stemme mich mühsam hoch und stopfe die alte Windel tief in den Mülleimer. Seit er einmal vom Tisch gefallen ist und sich den Unterarm brach, wickle ich Juri am Boden. Schlecht für einen eh schon kaputten Rücken, ich sollte dringend zum Osteopathen. Und vielleicht wirklich mal mit Jenny zum Yoga, womöglich bin ich jetzt so weit. Und überhaupt endlich einmal in die Röhre, Adam schimpft mich schon deswegen. Und Moritz kann sowieso überhaupt nicht fassen, dass ich nicht endlich etwas unternehme. Aber ich mag nun mal keine Ärzte. Altes Trauma. Moritz dagegen verbringt viel Zeit bei Ärzten und Ärztinnen, meistens alten Freunden, die ihm in langen Gesprächen versichern und mit Röntgen- und Ultraschallbildern beweisen, dass er die Krankheit, die er sich eben wieder eingebildet hat, den Krebs, der ihn ganz sicher noch in diesem Jahr umbringen wird, nicht hat und überhaupt völlig gesund ist.

Juri krabbelt unter die Sitzbank und verstummt, offenbar hat er dort etwas Essbares von gestern oder vorgestern entdeckt. Mahlzeit.

«Von Sven. Und es ist super.»

«Er heiratet die Aristotussi und sie haben schon die Kutsche von Prinzessin Diana gemietet.»

«Nein. Aber warm.»

Die Pfitzenfotze ist schwanger. Felizitas. Das ist die Neuigkeit. Heiliger! Die! Aha. Das überrascht mich jetzt. Obwohl, jetzt ist mir klar, warum die letztes Mal beim Wein so zurückhaltend war, merkwürdig eher, dass mir das nicht gleich aufgefallen ist. Das liegt wohl daran, dass ich nicht damit gerechnet hätte, dass die etwas an sich ran- und in sich reinlässt, das ihren perfekten Körper auf lange Sicht derart aus der Form zwingt. Und dann schmutzen so Babys ja furchtbar, zuerst, während man sie kriegt, dann, während man sie hat. Was tut die, wenn ihr Kind Durchfall hat und so stinkt wie Juri gerade? Wäscheklammer auf die Nase? Ignorieren? Nein, ich weiß schon, die Scheiße von der ihrem Kind wird natürlich duften wie frischer, warmer, selbstgemachter Vanillepudding, Frau Schauspielerin wird es schaffen, sich und anderen das einzureden. Hat ja auch wesentlich kostbarere und edlere Gene, der ihr Kind. Wenngleich tüchtig verunreinigt von einem eigentlich überhaupt nicht standesgemäßen Kindsvater. Dass die sich von Sven anpuffen lässt, das überrascht mich jetzt wirklich. Ich war mir sicher, der wäre nur ein Übergangshobby, bis etwas Lohnenderes, Interessanteres oder besser Situiertes daherkommt, echtes, standesgemäßes Heiratsmaterial. Ein Graf mit ein paar Weingütern in der Toskana. Ein im ganzen deutschen Sprachraum gefeierter Theaterintendant. Ein fescher Oberarzt mit Villa in der Grinzinger Heurigengegend. Einer wie Adam ... Aber Sven? Ich dachte, Sven sei nur so eine Bisaufweiteres-Geschichte, etwas für den Winter, etwas, um über eine zufällige karge, kalte Phase zu kommen. Interessant.

«Interessant. Ich dachte, die hätte Sven nur, um den Winter zu überstehen.»

«Wie meinst du das jetzt?»

«Na ja, die wirkte immer, als würde sie eigentlich auf was Besseres warten. Ich bin nur etwas überrascht.»

«Was hast du immer gegen Felizitas?»

«Was ist mit Felifitas? Mag Mama Felifitas nicht?» Elena hat sich angeschlichen und klettert auf Adams Knie. Er schlingt seine Arme fest um sie. Sie quiekt. Wir sollten dringend etwas gegen ihr Lispeln unternehmen, ich muss mit Adam darüber sprechen.

«Warum magst du Felifitas nicht?» Sie sieht mich mit einem Blick an, der meiner Meinung nach mehr Liebe zur Mutter enthalten sollte. Viel mehr.

Sie mag Felifitas. Alle in dieser Familie scheinen Felizitas zu mögen, außer mir. Und hier entsteht jetzt gerade eine Front gegen mich. Hallo!

«Ich mag Felizitas schon. Sie ist eh nett.» Ich werde vor meinem Kind jetzt keinen familiären Graben ausheben. Vor allem, weil auch Adam so schaut. Ich mag das nicht, wenn Adam so schaut.

«Was ist denn mit ihr?» Wenn Elena mal ihren Haken eingeschlagen hat, lässt sie nicht mehr los.

Ich schaue mit fragendem Blick zu Adam hinüber. Darf man das schon erzählen?

«Felizitas hat ein Baby im Bauch.» Man darf offenbar, es scheint schon offiziell zu sein. Ich erfahre es wieder mal als Letzte.

«Ein Baby? Im Bauch?» Elena ist begeistert. «Kann man es schon sehen?»

«Nein. Es ist noch ganz winzig klein. Es bleibt noch ziemlich lange im Bauch, bevor es herauskommt.» Elena weiß längst, dass Babys in Bäuchen wachsen. Sie weiß nur noch nicht, wie sie hineinkommen. Wenn's nach mir geht, noch lange nicht. Ich beuge mich hinunter und linse nach meinem Baby, das noch immer unter dem Tisch herumkrabbelt.

«Hei, Baby, komm mal zu Mama, Baby. Ich will dich schmusen. Komm zu Mama.»

«Nein!» Nein war sein erstes Wort.

Ich mache verzweifelte Heulgeräusche. Juri lacht und schüttelt den Kopf. Adam unterhält sich noch immer mit Elena über Felizitas' Baby. Ich stehe auf. Felizitas, ein Baby. Das ist bizarr.

«Auch ein Glas Wein?» Ich sehe das Kind schon vor mir, in Kinder-Couture von Yves Saint Laurent.

«Schon so spät?»

«Halb sieben.» Sven wird das bereuen. Hundertprozentig wird er das bereuen. Ich verstehe nicht, warum der nicht sieht, dass die nicht zu ihm passt. Er wird das Baby gar nicht anfassen dürfen mit seinen Bauernpranken, er könnte es ja kaputt machen. Aber vielleicht hat sie dann eh eine Nanny. Na klar, die wird eine Nanny haben, die das Baby sofort übernimmt, wenn es schmutzt oder Geräusche macht. Eine Full-Time-Nanny, sodass sie das Baby ausschließlich gefüttert und gewickelt und frisch gebadet zu Gesicht bekommt, wohlriechend, satt und bester Laune. Nicht, dass Sven es sich leisten könnte, das weiß ich zufällig genau. Aber wenn die sich einen wie Sven nimmt, hat die offenbar keine ökonomischen Sorgen.

«Hm. Lieber ein kleines Bier.»

«Kommt.» Es sollten nicht alle Menschen Kinder haben dürfen.

«Ich hab auch Durst, Mama. Was essen wir heute?»

«Eine Quiche mit Lauch und Speck. Ist schon im Ofen. Bald fertig.» Dem Pfitzenfotzen-Kind wird ausschließlich Haubenküche serviert werden, wetten.

«Lauch mag ich nicht.»

«Ich weiß. Deshalb habe ich für dich ein kleines Extra-Quichlein mit Spinat gebacken. Und mit Würsteln. Okay?»

«Spinat hab ich nicht mehr so gern.»

«Ach wirklich? Vorgestern mochtest du ihn noch. Tja, tut mir leid.» Das Pfitzendings-Kind wird, das wette ich auch, all die Sachen gerne essen, die andere Kinder ablehnen, zumindest wird's die Aristotussi behaupten über ihr Edelbaby. Ich find's bescheuert, dass die ein Kind kriegt. Ich will die nicht in meinem Verein. Ich will nicht ihre Meinung über Kindererziehung hören, übers Stillen, über Schlafenszeiten für Kinder. Ich fand's gut, kein gemeinsames Thema mit der zu haben. Das ist mein Garten, in dem die jetzt auch herumtrampeln wird. Ich fühle mich überrumpelt.

«Ja! Kann ich jetzt einen Saft?»

«Haben!» Andererseits freu ich mich schon darauf, wie

die nach drei Monaten Schlafmangel und Kackiwegputzen aussieht. Doch, das ist eine positive Aussicht. Das wird interessant.

«Haben.»

«Auch Saft!» Von unterm Tisch.

«Ja, du auch.»

Ich stehe auf und hole Becher aus der Lade, den roten für Elena, den blauen für Juri, denn Juri trinkt derzeit ausschließlich aus blauen Bechern. Gib ihm einen roten oder gelben und er dreht durch. Brüllt eine Stunde minimum, ohne Exit. Ich gieße roten Bio-Himbeersirup in die Becher, fülle sie mit Wasser auf und stelle sie auf den Tisch. Elena schnappt sich sofort den richtigen, sie kennt ihren Bruder.

«Da, Juri, der blaue ist für dich.» Bin ich nicht eine gute Mutter. Ich bin sehr gespannt, was Felizitas für eine Mutter wird. Ich weiß nicht … Ich bin nicht immer eine gute Mutter, ganz gewiss nicht. Aber ich weiß, wie schlecht ich nie werden kann.

Vierzehn   Nachdem mein Vater gestorben war, putzte meine Mutter bei reichen Leuten in Linz. Das war eigentlich alles, was sie zu der Zeit neben dem Trinken konnte oder überhaupt noch tat: bei anderen Leuten aufräumen. Zuhause nicht; nicht zuhause. Es war immer schmutzig bei uns, und im Vorzimmer standen kleine Armeen von Bier-, Wein- und Schnapsflaschen. Wenn man sich irgendwann nicht mehr bewegen konnte, stellte sie sie vor die Haustür, bis die Nachbarn sich beschwerten. Sie sagte, sie habe keine Lust, auch noch zuhause das Dienstmädchen zu spielen, wenn wir ein gesteigertes Bedürfnis nach Sauberkeit hätten, sollten wir selber putzen. Sie putzte nur, wenn Besuch kam, und das geschah, als Vater tot war, nicht mehr oft. Sie räumte selten mal oberflächlich auf und wusch nur regelmäßig unsere Wäsche, die sie uns im Wäschekorb in unser gemeinsames Zimmer stellte. Es waren meistens abgelegte Kleider von den Kindern der Leute, für die sie putzte, und weil es gute und manchmal sogar Markensachen waren, wie wir sie vorher nie bekommen hatten, beschwerten wir uns nicht. Ob wir den Korb ausräumten und die Sachen in den Schrank taten oder nicht, war ihr egal, meistens taten wir's nicht und nahmen die gewaschenen, ungebügelten Sachen einfach aus dem Korb. Manchmal, wenn sie sehr betrunken und sehr schlecht drauf war, kam sie in unser Zimmer und schrie herum, schimpfte über die Unordnung und schmiss die saubere Wäsche durchs ganze Zimmer. Warf Dinge und trat nach uns. Nach solchen Tagen gab es immer gutes, aufwändiges Essen. Sonst kochte meine Mutter kaum, es gab meistens Brot mit Aufstrich und Aufschnitt aus den Enden von Pikant- und Extrawürsten, Polnischer und Wiener, manchmal Krakauer. Sie sah viel fern, sie sagte, das habe sie sich verdient, nach ihrem Scheißjob, nach all dem Dreck der Reichen, um den sie sich zu kümmern habe. Sie saß auf dem alten Sofa, trank Bier oder Wein aus Teetassen und sah sich alles an, was kam, das war damals nicht viel. Es schien ihr egal zu sein, sie schaute einfach zu. Wenn das Testbild kam, schaltete sie den Fernseher aus und ging mit ihrer Tasse zu Bett. Sie brachte nie Männer mit nach Hause, aber sie kam manchmal abends nicht heim, und dann hörten wir sie spätnachts durch das Haus poltern. Hin und wieder kam sie in der Nacht gar nicht heim. Wenn wir fragten, wo sie war, antwortete sie ausweichend oder sagte, das gehe uns nichts an, bis wir nicht mehr fragten. An manchen Tagen stand sie einfach gar nicht auf, blieb in ihrem Zimmer und tappte in ihrem gelben, gesteppten Morgenmantel nur heraus, wenn sie Nachschub für ihre Tasse brauchte. Ich habe mich lange gefragt, was sie in ihrem Zimmer machte, wir hätten uns nie hineingetraut, aber heute glaube ich: gar nichts. Jetzt, wo ich das selber kenne, vermute ich, sie schaute an die Decke oder zum Fenster hinaus und machte gar nichts.

Als Astrid acht war und ich zehn, wollte meine Mutter sich das Leben nehmen. Tanja war nicht da. Es war Abend, schon dunkel. Wir saßen auf dem Sofa und sahen fern. Sie hatte schon ein paar Teetassen getrunken. Sie stand auf und sagte, sie kann nicht mehr, es tut ihr leid, sie will nicht mehr leben.

Sie strich uns mit ihrer flatternden Hand über die Gesichter, dann ging sie durchs Wohnzimmer, die Treppe hoch und schloss sich in ihrem Zimmer ein. Wir begriffen nicht gleich. Wir sahen ihr nach und sahen uns an und dann standen wir auf und gingen die Stiegen hinauf zu ihrer Tür und hörten, wie etwas klirrend zu Boden fiel und zerbrach. Wir klopften. Ich weiß nicht, ob Astrid zuerst weinte oder ich, aber ich weiß noch, dass ich eine rote Wollstrumpfhose trug und ein hellblaues Kleid mit roten Nähten und aufgesetzten roten Taschen, das sie erst ein paar Tage zuvor mitgebracht hatte. Wir rüttelten an der Türklinke und riefen nach ihr, sie antwortete nicht. Wir schrien, wir bettelten, sie solle die Tür aufmachen, wir versprachen ihr, immer brav zu sein. Ihr Bett knarrte, wir hörten sie aufschluchzen, dann nichts mehr. Wir standen an der Tür und weinten und schrien und klopften, endlos, es kam uns endlos vor. Dazwischen drückten wir unsere Ohren an die Tür, aber da war kein Geräusch mehr im Zimmer. Ich weiß nicht, wie lange wir da warteten, eine halbe Stunde, eine Stunde, zwei. Dann ging die Tür auf, Mutter stand da, sah uns nicht an, ging vorbei aufs Klo, und wir hörten, wie sie sich übergab, wir hörten sie würgen, wie es in die Klomuschel platschte und wie sie weiterwürgte, sehr lange. Dann kam sie heraus, bleich, mit feuchten, geröteten Augen und sagte, es sei Zeit für uns, ins Bett zu gehen. Das war alles. Mehr sagte sie nicht.

Am nächsten Tag war sie wieder bei der Arbeit, und als ich von der Schule heim in das leere Haus kam, zog ich den Schlüssel von ihrer Schlafzimmertür ab und spülte ihn im Klo hinunter. Als sie zurückkam, stellte sie die Flaschen vor die Tür, räumte die Küche auf und machte einen Braten mit

Soße, Kroketten, Erbsen und Karotten. Ich weiß noch, was es zum Nachtisch gab: Paradiescreme mit Smarties. Wir sprachen nie über den Abend zuvor, nicht an diesem Tag und an keinem anderen.

Fünfzehn Letzten Sommer verbrachten wir zehn Tage bei Jenny auf dem Land. Sie hat einen alten Bauernhof gekauft und hergerichtet. Ich weiß nicht, woher alle meine Freunde das Geld haben, um sich einfach mal so ein Haus zu leisten und herzurichten, aber sie haben es. Ich hatte mich von Jenny überreden lassen, sie mit den Kindern zu besuchen, weil Adam mit seinem Vater für ein paar Tage nach New York musste, um seine Großmutter zu beerdigen, die kurz davor im Alter von vierundneunzig Jahren gestorben war, ein paar Tage nach ihrem Geburtstag, und um ihren Nachlass zu regeln. Die Großmutter war im Krieg in die USA geflohen, fast im letzten Moment. Sie hatte dort einen anderen Flüchtling geheiratet, mit ihm eine Reinigungsfirma gegründet, die bald florierte, und drei Kinder bekommen. Eins davon, Adams Vater Robert, war nach Österreich gekommen: Er wollte nur ein paar Monate hier studieren und sich das Land ansehen, das den Großteil seiner Verwandtschaft umgebracht hatte, aber dann hatte er Gerda, die Tochter eines wohlhabenden Salzburger Brauereibesitzers, getroffen, bald geheiratet und war geblieben, zum Leid seiner Mutter, die nie wieder deutsch sprach und keinen Fuß mehr nach Österreich setzte, niemals wieder, auch nicht zur Hochzeit ihres Sohnes. Ganz besonders nicht zur standesamtlichen Hochzeit ihres Sohnes mit einer katholischen Frau, mit der sie allerdings später, nachdem Adam geboren war, ein nicht inniges, aber freundliches Verhältnis pflegte. Adams Vater flucht noch immer auf Englisch, manchmal auf Jiddisch, wenn er sich aufregt. Adam spricht nicht viel über seine jüdische Verwandtschaft, er geht nicht mit der Geschichte der Familie hausieren, nie, zumal er selber kein Jude ist durch seine katholische Mutter. Dabei weiß er alles über ihr Schicksal, über das Schicksal jedes einzelnen Verwandten, seit er mit seinem Vater das alte Bürgerhaus von der Republik zurückgeklagt hatte, in dem seine Großmutter geboren war und mit ihrer Familie gelebt hatte, bis es von den Nazis arisiert worden war. Sie haben das Haus dann verkauft, es war das erste von vielen Häusern, die Adam seither verkauft hat, während sein Vater weiterhin als auf Restitutionen spezialisierter Anwalt arbeitet, immer noch, obwohl er sich längst zur Ruhe setzen könnte. Adam wurde nicht religiös erzogen und er interessiert sich nicht für Religion, weder die katholische noch die jüdische. Er besitzt eine Kippa, blau, mit einem goldenen Davidstern, die ihm seine Großmutter geschenkt hat, aber das war's. Ich habe die Großmutter nur einmal gesehen. Als Elena ein Baby war, sind wir mit ihr nach New York geflogen, zum neunzigsten Geburtstag. Ihre Wohnung in der Upper East Side war hoch und viel zu groß für eine so winzige alte Frau und ihre fast ebenso alte Haushälterin. Und sie war merkwürdig eingerichtet, mit schäbigen, abwaschbaren Möbeln, die fast durchwegs aussahen, als besäße die Großmutter sie seit den neunzehnfünfziger Jahren: Mobiliar von Menschen, die keine Vorfahren mehr hatten, die ihnen ihre Antiquitäten vererben hätten können. Ich hatte mich gefürchtet vor ihr und der Last ihrer Geschichte, aber sie war herzlich gewesen und hatte Elena, ihre jüngste Urenkelin, tagelang kaum aus ihren Armen gelassen. Zum Begräbnis letzten Sommer wollte ich dennoch nicht mit, zehn Stunden Flug mit einem knapp zweijährigen, lärmenden Monsterkind, danke, muss nicht sein, also hatte ich Jennys Angebot angenommen, hatte die Kinder in den Chrysler gepackt und war mit ihnen aufs Land gefahren, zwei Stunden lang. Eigentlich braucht man nur eine gute Stunde, aber ich hatte mich trotz oder besser wegen des Navis, der mich auf eine falsche Abzweigung geschickt hatte, verfahren und meinen Ärger brüllend an den Kindern ausgelassen, die sich auf dem Rücksitz zusehends gelangweilt hatten, trotz der Pu-der-Bär-CD, die ich ihnen eingelegt hatte. Elena wurde schlecht, ich musste am Straßenrand stehen bleiben, und während sie sich an der Leitplanke übergab, konnte ich meinen Unmut über diese weitere Verzögerung nur mühevoll unterdrücken, simulierte, obwohl ich lieber geraucht hätte, angestrengt die liebevolle Fürsorglichkeit, die von Müttern in derartigen Situationen erwartet wird, und verabscheute mich gleichzeitig für meine Verlogenheit. Als wir, nachdem ich zuerst an Jennys Bauernhof vorbeigefahren war und sie mich per Telefon schließlich ans Ziel gelotst hatte, endlich ausstiegen, übergab sich Elena erneut, und Jenny war so mütterlich-nett zu ihr, wie ich eigentlich hätte sein sollen. Sie umarmte sie zart von hinten, hielt ihr die Haare aus der Stirn und brabbelte tröstend und beruhigend auf das Kind ein, das sich schluchzend die Galle herauswürgte. ArmesMausilassesrausSüßeachwiegemeinduarmesbedauernswertesKinddu. Ich stand mit Juri am Arm hilflos daneben und kam mir wie ein Arschloch vor, wie die schlechteste aller Mütter, und ich hasste Jenny dafür, dass sie mich so aussehen ließ. Vielleicht lag es am Land. Das Land hasst mich. Ich hasse das Land, weil das Land mich hasst. Das Land lässt mich schlecht aussehen, immer. Es war ein Fehler gewesen, hinzufahren, ja. Der Hof, in dem Jenny im Sommer wohnt, ist imposant, schön renoviert und modernisiert, gekalkt mit grünen Fensterläden und mit einem weißen Gartenzaun um das große, von Bäumen beschattete, wie aus «Blue Velvet» ausgeschnittene Grundstück. Neben dem Haus führen zwei Steinstufen zu einem in die Erde gemauerten Pool. Ich registrierte das schöne Haus, den Zaun, die Bäume und das türkise in der Sonne glitzernde Wasser, aber was ich wirklich sah, lag hinter dem Zaun, hinter wuchernden, ungeschnittenen Büschen, man erkannte es von hier kaum, aber vorhin, beim Vorbeifahren hatte ich es genau gesehen: ein geducktes, finsteres Haus mit verschmierten Scheiben und lädierten Fensterläden, abblätterndem Putz und Wasserflecken an den Wänden. Tonnen von Unrat, alte Ziegel, Schuttsäcke, Reifen und ein halbes Autowrack, die Skelette von Fahrrädern, aufgeweichte, wellige Kartons voller Flaschen auf einem ungemähten, von Unkraut zerstörten Rasen. Ein Haus genau wie das, in dem ich aufgewachsen bin. Ich stand vor Jennys perfektem Haus in Jennys perfektem Garten, aber ich sah nur dieses andere Haus und konnte den Moder und den Schimmel riechen, der seine Bewohner vergiftete. Ich muss nur einen Fuß aufs Land setzen, ich muss nur so ein Haus sehen, schon kann ich es wieder riechen, schon ist es wieder da. Das Land bringt das Schlechteste aus mir heraus, es macht mich unbeholfen und klein. Das Land sagt: Ah, da bist du ja wieder, hab mich schon gefragt, wo du bleibst. Schau dich an, zischelt das Land, du hast dich gar nicht verändert, bist noch ganz die Alte, hier gehörst du her, du kommst schon noch, dich krieg ich.

Ich dachte tatsächlich kurz daran, Juri und Elena wieder ins Auto zu packen und zurück in die Stadt zu fahren. Aber dann hörte Elena auf zu kotzen und erholte sich schlagartig, als drei kleine, wenige Wochen alte Katzen die Stiegen der Veranda herunterkugelten. Juri hüpfte von meinem Arm. Jenny verriegelte das Gartentor.

«Die Sachen kannst du später aus dem Auto holen, jetzt trinken wir erst einmal einen, setz dich schon mal unter den Baum in den Schatten und mach's dir bequem.»

«Wo ist Luna?»

«Noch bei ihrem Vater. Am Wochenende bringt er sie wieder zurück.»

«Oh. Elena wird enttäuscht sein.»

«Na, zum Glück gibt es ersatzweise die Babykatzen.»

Jenny lief die Treppe hoch und verschwand im Dunkel des Hauses.

«Juri! Nicht so grob! Du musst lieb sein zu der Katze, die ist noch ein Baby!»

Vorsichtig entwand ich ihm die Katze, ein orange getigertes Kätzchen, das sich in meinen Händen sträubte.

«Da schau, du musst sie so unter dem Bauch halten, ganz vorsichtig und zart.»

«Man kann sie aber auch im Nacken nehmen», sagte Elena, die im Gras saß, einen flauschigen, grauen Knäuel auf den ausgestreckten Beinen.

«Ja, das kann man», sagte ich, «aber das lasst ihr mal lieber. So, Juri, genau, das machst du gut. Ganz zart, ja? Das hat sie gern, schau, wie sie schnurrt. Wenn du so lieb zu ihr bist, kratzt sie dich auch nicht.»

Jenny war aus dem Haus getreten, mit einer Decke über

dem Arm, in der einen Hand einen großen, rechteckigen Henkelkorb voller Gläser und einen Saftkrug, in der anderen eine Flasche Champagner, die in der Wärme anlief.

«Hast du mir die Zigaretten mitgebracht?»

«Na klar.» Ich ging ein paar Schritte durch die Wiese, ließ mich in den Spagettisessel an dem runden, roten Blechtisch fallen und kramte in meiner Tasche nach den zwei Päckchen Marlboro lights, die Jenny bestellt hatte.

Sie riss sofort eins davon auf.

«Großartig. Auf die hab ich mich jetzt richtig gefreut. Magst du auch eine?»

«Nein, danke. Ich rauche lieber meine eigenen.»

Der Rauch der Zigarette zwischen ihren Lippen stieg Jenny in die Augen und ließ sie blinzeln, während sie mit beiden Händen die Champagnerflasche öffnete. Es tat einen kaum hörbaren Plopp. Wenn Jenny etwas wirklich gut kann, dann Champagnerflaschen aufmachen. Und Sektflaschen. Und Proseccoflaschen. Und Vodkaflaschen, glaube ich, auch. Wir kämpfen alle mit unseren Dämonen.

«Elena, Juri, kommt doch mit den Katzen zu uns, ich hab euch eine Decke mitgebracht!» Jenny legte ihre Zigarette im Aschenbecher ab und breitete die Decke im schattigen Gras neben uns aus, zog an den Ecken, strich sie glatt.

«Kommt her Kinder, hier im Schatten ist es kühler!»

Elena lief mit einer Katze in jeder Hand zu uns herüber, Juri drückte seine an die Brust und stolperte hinter ihr. Die Katze wehrte sich verzweifelt gegen seinen Griff und er ließ sie einfach fallen, als er auf der Decke stand.

«He, Juri, nicht so brutal.»

Jenny füllte ein altes, mit einem Melonenmuster verziertes

Wasserglas mit Champagner, fast bis an den Rand, dann noch eins.

«Ich mag diese Flöten nicht», sagte sie.

«Ist mir recht.»

«Zum Wohle, schön, dass ihr da seid.»

«Danke für die Einladung. Cheers!»

«Habt ihr auch Durst, Kinder?»

«Nein.»

«Vielleicht später!»

Die Katzen waren jetzt wichtiger. Sie hatten sich auf die Decke gesetzt, die Katzenbabys zwischen sich, sie gaben ihnen Namen und versuchten sie am Weglaufen zu hindern. Dem roten gelang die Flucht. Juri gellte erbost. Ich stand auf und fing die Katze wieder ein.

«Hört mal, Kinder.» Ich ging in die Knie.

«Da drüben ist ein Pool. Das ist sehr gefährlich. Du kannst ja schon ein bisschen schwimmen, Elena, aber Juri, du würdest untergehen wie ein Stein. Ihr geht nicht in die Nähe des Wassers, keiner von euch, habt ihr mich verstanden? Nur, wenn Jenny oder ich dabei sind, ist das klar? Und dann nur mit Schwimmflügeln.»

«Ist klar!», sagte Elena.

«Juri? Ich mein das sehr ernst, das ist sehr wichtig, Juri. Nicht zum Pool, Juri, hörst du mich? Ihr dürft nur bis zu der kleinen Mauer da drüben gehen, nicht weiter, ist das klar? Siehst du die Mauer? Nur bis zu der Mauer. Nicht weiter!»

«Ja», murmelte Juri, während er nach der Katze grabschte, die wieder abhauen wollte. Ich griff sein Kinn und zwang ihn, mich anzusehen.

«Versprochen?»

«Jaha!» Ich würde ihn sowieso nicht aus den Augen lassen, trotzdem.

«Ich hab dir nachgeschenkt», sagte Jenny.

«Gut», sagte ich.

Drei Tage lang waren wir unter den Bäumen gesessen, hatten in der Hängematte geschaukelt, im Pool geplantscht, Beeren gepflückt. Ich war mit den Kindern auf der Decke gelegen und hatte ihnen vorgelesen, und während Jenny mit ihrem Laptop im Schatten der Veranda saß und arbeitete, hatte ich versucht, das Haus auf der anderen Seite des hellen Zauns zu ignorieren, die Drohung, die von ihm auszugehen schien. Nur ein Haus, Toni, ist nur ein altes Haus. Wir hatten gekocht und gegrillt, hatten unter Apfelbäumen gepicknickt und müde, glückliche Kinder ins Bett gebracht. Wir hatten lange Abende im Schein von Kerzen auf der Veranda Wein getrunken und geredet, den ganzen Freundeskreis besprochen, die Kaufmanns und ihre bevorstehende Hochzeit, den Moser, Adam, Moritz' merkwürdige Anwandlungen, und wir unterhielten uns über Felizitas, und warum Jenny sie mag, denn im Unterschied zu mir kann Jenny mit so was gut umgehen. Magst du sie halt nicht, ich mag sie. Während ich versuchte, sie auf meine Seite zu ziehen, in einem angetschecherten, missionarischen Redeschwall, für den Jenny mich auslachte. Wir hatten über Jenny geredet, und wie es ihr jetzt geht, nach der Trennung, der letzten Trennung. Sie sei jetzt richtig glücklich, so mit sich und mit sich alleine, hatte Jenny gesagt, sie fühle sich ganz, vollständiger fast als mit einem Kerl, der sie ja doch nur ständig in irgendeiner Weise in Frage stelle. Jaja. Ich stimmte ihr zu, während ich ihr heimlich einen Monat allein gab, höchstens zwei, dann würde ein Neuer kommen, bei dem Jenny sich endlich vollständig fühlen würde, gänzlich aufgehoben. Ich hatte nichts gesagt, während wir die Fledermäuse beobachtet hatten und die Sterne betrachtet, und gegen Mitternacht waren wir ins Bett gegangen und ich hatte trotz der warmen Nacht die Fenster und Läden geschlossen, damit das Haus nicht hereinschauen konnte zu mir und zu den Kindern. Dann, an einem Vormittag, hatte Jenny gesagt: Geh doch mal in den Wald. Lass die Kinder bei mir, ich hab heute eh nichts zu tun. Mach einen Spaziergang, im Wald gibt es einen wunderschönen Weg den Bach entlang.

«Ich bin nicht so ein Naturmensch.»

«Gib der Natur eine Chance, dich dazu zu machen, es ist wirklich sehr schön. Und du hast dir ein paar kinderfreie Stunden verdient.»

«Bist du dir sicher?»

«Ich bin mir sicher.»

«Aber Juri ist anstrengend, das hast du ja gemerkt, pass auf.»

«Ich hab auch ein Kind, falls du das vergessen hast.»

«Aber keinen Juri.»

«Mit dem werde ich schon fertig. Wir kennen uns jetzt ja.»

«Dann. Okay. Gut.»

«Warte, ich hol das Insektenmittel, sonst fressen dich die Bremsen auf.»

Ich zog mir die Turnschuhe an und hielt mir die Nase zu, während Jenny mich mit Insektenspray einsprühte.

«Brav sein, Kinder! Ich nehm das Handy mit, falls was ist.»

«Nimm es mit, aber du wirst die meiste Zeit keinen Empfang haben.»

«Trotzdem.»

«Okay.»

«Ich bin spätestens Mittag wieder da.»

«Lass dir Zeit. Wir kommen schon zurecht.»

«Danke. Wo ist meine Sonnenbrille?»

Ich ließ das Gartentor hinter mir einschnappen, holte eine Schirmkappe aus dem Auto und ging los. Ein Kiesweg führte eine Anhöhe hinauf. Rechts stieg der Laubwald an, links fiel der Hang immer steiler ab. Nach ein paar Minuten wurde der Weg schmaler und führte flach in den Wald hinein, dann ging es abwärts und nach einiger Zeit wieder bergauf. Schweiß stand auf meiner Stirn und meinen Schultern, als ich die Anhöhe erreichte, ich zog die Kappe vom Kopf und wischte ihn mir mit dem Unterarm vom Gesicht. Ich hörte die Vögel und einen leisen Wind durch die Blätter streichen. Wenn Adam jetzt hier gewesen wäre, verschwände er sofort nach links oder rechts, um nach Pilzen zu suchen, und er hätte mir die Plätze beschrieben, an denen man sie findet, Eierschwammerl und Steinpilze und Parasole, und die Stellen, an denen man gar nicht zu suchen braucht. Ich war froh, dass er nicht hier war und die Stille mit Worten und seiner subtilen Besserwisserei zerriss: Ich kenne mich nämlich sogar im Wald aus, und ich erkläre dir das jetzt. Ich war froh, ganz allein und unbelehrt zu bleiben, inmitten dieses dichten Grüns, in diesem süßlichen Geruch von verrottendem Laub und weicher, schwarzer, bemooster Erde und duftenden, frischen Pflanzen, ganz für mich in dieser Wortlosigkeit. Ich ging langsamer weiter. Nach ein paar Schritten öffnete sich der Wald mit einem Mal, da war der Fluss, weit unter mir, in einer riesigen Kurve schoss er von links um ein steiles Felsmassiv, auf dem ich stand, und ich hörte das Rauschen, das Glucksen. Ich war überwältigt von dieser plötzlichen Aussicht und völlig überrascht. Jenny hatte immer von einem Bach gesprochen, ich hatte mit diesem Anblick nicht gerechnet, nicht damit, dass der Fluss so breit, so kraftvoll sein würde. Ich blickte seinem Lauf nach, sah, wie er weiter unten fast auf meinen Weg traf, ihn beinahe berührte, sich fast schüchtern zum Weg gesellte, um dann sanft neben ihm herzufließen, immer neben ihm her, soweit ich von oben sehen konnte. Ich ging den Weg hinunter und konnte aufrecht unter dem Stamm eines Baumes durchgehen, den ein Sturm weiter oben im Waldhang entwurzelt und wie einen Dachbalken schräg über den Weg gelegt hatte. Es sah aus, als läge der Baum da schon ewig. Ich fuhr mit der Hand über seinen Stamm, rüttelte daran, er bewegte sich nicht. Da, wo der Weg direkt am Fluss verlief, standen keine Bäume mehr am Ufer, und ein paar hundert Meter lang schien die Sonne auf den Kies und auf die Brombeeren, die auf der anderen Seite den Hang überwucherten, durchsetzt mit Büschen voller blauer Beeren, die wie Heidelbeeren aussahen, aber an stacheligen Stängeln wuchsen. Heidelbeeren haben keine Stacheln, so viel weiß ich noch von den Tagen, als ich mit Adam in den Bergen war und wir sie neben den Almwegen gepflückt und in Elenas kleines, lila verschmiertes Gesicht gesteckt hatten, die sich mit sowas damals noch füttern ließ. Jetzt nicht mehr. Ich setzte mir die Kappe wieder auf, ich fühlte, wie meine Turnschuhe auf dem Kies knirschten. Der Weg war von Traktoren in drei Streifen zerlegt, an manchen Stellen wucherte Grün, aber ich hörte meine Schritte nicht, ich hörte nur das nun leisere Gluckern des Flusses, der jetzt seicht und langsam über Steine floss und an den Felsen leckte, die sich in sein Bett gelegt hatten. In den Buchten lagen große Teppiche kleiner weißer Blüten fast unbeweglich auf dem Wasser, als sei es ein stiller See, die Wellen schoben sich sanft unter ihnen durch. Ich sah Fische springen, Forellen wahrscheinlich. Dann drängten sich wieder einzelne Bäume zwischen mich und das Wasser, die bald wieder so dicht und nah am Weg standen, dass ich durch einen kühlen, grünen Tunnel wanderte. Ich ging. Ich traf auf keine Menschen, nur auf ihre Spuren: eine Holzbank zwischen den Bäumen, Wegmarkierungen, eine kleine, verschlossene Anglerhütte, und irgendwo tief im Wald stand ein Pfahl mit einer darübergestülpten blauen Tonne, deren Zweck ich nicht durchschaute. Ich ging langsam weiter, und neben mir ging der Fluss und murmelte vor sich hin. Die Sonne brach durch die Bäume, das grüne Laub leuchtete, und mit einem Mal wurde ich von einem Gefühl von Dankbarkeit überschwemmt, die mich so ausfüllte, dass es mir die Tränen aus den Augen drückte. Und einen Moment lang wünschte ich mir eine übergeordnete Instanz, einen Gott, irgendeinen Adressaten für meine Dankbarkeit. Ich wollte irgendwo hin damit, ich wollte sie irgendwo abgeben. Ich wünschte, es gäbe einen Gott, nur für diesen wunderbaren Augenblick, für diese üppige, unsinnige, verschwenderische Schönheit um mich herum, für die ich gern gedankt hätte. Ich hatte mir auch früher schon gewünscht, dass es einen Gott gibt, ich wollte einen Gott, um ihn zu verfluchen. Ich wollte ihn verfluchen für meine beschissene Kindheit, für meine kranke, versoffene Mutter, für die Lieblosigkeit, für das Schweigen, die Gewalt, die Einsamkeit. Und ich wollte ihn verfluchen für die kurzen Momente, in denen sie für mich da und eine Mutter war, nur um sofort wieder zu verschwinden in ihrer Fühllosigkeit. Ich wollte ihn verfluchen für den Zorn, den er mir eingepflanzt hatte und für alles, was dieser Zorn angerichtet hatte. Ich wollte diesen Zorn nach ihm schleudern. Aber es gab damals keinen Gott für meinen Zorn und es gab jetzt keinen für meine Dankbarkeit. Ich stand da am Wasser, zwischen den Bäumen, ganz allein inmitten dieser Herrlichkeit, und ich blickte hinauf in das kitschige Blau des Himmels zwischen den Wipfeln, und in diesem Augenblick war ich vollkommen glücklich.

Am nächsten Tag regnete es. Es war warm genug, um die Zeit trotzdem draußen verbringen zu können, unter dem Dach der Holzveranda, wir spielten Menschärgeredichnicht und blätterten mit Elena und Juri in Lunas alten Büchern und sahen ihnen beim Spielen zu und bemitleideten die Katzen. Für zwei ruhige, ungestörte Stunden schaltete Jenny den Kindern den Fernseher ein, und wir saßen mit unseren Wassergläsern voller Prosecco draußen, sahen dem Regen zu und lachten über die jungen Katzen, die auf der Veranda herumpurzelten, sich verknäulten, bei ihren Kletterversuchen am Balken abstürzten und sich überschlugen. Mir sind Haustiere ja eher wurscht, aber ich muss zugeben, dass kleine Katzen wirklich süß sind, man kann sich kleinen Katzen nicht entziehen, nicht mal ich konnte es. Und wenn ich eine zu fassen kriegte, setzte ich sie mir auf den Schoß, streichelte ihren weichen Pelz und fragte mich, was in so einer Katze vorging, ob sie so etwas wie Glück kannte und ob das jetzt Glück war für sie, bis die Katze einschlief oder sich wieder davonmachte. Ich sah immer wieder zu dem alten Haus hinüber, aber ich sah nie jemanden herauskommen oder hineingehen, nur der Müll schien sich zu vermehren. Jenny sagte, dass ein Mann dort wohne, allein, sie sehe ihn manchmal, wie er im Trainingsanzug ums Haus gehe, er scheine nie weg zu sein und er bekomme nie Besuch, er sei immer allein, immer.

Über Nacht wurde es wieder schön, heiß und sonnig, wir hatten gegessen und gebadet und saßen am späten Nachmittag mit mexikanischen Bierflaschen, in deren Hals Jenny Zitronenscheiben gesteckt hatte, am Gartentisch und ließen es uns gutgehen. Die Kinder spielten Fangen in der Wiese, zwischen den Bäumen, nackt, nur mit Sandalen an den Füßen, krähend, brüllend und lachend. Jenny hatte eben eine depperte SMS von Lunas Vater bekommen, und während sie versuchte, sich nicht aufzuregen, erzählte sie mir von den neuesten Schwierigkeiten mit ihm, von den Kämpfen um Schlafenszeiten und Erziehungshegemonie, von ihren Vorbehalten gegenüber der neuen Frau. Sie sprach gerade darüber, wie merkwürdig es für sie sei, dass Luna nun doch jede Woche drei Tage mit dieser Frau zusammenwohne, die sie nicht mal kenne, und, ja, eigentlich von Herzen hasse, als Elena einen gellenden Schrei ausstieß, der sofort in lautes, schmerzerfülltes Geheul überging. Wir sprangen auf und rannten los, Elena saß brüllend unter einem Baum und hielt sich den Fuß. Juri stand daneben und schaute verwirrt.

«Mich hat etwas gestochen! Aua! Es tut so weh!»
Elena schrie noch einmal, unglaublich laut.
«Es tut so weh! Eine Biene, sie ist in meinen Schuh gekro-

chen, das war eine Biene!» Ich nahm sie in den Arm, zog ihr vorsichtig die Sandale aus und tröstete sie, während ich nach dem Stachel suchte. Ich fand keinen, nur einen roten Fleck an der Seite ihres großen, langsam anschwellenden Zehs.

«Eine Wespe, nehme ich an», sagte Jenny, «ich hol schnell was. Ist sie allergisch?»

«Nicht dass ich wüsste.»

Jenny lief Richtung Haus und ich hielt Elena auf dem Schoß, streichelte sie und sprach auf sie ein. Sie schrie und weinte noch immer aus vollem Hals. Ich rieb etwas Spucke auf die Stelle, aber Elena brüllte nur noch lauter.

«Armer Schatz, ich weiß, wie weh das tut, Jenny ist schon unterwegs und holt etwas. Sie kommt gleich, nur einen Moment noch, gleich wird es besser. Es ist gleich wieder gut.»

Jenny kam aus dem Haus gerannt, mit einer halben Zwiebel in der Hand und einer kleinen Tube in der anderen.

«Da», sagte Jenny, «das hilft. Gleich wird es besser.»

«Nicht die Zwiebel!», schrie Elena. «Ich hasse Zwiebeln!»

«Aber Zwiebeln helfen am besten gegen Wespenstiche, vertrau mir», sagte Jenny. «Vertrau mir, ich bin heuer schon mindestens fünf Mal gestochen worden.»

«Aber es brennt so!», schrie Elena, während Jenny die Zwiebel vorsichtig über die Stelle an ihrem Fuß rieb. Sie zappelte und heulte. Ich saß auf der Wiese und hielt sie fest und redete weiter auf sie ein, während Jenny die Tube aufschraubte und etwas durchsichtiges Gel auf den Wespenstich tupfte.

Elena jammerte immer noch, aber der Schmerz schien langsam nachzulassen.

Ich drückte sie an mich, dann zog ich sie vorsichtig hoch und schleppte sie in den Schatten unter dem Baum, an dem ich mit Jenny gesessen hatte. Jenny schenkte ihr Wasser ein. Ich streichelte ihr verheultes Gesicht, wird ja wieder gut. Dann sah ich mich um.

«Wo ist Juri?»

Er war nicht da. Ich blickte mich um, während ich Elena langsam von mir herunterschob. Er war nirgends. Ich sah Jenny an. Jenny sah mich an und ließ die Zwiebel und die Tube fallen. Ich schubste Elena ins Gras und sprang auf. Ich schrie, Juri! schrie ich, Juri!, und wir beide rannten los Richtung Pool, und ich schrie immer weiter, Jurijurijuri! Und dann waren wir am Pool und ich sah ihn, wie er mit dem Gesicht nach unten auf dem Wasser schwebte; wie die kleinen weißen Blumen auf dem Fluss, ganz still.

In der Nacht davor war ich spät in der Nacht schlafen gegangen, betrunken und ein wenig bekifft: Jenny hatte Papers und etwas Gras aus einer Lade gekramt, wohl von Hippies im Ort, und ich hatte uns einen absichtlich unförmigen Joint daraus gedreht, ich wollte nicht den Eindruck vermitteln, dass ich sowas öfter mache. Ich hatte mich ins Schlafzimmer geschlichen, die Tür leise hinter mir zugezogen, hatte mich zum Bett getastet und im Dunkeln ausgezogen, um die Kinder nicht zu wecken. Juri schlief in Lunas altem Reisegitterbett, für das er eigentlich schon zu groß ist, aber er mochte gleich die weichen, durchsichtigen Netzgitter um sich herum, fühlte sich wohl in dieser durchlässigen Enge. Er nannte es das Spinnenbett. Elena schnarchte leise in dem mächtigen alten Doppelbett mit dem Moskitonetz darüber, sie war im

Schlaf auf meine Seite gerollt und ich hatte sie sanft zurückgeschoben. Es war heiß und stickig gewesen im Zimmer, und ich hatte, obwohl ich nur Unterwäsche trug, unter meinem Leinenlaken geschwitzt. Deshalb war ich noch einmal zum Fenster gegangen, um etwas Luft hereinzulassen. Ich hatte es aufgemacht, den Riegel der Fensterläden geöffnet und sie vorsichtig, unter leisem Knarren, aufgestoßen. Ich hatte am offenen Fenster gestanden, der Regen hatte aufgehört, aber Wolken bedeckten alle Sterne. Die kühle Nachtluft war an mir vorbei ins Zimmer geströmt, über meine warme, feuchte Haut hinweg, hatte sie getrocknet und abgekühlt, bis ein leichtes, angenehmes Frösteln meine Arme und Schultern aufraute. Es war sehr still gewesen. Ich hatte in das undurchdringliche, mondlose Schwarz gestarrt, an die Stelle, an der ich das alte Haus wusste, aber es zeichnete sich im Dunkel kaum ab. Ich hatte versucht, seine Umrisse auszumachen, das Dach vom Himmelsschwarz zu unterscheiden, und plötzlich wurde eins der Fenster hell und eine alte Frau schaute mir direkt in die Augen, mit einem kalten, wissenden Blick.

Der Schreck stieß mich brutal ins Innere des Zimmers zurück, ließ mich über ein Spielzeug stolpern, und bevor ich mit der Schulter hart an der Bettkante aufschlug, sah ich das Licht wieder ausgehen. Als ich mich wieder hochgerappelt hatte, zurück zum Fenster trat und hastig die Läden schloss, war alles wieder schwarz, kein Fenster, kein Licht, keine Frau, als sei es nie passiert. Vielleicht war es nie passiert. Aber es war passiert, und es war kein Mann gewesen. Ich hatte eine Frau gesehen, ganz deutlich, eine alte Frau mit akkurat zurückgekämmtem, dunklem Haar, und sie hatte am Fenster gestanden und mich direkt angeschaut, als sähe sie mich, dort im Dunkeln: Sie hatte mich gesehen, hatte mich erkannt und das Verderben, das in mir lauerte. Danach hatte ich lange wachgelegen und versucht, die Augen zu vergessen und die Frau, und hatte dem Atem meiner Kinder gelauscht. Als mich der Schlaf endlich in seinem Griff hatte, träumte ich von einer alten Frau in einem eleganten grauen Kostüm, die in ihrem Blut lag. Aber diesmal war sie nicht tot, diesmal machte sie die Augen wieder auf, erhob sich und kam auf mich zu, riss mir ihre große, rote Ledertasche aus der Hand, packte sie mit beiden Händen, drückte die Tasche an die Brust und stieß dann damit nach mir, sah mich mit bösen, kalten Augen an und schubste mich, und ihr dunkles Haar löste sich aus dem straffen Knoten und sie stieß mich noch einmal heftig und hart, nein, es war ein großer Hund, und er knurrte und schnappte nach mir und ich wollte zurückweichen, aber es war, als würde ich durch Gelee waten, ich kam nicht weg, und dann trat ich ins Leere und fiel und fiel und fiel schließlich aus dem Schlaf heraus. Ich spürte sofort die Erleichterung, die Erlösung, dass ich noch einmal davongekommen war, aber ich brauchte lange, um mich zu erinnern, wo ich war und warum.

Ich rannte direkt ins Wasser. Sprang hinein. Packte Juri und stieß ihn in die Höhe, aus dem Wasser heraus. Er bewegte sich nicht. Er war viel schwerer als sonst. Ich stemmte ihn über das Wasser, während ich so schnell wie möglich auf den Rand zusteuerte, das Wasser bremste mich, ich versuchte zu rennen im Wasser, es ging nicht, es ging alles viel zu langsam. Jenny war geistesgegenwärtig genug gewesen, am Rand des Pools zu bleiben, sie kniete auf dem Stein und streckte mir die Arme entgegen, und als ich nahe genug war, zog sie Juri hoch und legte ihn ins Gras und schüttelte ihn. Packte ihn dann an beiden Beinen und riss ihn, während ich aus dem Pool kletterte, in die Höhe und ließ ihn baumeln wie einen Neugeborenen, und als ich zu ihm gekrochen war und seinen Oberkörper umfasste, fing er, wie ein Neugeborener, wieder zu atmen an, und zu husten und spucken. Wasser lief aus seinem Mund und seiner Nase. Wir ließen ihn vorsichtig ins Gras rutschen, und Juri hustete und würgte und weinte, und ich streichelte seinen Kopf und drehte ihn auf die Seite und noch mehr Wasser rann aus seinem Mund. Dann nahm ich ihn hoch und merkte, dass Jenny weinte und dass ich auch weinte. Und neben uns stand Elena und weinte auch. Und Juri schrie jetzt.

«Es geht ihm gut», sagte Jenny, «es ist alles gut.»

Als ich Juri hochhob und an meine Brust drückte, als er seine Arme um meinen Hals schlang und seinen nassen, heulenden Kopf an meine Schulter schmiegte, bewegte sich drüben in dem alten Haus ein Fenster, die untergehende Sonne explodierte im Glas der Scheibe und direkt in meine Augen hinein.

Ich hatte dich fast, flüsterte das Land, beinahe hätte ich dich erwischt.

Sechzehn Ich mag Dinge aus schwerem Porzellan, Teller, große Schüsseln. Ich mag Dinge aus Emaille; Teigschüsseln, Schaumlöffel, Pfannenwender, Durchschläge. Schalen aus Melamin, unzerstörbar und unangreifbar für Kinderattacken und Zeit und Gebrauch. Ich mag die Art, wie er mich anschaut, wenn wir uns länger nicht gesehen haben. Ich mag dickes altes Glas, auch wenn es trüb wird und zerkratzt ist. Ich mag hauchdünnes Glas, das das Gewicht von schwerem rotem Wein trägt, aber bei der feinsten falschen Berührung zerspringt. Ich mag seine Hände, wenn sie noch kalt sind und unter meinem Kleid mein warmes Fleisch finden. Ich mag Tischtücher aus glänzendem, weißem Damast. Große steife Servietten. Riesige, weiche, warme Badetücher. Ich mag schweres Besteck. Ich mag, dass er lang und mager ist, und drahtig. Den Geruch von Stärke. Gebügelte Bettwäsche. Weiß lackiertes Holz. Seine spitzen braunen Schuhe, den Glanz immer wieder geputzten und polierten Leders. Den Glanz von übermaltem Lack. Die zittrige Vorfreude auf seinen Kuss. Ich mag das Krächzen der Raben, die über mich hinwegfliegen, wenn ich auf der Terrasse rauche. Das Streicheln des Rauchs, der in meine Lunge zieht, das leichte Gefühl von Benommenheit, das er bewirkt, in der Früh, in meinem noch halb schlafenden Körper. Ich mag das Geräusch, das ein Korken macht, wenn er aus einer Sektflasche springt. Ich mag Bücher mit Stoffeinbänden. Grüne Bücher, ich weiß nicht warum. Die Farbe Grün, überhaupt. Wie er seufzt, leise und glücklich, wenn er in mich eindringt. Ich mag Schreibtischlampen aus den siebziger Jahren mit Blechschirmen in orange und moosgrün. Wie unsere Körper miteinander sprechen, in einer eigenen Sprache, die wir manchmal beide nicht verstehen. Die Skyline der Ziegelkamine. Die Folien aus weichem, schwerem Blei, die die Hälse der Weinflaschen einhüllen, und die man zu kleinen, schweren Kugeln knüllen kann. Ich mag weiße Kreppkleidchen an kleinen Mädchen. Wie er sagt, dass ich es vielleicht bin, und wie er dabei schaut, wie seine Augen sprühen. Ich mag große Tulpensträuße in rot, orange und pink. Ich mag schwarze Hollandräder. Weiche Bleistifte, die über weißes Papier schmieren. Sonnengelbe Fliesen. Wie es sich anfühlt, wenn meine Hände in den eingeweichten Papierfetzen gatschen. Lichtschalter aus Keramik. Ich mag es, wie still er ist, wenn unsere Körper schließlich schweigen, wenn er neben mir liegt, sein feuchter Arm unter meinem Nacken. Ich mag Lammfell, wenn es ein paar Mal gewaschen wurde. Den plötzlich sich einschleichenden Gedanken, er könnte vielleicht der Eine sein, und das angenehme, sichere Gefühl, wenn dieser Gedanke wieder verschwindet. Ich mag gehäkelte Decken, aus kleinen Quadraten zusammengepuzzelt, wie sie auf dem Sofa meiner Mutter lagen. Dielenböden. Kugellampen aus weißem Glas. Ich mag das Vibrieren meines iPhones um drei Uhr früh und die radikale Zärtlichkeit seiner Nachrichten, wenn er betrunken ist. Ich mag große Lampenschirme aus gemustertem Stoff. Seine alte, speckige Lammfelljacke. Hornbrillen. Grauen Nagellack. Absätze aus geschichtetem braunem Leder. Den Klang weit entfernter Polizeisirenen. Das Gefühl von absoluter Sicherheit, wenn die Tür hinter mir ins Schloss fällt. Ich mag den Geruch von

Babyhaut, die Farbe von Milch, die Süße reifer, fast platzender Tomaten, das Knacken der Samen getrockneter Feigen zwischen den Zähnen. Ich mag, wie sein langes Haar in mein Gesicht fällt, wenn er auf mir liegt. Ich mag den Geruch frisch geschnittenen Holzes, und wie sich meine Zähne nach dem Putzen anfühlen, wie poliertes Porzellan. Ich mag Linden und Kastanien. Ich mag den Klang eintreffender E-Mails. Seinen Geruch auf meinen Fingern. Ich mag Socken aus Wolle, Decken aus Baumwolle, die Wärme der Wintersonne auf meiner Haut und wie sich der Sound eines Zimmers verändert, wenn er einfach nur atmet darin.

Siebzehn «Das ziept!»

«Dann beug endlich deinen Kopf vor, wie ich es dir gesagt habe, dann ziept es nicht so.»

«Aber dann seh ich nichts.»

«Ist eh nur Unsinn, was du da anschaust. Kopf nach vorn!»

Ich ziehe den feingezinkten Nissenkamm durch ihre feuchten, mit Conditioner getränkten Haare, vom Ansatz bis in die Spitzen, sie kräuseln und verwursteln sich zu kleinen Knoten, obwohl ich sie vorher mit einer groben Bürste vorgekämmt habe.

«Aua.»

«Ist gleich vorbei. Drei, vier Strähnen noch, dann hast du es überstanden.»

Nach jeder Strähne wische ich den Kamm an einem Papiertuch ab. Es sind rötliche Punkte in dem weißen Conditioner, kleine und ein paar größere. Die Papiertücher knülle ich zusammen und schmeiße sie auf den Boden.

«Sind es viele?»

«Sechs oder sieben bis jetzt. Und ein paar Nissen.»

«Sind dann alle weg?»

«Das will ich hoffen.»

Elenas Haare sind blond, nicht dick, aber lang. Alle Mädchen im Kindergarten haben lange Haare, außer einem, und das wäre offenbar lieber ein Bub. Als ich ein Kind war, schnitt uns meine Mutter die Haare kurz, gegen unseren Willen. War ihr zu anstrengend, so viele lange Haare zu waschen. Nicht, dass sie sich sonderlich um unsere Sauberkeit gesorgt hätte, unsere Körperhygiene und wie wir rochen war ihr ordentlich egal. Auch ein paar andere Mädchen in meiner Klasse hatten kurze Haare gehabt, aber die stanken nicht. Ich trenne eine weitere Strähne von Elenas klebrigem Kopf, ziehe sie straff und kämme sie langsam vom Haaransatz nach unten durch. Elena quiekt. Vorher hat sie über das stinkende Shampoo gejammert, das ich ihr einmassiert und dann mit einer Duschhaube abgedeckt habe. Es sind Herzchen auf der Haube, gelb, rot und orange, und sie bröseln bei jeder Benutzung ein bisschen mehr ab.

«Darf ich danach weiter fernsehen?»

«Erst Haare ausspülen. Und duschen auch gleich. Dann darfst du noch eine halbe Stunde schauen. Aber nicht diesen Blödsinn.»

«Warum duschen? Duschen hast du nicht gesagt!»

«Wart einen Moment.» Ich stecke meine Nase in Elenas Achsel, schnuppere und schnaufe laut aus. «Heiliger, das müffelt. Deswegen.»

«Ich müffle nicht!»

«Nein, du müffelst nicht. Aber duschen kannst ...»

«Au! Du tust mir weh!»

«Bitte um Entschuldigung. Da war was verzottelt. Gleich vorbei.»

Später, als Elena mit einem Handtuchturban vor dem Fernseher hockt und irgendeinen viel zu hektischen Cartoon-Blödsinn schaut, sitze ich in der Badewanne, ein Glas Wein auf dem Hocker, ein Magazin daneben und in einem Handtuch eingewickelt das iPhone. Ich starre auf einen kleinen, braunen Punkt, der sich am Badewannenrand in einem Wassertropfen verfangen hat. Hat der Punkt nicht winzige Beine? Hat der Punkt gerade gestrampelt? Ich nehme einen Schluck von meinem Wein, beuge mich über den Fleck und visiere ihn, aber ohne Brille kann ich es nicht genau erkennen. Bewegt sich das? Das bewegt sich nicht, oder? Nein, sicher nicht, bitte nicht, ich habe keine Läuse, ich will, ich kann keine Läuse haben, weil, wenn ich gestern Läuse gehabt hätte, hätte ein anderer jetzt vielleicht auch welche. Dann müsste ich dem eine atmosphärisch eher kontraproduktive Äh-und-tja-sorry-SMS schicken, was einen langhaarigen Mann, der gerade seinen Rucksack packt, um in ein Krisengebiet zu reisen, sicher unglaublich erfreuen würde. Ich habe mich nur sicherheitshalber mit dem Shampoo gewaschen und durchgekämmt, ohne den Kamm genauer anzuschauen, ich wollte es so genau gar nicht wissen. Ich habe keine. Ich habe keine. Ich. Habe. Keine. Hat sich der Punkt eben bewegt? War er vor einem Moment nicht noch woanders? Es ist das vierte oder fünfte Mal, dass Elena Läuse heimbrachte, schon wieder haben sie mich angerufen vom Kindergarten. Ich dachte, sie wäre schon wieder krank, immer noch der Kotzvirus, der im Kindergarten die Runde macht, aber juhu, das Kind kratzte sich. Und als gute Mutter hätte ich das natürlich längst bemerken müssen, Maßnahmen ergreifen, das vorschriftsmäßig melden. Natürlich meldet so etwas nie jemand, und ich bin sicher, Elena hat das von den Nowotny-Kindern, bei denen war sie vor ein paar Tagen noch zuhause, und mir ist aufgefallen, dass sich die Lilly gekratzt hat, aber die sind offiziell natürlich viel zu fein für Läuse. Das ist immer noch so, dass die ganz feinen Leute keine Läuse kriegen, auf die gehen Läuse nicht, die weichen den feinen Leuten ja bekanntlich aus. Jetzt. Jetzt sah es wieder aus, als hätte es gestrampelt. Nein. Nur ein Flankerl, bestimmt. Aus dem Wohnzimmer klingt grauenhaftes, verzerrtes Gedudel durch die offene Badezimmertür, versetzt mit hysterischen Stimmen. Der Fernseher ist zu laut. Ich sollte aus der Wanne klettern und den Fernseher leiser stellen, das ist nicht gut für das Kind. Ich taste nach dem Weinglas und lehne mich zurück, die andere Hand zwischen meinen Beinen, und denke an den gestrigen Nachmittag zurück, seine Hand auf meiner Brust, sein Kopf zwischen meinen Beinen, sein

«Mama!» Verdammt.

«Ja. Was?»

«Kann ich was zu trinken?»

«Kannst du nicht ...? Ich komme. Moment. Ich komme schon.»

Ich klettere aus der Wanne und trockne mich ab, dann schlinge ich mir das Badetuch um den Körper und tappe durch den Flur in die Wohnküche.

«Wasser? Saft?»

«Wasser!»

Ich nehme eine Trinkflasche aus dem Schrank und lasse das Wasser laufen, halte die Flasche darunter, bis sie voll ist und gehe dann nach hinten zu Elena. Im Vorbeigehen nehme ich noch eine Schachtel Cookies aus dem Vorratsschrank, das wird mir eine Weile Ruhe verschaffen. Elena bemerkt mich kaum, als ich ans Sofa trete, sie ist völlig vertieft in den Schwachsinn, sie starrt wie eine Idiotin auf den Bildschirm, als wäre sie nicht ganz richtig im Kopf.

«Da, bitte, der Lieferservice.»

«Danke, Mama.»

«Bitte gern. Für dich immer. Soll ich dir die Kekse aufmachen?»

Sie antwortet nicht. Ein Cartoon-Vampir mit viel zu großem Kopf fliegt kreischend durch den Bildschirm. Ich reiße die Keksschachtel und die Folie auf und stelle die Kekse auf den Couchtisch. Der Vampir quatscht jetzt auf ein Mädchen ein, das tot aussieht, aber mit Quietschstimme zurückquatscht.

«Bist du sicher, dass du dir das ansehen willst?»

«Ja. Das ist lustig.»

«Sieht gar nicht lustig aus.»

«Mama! Ich will das hören.»

«Das ist eh so laut. Das ist viel zu laut.»

«Das ist nicht zu laut. Ich will das so.»

Ich wühle trotzdem die Fernbedienung hinter ihrem Po hervor. Sie rückt genervt ein Stück zur Seite, damit sie an mir vorbei auf den Bildschirm sehen kann.

«Mama!»

Ich drücke auf die Lautstärkentaste und sehe zu, wie der Balken am Bildrand kürzer wird.

«Das ist zu leise!»

Ich lasse den Balken wieder ein wenig wachsen.

«So okay?»

Elena kaut an einem Keks und antwortet nicht mehr. Ich gehe zurück ins Badezimmer und finde eine SMS von Jenny: «Bist du heute Abend irgendwo? Eröffnung bei der Obauer, neue brit. Kunst, ich gehe mit Mila und Horst hin.» Mila und Horst, aha. Und was ist mit dem neuen Schatzi? Der ist doch wohl nicht schon wieder Geschichte? Ich beschließe, das später zu beantworten, hänge das Badetuch wieder an seinen Haken, setze mich in die Wanne, lasse heißes Wasser nachlaufen, schiebe meine Hand zwischen meine Beine und versuche, wieder in Stimmung zu kommen, und mein Telefon zwitschert, und es ist Astrid, und ich weiß, dass sie mir gleich ordentlich auf die Pelle rücken wird, aber ich gehe trotzdem ran.

«Und?» Meine Schwester war gestern Nachmittag wieder einmal mein Alibi, und Astrids Alibis gibt es nicht umsonst. Der Preis dafür ist, dass sie mir ihre moralischen Bedenken umhängt und mir mehr schlechtes Gewissen macht, als einer wirklich liebenden Schwester anstünde. Ich habe ihr mehr als einmal angeboten, ihr einfach nichts darüber zu erzählen, einfach so zu tun, als sei gar nichts, aber sie will es partout wissen, ganz genau, alles, im Detail. Vielleicht, weil es ihre Vorurteile über die Schlechtigkeit der Menschen und die Unmöglichkeit glücklicher, ehrlicher Beziehungen stärkt und das Fundament ihres selbstgewählten Singledaseins mit einer weiteren Schicht Stahlbeton festigt.

«Gut, danke. Und dir?»

«Schlecht. Denn ich habe leider gestern Nachmittag immer noch kein passendes Sofa gefunden.» Das hatte ich Adam erzählt: Dass Astrid und ich ein Sofa suchen, für ihre neue Wohnung. Sie hat sich eine kleine Eigentumswohnung gekauft, gerade groß genug für eine Person, viel zu klein für zwei. Ich wollte es ihr ausreden, aber sie blieb stur. Sie sei gern allein und wolle es bleiben, und ich sei ja eh so freundlich gewesen, zwei süße Kinder zu bekommen, das reiche für uns beide.

«Tja, wir werden wohl weiter nach einem Sofa für dich suchen müssen.»

«Vielleicht sollte ich lieber mal im Internet schauen.»

«Ich könnte dir helfen. Ich kenne mich gut aus im Internet.»

«Danke, sehr nett von dir. Also, wie war's?»

«Gut. Schön.» Ich kann hören, dass diese Erklärung mehr als unzureichend ist. Astrid schweigt.

«Von mir aus: Es war sehr schön! Was willst du hören?!» Ich weiß, was sie hören will. Sie will hören, dass es mich aus den Schuhen haut, aus der Bahn wirft. Sie will mich wanken sehen. Sie will, dass ich zumindest schwere Schuldgefühle habe. Sie will, dass ich ein wenig leide; als hätte ich das nicht schon genug.

«Liebst du ihn?»

«Liebe, Liebe, du immer mit deiner Liebe ... Ich weiß es nicht. Vielleicht. Vielleicht ein bisschen verliebt. Vielleicht manchmal. Ist es wichtig?»

«Ja. Ist es.»

«Warum?»

«Ich glaube nun mal nicht daran, dass man zwei Menschen lieben kann.» Sie hat mal einen geliebt, richtig geliebt, lebensmenschartig geliebt, und er hat sie betrogen. Sie hat ihn verlassen, und seither hat sie keinen mehr richtig geliebt. Und vertraut keinem mehr. Allerdings hat Vertrauen in unserer Familie sowieso keine allzu große Tradition.

«Wieso glaubst du, dass ich zwei Menschen liebe?»

«Du machst den Eindruck.»

Sie möchte hören, dass ich mich schuldig fühle. Sie möchte hören, dass ich mich deshalb bald entscheiden will. Aber ich will nicht. Ich will nicht wollen. Ich denke nicht einmal daran, außer, wenn Astrid mich dazu zwingt. Ich muss mich nicht entscheiden, weil ich mich schon längst entschieden habe.

«Ach so. Im Übrigen liebe ich, wennschon, dennschon vier, die Kinder liebe ich nämlich, wie du weißt, auch. Und dich. Macht fünf. Für wen von euch soll ich mich nur entscheiden ... hm. Knifflig.»

«Du bist doof. Familie gilt nicht.»

«Und warum nicht? Ist das eine so komplett andere Liebe?»

«Ja.» Es geht ihr überhaupt nicht um die Liebe, sie findet es einfach nur moralisch falsch.

«Es geht dir nicht um die Liebe. Du findest einfach verwerflich und böse, was ich tue. Du projizierst deine eigenen, miesen Erfahrungen auf mich.»

«Kann schon sein.»

«Ja, aber dich hat man leiden lassen. Wegen mir leidet keiner.»

«Noch nicht.»

Es stimmt nicht ganz. Ich lasse den Gedanken doch zu, manchmal, ganz selten, in schwachen, sentimentalen Momenten, nach besonders intensiven Nachmittagen, an Nachmittagen wie gestern, an denen es dich wegbläst, weil sich alles so viel richtiger anfühlt, als es sollte, in Stunden, in denen auch er mit dem Was-wäre-wenn-Scheiß anfängt, was ich ihm verboten habe, No-go-Area, ganz konsequent. Aber später, wenn ich wieder allein bin, kann es sein, dass ich manchmal doch selbst heimlich die Denkverbotsgrenze überschreite, sinniere. Wie es wäre mit ihm zusammen zu sein, nur mit ihm. Wie er mich berühren würde vor anderen. Wie wir miteinander umgehen würden. Wie wir sprechen würden miteinander. Wie wir wohnen würden, zusammen oder getrennt. Wie es wäre, neben ihm zu schlafen, aufzuwachen, mit ihm zu frühstücken; falls er frühstückt, ich weiß es nicht. Wie es wäre, mit ihm Auto zu fahren, seine Hand zu halten beim Gehen. Mit ihm im Restaurant zu essen. Wie wir streiten würden und worüber. Wie lange es dauern würde, bis er mir zum ersten Mal über wird, bis er mir richtig auf die Nerven geht, so sehr, dass ich ihm die Tür vor der Nase zuwerfen würde. Wie ich ihm Elena und Juri vorstellen und wie er versuchen würde, nicht ihr Vater, aber ihr Freund, Vertrauter, Komplize zu werden. Wie der Sex wäre, wenn wir ihn jeden Tag hätten. Und dann nicht mehr jeden Tag, und wie das dann wäre. Was es mit Adam und den Kindern machen würde – und immer, immer stoße ich an dieser Stelle frontal an den immer gleichen Punkt, an den Punkt, an dem ich bin und war und bleiben werde. Dass ich mich schon entschieden habe; dass es nichts mehr zu entscheiden gibt und nichts zu verbessern. Weil der Versuch, es besser zu machen, alles ruinieren würde. Alle wollen immer, dass sich was ändert, dass es besser wird. Ich nicht. Für mich ist das nicht gut. Manchmal ist es das Beste, wenn in einem Leben gar nichts geschieht, einfach nichts. Für mich ist es, glaube ich, am besten: wenn nichts passiert und nichts sich mehr ändert.

Achtzehn Die Kaufmanns haben sich getrennt. Ich konnte es gar nicht glauben. Sie haben erst im August geheiratet, mit einem großen Fest im riesigen Garten eines kitschig schönen Landwirtshauses, der Abend war mild und sanft beleuchtet von Lichterketten aus weißen Lampions, die zwischen den Bäumen hingen, es gab lange Tische mit weißen Tischdecken, es gab weiße Luftballons, es gab Tanz und kleine Mädchen in weißen Kleidchen, die weiße Blumen streuten. Adam war Trauzeuge, er kennt Jan schon ewig. Es war schön, schöner als meine eigene Hochzeit, leichter, lockerer, rührender. Wahrscheinlich, weil ich nur Gast war und Publikum, ganz unangespannt. Ich denke nicht sehr gern an meine Hochzeit, vielleicht, weil ich damals die ganze Zeit das Gefühl hatte, dass Adam hereingelegt wird. Von mir. Die beiden Kaufmanns waren sehr liebevoll zueinander, ich musste immer wieder hinsehen und dabei denken, dass ich auch gern so liebevoll wäre. Ich hätte nie gedacht, dass die sich trennen, die waren davor ja schon lange zusammen, hatten ja schon zwei Kinder. Ich dachte, die haben die schwierigen Zeiten schon hinter sich und sind für immer zusammengeschweißt. Das wirkte alles so richtig, stimmig. Jetzt, wo ich das höre, kommen mir ein paar Sachen in den Sinn, die mir davor nicht so aufgefallen waren. Die vielleicht nicht so gestimmt haben. Dass sie ihn immer so überhöhte, dass er ständig ungefragt berichtete, wie oft sie was für tollen Sex haben, trotz der Kinder. Adam hat es dann auch gesagt: Dass er es merkwürdig fand, wie sehr die dauernd ihre Liebe beschworen haben. Ausgestellt. Das war doch ein Zärtlichkeitsexhibitionismus, das muss man doch nicht, wenn man sich liebt, sagte Adam.

Adam ist kein großer Bekenner. Ich auch nicht, aber man hört doch hin und wieder gern, dass man geliebt wird. Gebraucht. Schön ist. Begehrenswert. Wichtig. Was immer ... Ich bin, ganz im Geheimen, eine Romantikerin, möglicherweise ist das der wichtigste Grund für diese heimlichen Treffen, mein Romantikdefizit, das Romantikdefizit vermutlich aller langjährigen Beziehungen, gegen das die Kaufmanns und Millionen anderer Paare mit überdeutlicher Zärtlichkeit und der öffentlichen Beschwörung ihrer Liebe ankämpften.

Bei den Kaufmanns hat es nicht funktioniert. Es funktioniert meistens nicht, oder vielleicht nur dann, wenn man es nicht mit Alltag versaut. Obwohl die Kaufmanns Alltag galore hatten, jahrelang, und jahrelang gelang es ihnen, den Alltag mit Romantik aufzumunitionieren, bis hin zur romantischen Hochzeit mit den Rosenblätter streuenden Kindern. Aber vielleicht war das auch nur mehr ein letzter, verzweifelter Versuch, alle unterschwelligen Konflikte durch die große, heilige Handlung zu lösen, in der Hoffnung, dass dieses Opfer den Gott des Beziehungsalltags zu besänftigen imstande sei. Ist es meistens nicht, weiß man ja, aber trotzdem dachte ich, dass es bei den Kaufmanns funktionieren könnte. Hat es nicht. Ich habe Gerüchte gehört, sie hätte einen anderen, Jenny hat es angedeutet, wollte dann aber nicht ins Detail gehen oder wusste selber nicht mehr. Ich glaube es sowieso nicht, sie ist nicht der Typ dafür. Sie hat den Kaufmann angebetet, auf eine Weise, die teilweise schon etwas Unterwürfiges hatte, die einem zu viel wurde, wenn man auch nur drei Milligramm Feminismus in sich hat. Ich bin keine Feministin, aber das ging mir auch ein bisschen zu weit. Jenny hat sich immer darüber aufgeregt, dass die Kaufmann dem Kaufmann so ein Paschadasein ermögliche, und dass das die anderen Männer auf blöde Gedanken bringe. Ich weiß nicht. Ich hatte eher das Gefühl, dass die Kaufmann das als Deal sieht, ein bisschen ähnlich wie ich, nur aus anderen Gründen. Aus welchen auch immer. Aber Jenny sagte: Wenn das ein Deal ist, dann ist das ein Scheißdeal, und vor allem unerträglich reaktionär. Was immer der Deal war, er ist jetzt geplatzt. Er ist explodiert, und links und rechts des Grabens stehen sich nun erbitterte Feinde gegenüber. Adam sagt, der Kaufmann hat sich sogar einen Anwalt genommen, wegen der Kinder, er hat Angst, die Kaufmann könnte die Kinder als Pfand einsetzen. Ein halbes Jahr nach der romantischen Hochzeit. Es könnte einen beunruhigen. Es könnte einen auch erschrecken, also, wenn man so wäre wie die.

Neunzehn Der Joint will nicht brennen. Ich stehe auf dem kleinen Fleckchen Flachdach über meinem Atelier und lasse mein Feuerzeug schnippen. Es ist kalt, grau und viel zu früh für den Joint, aber die Kinder sind im Kindergarten, Adam im Büro, ich kann tun, was ich will. Ich nehme einen tiefen Zug und sehe hinunter auf die Straße. Autos, Mütter mit Kinderwägen, junge Männer mit Bärten und Umhängetaschen. Ein Mann blickt verstohlen um sich und fischt dann einen Schlüssel aus einer Mauerritze, mit dem er das Tor des Nachbarhauses aufsperrt. Ein Paar kommt um die Ecke, sie gehen nebeneinander, Hände in den Manteltaschen, sie hat einen leeren Shopper unter den Arm geklemmt. Es ist ein kleiner Abstand zwischen ihnen, der sich manchmal etwas verringert, aber bevor sie einander streifen, weichen sie wieder auseinander. Sie sprechen nicht. Sie wirken unvertraut und schüchtern. Die Frau blickt beim Gehen zu Boden und wirft dann einen Blick von unten zu ihm hinüber. Ich glaube, sie haben miteinander geschlafen, zum ersten Mal, ich glaube, sie haben sich erst gestern kennengelernt, in einer Bar, auf einer Party, bei Freunden. An der Ecke bleiben sie stehen, wenden sich unentschlossen einander zu: näher als Fremde, ferner als Liebende. Sie wechseln ein paar Worte, dann küssen sie sich kurz und schüchtern, dann geht er geradeaus weiter, während sie die Straße überquert. An der Ecke wendet er sich im Gehen noch einmal um, mit einem scheelen, misstrauischen Blick, nicht, als wolle er wissen, ob sie sich auch umdreht, ob sie ihm verliebt nachschaut, sondern wie um zu kontrollieren, ob sie ihm nachgeht, ihn verfolgt, ob sie jetzt schon zur Klette wird. Tut sie nicht. Sie geht mit ihrem Einkaufsbeutel in die Seitengasse hinein, schaut nicht zurück. Ein Schwarm Krähen kreischt über sie hinweg, sie bemerkt es nicht, sie geht mit gesenktem Blick die Straße entlang, als würde sie ihre Schritte zählen und verschwindet hinter einem parkenden LKW. Ich tupfe mit dem Finger etwas Spucke auf den Rand des Joints, jetzt brennt er zu schnell. Ein Paar mit einem Kinderwagen geht vorbei, der Mann redet erregt auf die Frau ein, die den Wagen schiebt, und als sie näherkommen, wird mir klar, dass das Alenka und Mirkan sind, und bevor sie um die Ecke verschwinden, sieht es so aus, als ob Alenka weint. Ich werde mal vorsichtig fragen, wenn sie nächstes Mal aufräumen kommt. Ich ziehe ein letztes Mal an dem Stummel und schaue gerade hinunter in den Abgrund.

Zwanzig Manchmal stelle ich mir vor, wie es wäre, in eine andere Familie geboren zu sein. Eine andere Mutter gehabt zu haben, eine, die sich um mich gekümmert hätte, so wie ich mich um Elena und Juri kümmere. In einem warmen Haus aufgewachsen zu sein, mit warmem Essen, mit einer Mutter, die einen nicht nur am Geburtstag umarmt. Wahrscheinlich wäre alles anders geworden. Sicher wäre es das. Ich hätte nicht die Straße erlebt. Die Frau wäre nicht gestorben, noch nicht so bald. Ich wäre nicht. Ich hätte nicht. Ich hätte nicht … Ich hätte mir nicht Adam ausgesucht, aussuchen müssen, damit er mich vor mir selbst beschützt und mir ein Leben in risikofreier Normalität ermöglicht, und in maximaler Harmlosigkeit. Ich würde nicht in meinem schönen Atelier sitzen und nichts tun, sehr lange Zeit oft gar nichts tun, so wie meine Mutter an ihren ganz schlechten Tagen. Ich wäre vielleicht eine wirkliche Künstlerin, ich würde richtige, ernsthafte Kunst machen, jeden Tag, nicht nur so merkwürdige Papiermaché-Objekte, die manchmal, an guten Tagen, aus mir herausrutschen, sporadische Pop-up-Kunst, weit entfernt von echter Kunst. Nur Ergebnisse und Nachbeben all der Therapien, in die man mich geschickt hat; Objekte, die keiner versteht, auch nicht ich selbst, und die ich nicht herzeigen will, niemandem, nicht einmal Adam.

Wir waren zum Essen eingeladen, bei Paul und Miranda, sie haben einen kleinen Verlag, den sie gerade so über die Runden bringen. Kunstbücher, edle Postkarten, Kataloge, derlei. Adam war mit Paul auf der Schule und dann auch an der Uni gewesen. Die meisten Leute, mit denen ich befreundet bin, sind eigentlich Adams Freunde. Jenny war auch da, mit ihrem Neuen, sie hat ihn noch, sonst kannte ich die meisten nicht oder nur vom Sehen. Das Essen fand in der Werkstatt von Miranda und Paul statt, einer alten Druckerei drüben in der Leopoldstadt, mit asphaltiertem Boden und gekalkten, von Andrucken übersäten Ziegelwänden. Wir saßen an einem langen Arbeitstisch, an einer völlig zerkratzten und von Stanleymessern zerschnittenen Platte. Ein Kohleofen wärmte den großen Raum, um den Tisch herum hatten sie noch Heizstrahler aufgestellt. Klassische Musik drang aus zwei Lautsprechern, Kerzen in großen alten Leuchtern standen auf Tischen, Regalen und Ablagen. Es gab Wildschweingulasch, von Paul gekocht, in einem riesigen, splitternden, braunen Emaille-Topf, der auf dem Ofen warmgehalten wurde, und auch sonst alles wie aus dem Bobo-Handbuch: italienische Salami, kroatische Ziegenwürste, Bregenzerwälder Bergkäse, Oliven, türkisches Brot und richtig guten Rotwein. Sessel und Geschirr waren offensichtlich von Flohmärkten zusammengesammelt, aber das Besteck war wertvolles, altes, poliertes Silber, und die großen, weißen Stoffservietten waren gebügelt und gestärkt. Die meisten der Gäste machten irgendetwas mit Kunst oder waren mit jemandem liiert, der etwas mit Kunst zu tun hatte, Maler, Fotografen, Journalisten, Filmleute, ein Schriftsteller, eine Musikerin, und die meisten hatten ebenfalls Kinder, eigene und angepatchworkte. Ich saß zwischen einem fetten Bildhauer, von dem wir eine kleine Wachsfigur besitzen, die so obszön ist, dass Adam sie im Büro verstecken muss, und einer Filmemacherin mit Intellektuellenbrille, die ich nur flüchtig kannte. Während sich Adam an der anderen Seite des Tisches mit Jennys Neuem unterhielt, wurde ich in ein Gespräch über Kinder, Babysitter, Verpflichtungen, Arbeit gezogen.

«Kennstes eh. Man strengt sich an, ein bürgerliches Leben zu führen, während die Kunst in einem herumwühlt.»
 «Das ist nicht die Kunst, das ist die Depression.»
 «Ja, das ist oft leicht zu verwechseln. Sind vielleicht Zwillinge.»
 «Eineiige.»
 «Siamesische.»
 «Nein, im Ernst. Manchmal komm ich vor lauter Kinderherumfahren, Kochen und Elternabenden kaum zum Arbeiten, das frustriert mich. Wie machst du das?»
 «Ich arbeite, wenn die Kinder bei meiner Ex-Frau sind.»
 «Das ist ein Superkonzept. Ich sollte mich vielleicht trennen, das wäre gut für mein Werk und ich müsste nicht immer nachts arbeiten.»
 «Nachts arbeiten geht bei mir nicht, ich brauche meinen Schlaf.»
 «Ich auch. Hilft halt nichts.»
 «Bitte, du hast meine ganze Bewunderung. Ich bin abends so erschöpft, dass ich nur noch fernsehen kann. Vor allem, wenn die Kinder bei mir waren.»
 «Da hab ich aber was anderes gehört.»
 «Was?»
 «Von der Geburtstagsparty vom Brandl.»
 «Oje. Wer hat dir das erzählt?»

«Sag ich nicht. Aber an dem Abend sollst du sehr lustig gewesen sein.»

«Es waren viel Alkohol und Drogen im Spiel.»

«Ja, davon habe ich auch gehört.»

«Aber das war doch eine Ausnahme. Normal seh ich bitte abends fern und geh zeitig und nüchtern ins Bett. Im Ernst. Man ist ja nicht mehr der Jüngste, und ich komme sonst zu gar nix.»

«Hast du das Interview mit diesem Schriftsteller im ‹Standard› gelesen? Der sagte, wenn in ihm ein neues Buch wachse, sage er zu seiner Frau, pass auf, die nächsten zwei Jahre kann ich mich weder um die Kinder noch um irgendetwas anderes kümmern, weil first things first.»

«Hahaha. Großartig. Nein, hab ich nicht gelesen. Wer war das?»

«Der, der ... dieser Deutsche, der schon länger hier lebt, wie heißt der nochmal, jetzt habe ich seinen Namen vergessen. Egal, ich war jedenfalls sehr neidisch. Ich sollte das mal zu Alfons sagen: Du, hör mal, Schatz, die nächsten zwei Jahre kann ich mich leider nicht um die Kinder kümmern, die gehören nur meinem Film. Alfons! Komm doch schnell mal her, ich muss dir was sagen!»

Sie winkte einem blonden Mann zu, der sich beim Buffet mit Miranda unterhielt. Er lächelte und winkte zurück. Der Schriftsteller stellte sich an den Tisch, ich habe einen Roman von ihm gelesen, ich finde ihn überschätzt, eitel und zu redselig.

«Servus. Wie geht's denn dir?»

«Sehr gut. Hab mir grad ein Haus gekauft.»

«Ein Haus! Echt! Wo? In Wien?»

«Nein, in Niederösterreich.»
«Weinviertel?»
«Waldviertel. Aber nicht sehr weit oben.»
Ich sah, wie Adam aufhorchte. Er will auch ein Haus.
«Und? Viel herzurichten?»
«Schon, ja. Aber der Preis war ganz gut.»
«Wie viel?» Das war Adam.
«Siebzigtausend.»
«Echt? Nur Siebzigtausend?», sagte der Schriftsteller. «In Wien kriegst du dafür nicht einmal ein Vorzimmer.»
«Ist aber viel zu machen.»
«Trotzdem: Neid.»
«Es wird Gästezimmer geben.»
«Sehr gut, wir kommen. Ist es weit?»
«Eineinhalb Stunden ungefähr.»
«Ich will auch ein Haus am Land.» Adam. «Aber Toni will keins.»
«Ich komme vom Land. Ich weiß, wieso ich da nicht mehr bin. Ich will dahin nicht zurück.»
«Wär ja nur fürs Wochenende.»
«Ich will auch am Wochenende dahin nicht zurück.»
«Woher kommst du?» Die Filmemacherin.
«Aus einem kleinen Kaff in Oberösterreich. Nähe von Linz.» Aus einem scheußlichen Straßendorf, aus einem engen, alten, unbeheizbaren Haus, das nie renoviert wurde und das meine Mutter verdrecken ließ, mit täglich mindestens einer Maus in der Falle, und einem grauen Hinterhof, in dem sich der Müll türmte. Das erzählte ich nicht.
«Aber für die Kinder wäre es toll.»
«Ja, schon. Aber.»

«Kinder sollten ein bisschen Grün um sich haben. Wenigstens am Wochenende.»

«Oh ja», sagte die Filmemacherin. «Ich hätte auch so gern eine eigene Wiese. Vor allem, seit ich weiß, wie sehr man Spielplätze hassen kann. Ich hatte ja keine Ahnung, aber jetzt weiß ich es, ich verabscheue Spielplätze.»

«Hast du das neue Buch von der Lehmann schon gelesen? Da gibt's eine hübsche Spielplatzszene. Ziemlich blutig. Wird dir gefallen.»

«Kenn ich schon, danke, nicht so meins.»

«Habt ihr die Ziegenwurst probiert? Ein Wahnsinn.» Der Bildhauer war am Buffet und hatte jetzt einen neuen Teller auf den Knien.

«Hast du nicht eben schon Gulasch gegessen?»

«Ja, auch sehr super. Um welches Buch geht's?»

«Das neue von der Lehmann.»

«Keine Zeit zum Lesen», sagte der Künstler, «die Nadine und ich kriegen im Mai ein Kind.»

«Gratuliere! Aber da hast du jetzt schon keine Zeit mehr zum Lesen?»

«Gratulation! Wie viele hast du dann?»

«Lass mich mal nachzählen ... Na, Schmäh, vier insgesamt. Aber der Jakob studiert ja schon.»

«Was denn?»

«Architektur. In Berlin.»

«Sehr schön. Und wie geht's Nadine?»

«Eh gut.»

«Wisst ihr schon, was es wird?»

«Mädchen.»

«Prima. Kinder ohne Testosteron sind super.»

«Hallo?»

«Das heißt, ab Mai ist's auch bei dir vorbei mit störungsfrei arbeiten und nachts durchschlafen.»

«Nix! Macht alles die Nadine. Die wollte unbedingt eins. Ich hab eigentlich schon genug. Für das ist jetzt die Nadine zuständig.»

«Hahaha. Sicher.»

«Ganz sicher.»

«Träum weiter. Solange du noch kannst.»

Später unterhielt ich mich mit Miranda, die mir, obwohl wir uns nicht so gut kennen, erzählte, dass bei ihr schon die dritte künstliche Befruchtung schiefging, und dass sie trotzdem nicht vorhat, aufzugeben. Ich hätte ihr das Geheimnis von einer erzählen können, die sich vor einem halben Jahr heimlich sterilisieren hat lassen, hinter dem Rücken ihres Ehemannes, der noch immer auf ein drittes und vielleicht viertes Kind hofft. Ich sprach mit einer Musikerin über die Schule, in die ihr Kind geht und machte mir im Kopf eine Notiz, mit Adam darüber zu sprechen, klang gut, was die sagte. Und ich stand lange mit einem anderen Künstler zusammen, der rote Lederhosen, spitze Schuhe und ein weit offenes Vichy-Karo-Hemd trug, dasselbe, das Moritz sich gekauft hat, nur in hellblau. Er bereitet offenbar gerade eine Ausstellung vor und erzählte von Stress mit Kuratoren und Galeristen. Ich hörte ihm nicht wirklich zu. Ich schob die ganze Zeit im Kopf herum, wie ich die Frage, wer ich bin und was ich so mache, beantworten würde, in einer Weise beantworten würde, dass es nicht so klänge wie: Ich bin niemand und habe mich deshalb von einem reichen Mann heiraten lassen, der mir eine

Modeboutique in der Innenstadt eingerichtet hat, damit ich mich in unserem Palais tagsüber nicht so furchtbar langweilen muss. Aber der Künstler fragte gar nicht, der war ganz von sich selbst erfüllt. Oder er wusste, wer ich bin, und ich war in meiner Funktion als Zuhörerin und als Frau eines wohlhabenden Kunstsammlers völlig ausreichend für ihn. Aber ich fühlte mich dennoch die ganze Zeit wie eine Betrügerin, wie eine, die nicht dazugehört, eine, die nur so tut als ob. Eine, die nur durch Adams Gnaden in so einen erlesenen, kreativen Kreis geladen wird. Keine von denen.

Einundzwanzig Er hat ein paar SMSe geschickt, wann wir uns sehen können. Er ist gerade da und weiß nicht, wie lang, ich habe ausweichend geantwortet und auf die letzte noch gar nicht. Ich weiß nicht. Es ist irgendwie ... Es ist mir anstrengend. Vielleicht, weil es Winter ist und so kalt. Ich friere ständig. Mein Körper gefällt mir im Winter nicht, ich will meinen Körper im Winter nicht sehen, nicht nackt sehen, zu weiß, zu blass und schwammig. Und ständig voller blauer Flecken, von denen ich nie weiß, wo ich sie herhabe. Im Sommer mag ich meinen Körper, wenn er sich bräunt und dann ein bisschen drahtiger aussieht. Im Sommer zeige ich mich gern her, im Sommer trage ich kurze Röcke und ärmellose Blusen und an manchen, sehr heißen Tagen wickle ich daheim oder im Atelier überhaupt nur ein großes, leichtes, buntes Tuch um ihn, spüre meine Nacktheit darunter und finde es schön, wie der Schweiß glänzende Spuren und Flecken auf dem satten Braun macht und wie meine Haare dazu leuchten. Im Sommer schlafe ich nackt. Im Winter will ich meinen Körper bedecken, immerzu, mit vielen Schichten.

Vielleicht sollte ich ihn erst im Sommer wieder treffen, ich mag mich jetzt nicht ausziehen in seiner kleinen, schlecht geheizten Dachwohnung, mit den desinteressiert zusammengewürfelten Ikea-Möbeln, den zerwühlten Bücherkisten, die schon seit Jahren am Boden herumstehen und dem immer halb gepackten Tramperrucksack, der einen fixen Platz an der Wand seines Schlafzimmers hat. Kein Spiegel, außer im Bad.

Keine Teppiche. Keine Bilder, außer ein paar herausgerissenen Zeitungsseiten, mit Tixo an die Wand geklebt, Cartoons, Fotos, Kommentare. Er wohnt wie ein Student. Oder wie einer, der eh gleich wieder weg ist und deshalb keinen Grund hat, sich schön oder gemütlich einzurichten. Da oben quält mich durchaus mitunter die virulente Frage, was ich hier bitte mache, wie ich in so eine Umgebung, zurück in so ein längst überwundenes Prekariat geraten bin ... Vielleicht, weil der Ort geheim ist, für alle außer mich, und weil seine Rollos immer zu sind, wenn ich komme, und die Zimmer in warmes, oranges Höhlenlicht tauchen. Vielleicht, weil es so eng und begrenzt ist, wie ich es gern habe. Vielleicht will ich einfach ein Geheimnis haben, einen Ort nur für mich allein. Aber das kann es eigentlich nicht sein. Geheimnisse habe ich schon genug.

Das Schicksal hat mich mit Geheimnissen reich beschenkt, ich weiß gar nicht mehr wohin damit, ich finde in mir schon keine Schrankfächer mehr, in denen ich noch mehr Geheimnisse verstauen und verstecken könnte. Vielleicht sollte ich einmal das eine oder andere Geheimnis ausräumen, wegschmeißen, entsorgen. Vielleicht sollte ich endlich auf neue Geheimnisse verzichten, aber offenbar ist auch das eine Sucht, von der ich nicht loskomme. Die Sucht, neue, konventionelle, brave Geheimisse zu sammeln, die ich dann vor die alten, bösen schieben kann, um die noch weiter nach hinten zu rücken, noch ein bisschen besser zu verstecken. Vor Adam, vor anderen, vor mir selbst. Aber ich weiß nicht, wie man Geheimnisse entsorgt, außer durch Preisgabe. Und ich will und kann meine Geheimnisse nicht preisgeben, mein Leben hängt davon ab, dass ich sie bei mir behalte. Bei einem

Therapeuten vielleicht? Womöglich sollte ich eine Therapie beginnen, eine Geheimnisvernichtungstherapie, aber ich will keine Therapie mehr, nie mehr wieder, nicht einmal die selbstbestimmte Therapie mit dem selbstgewählten Therapeuten, zu der mir Moritz schon länger rät, obwohl er weiß, dass allein der Gedanke an eine Therapie mich aggressiv macht. Aber ich war schon bei so vielen Therapeuten, und ich will nie wieder dahin. Immerhin, würde Moritz jetzt wohl sagen, hat das dazu geführt, dass ich überhaupt Schränke für meine Geheimnisse gefunden habe, dass sie überhaupt irgendwo aufbewahrt sind und ruhen, jedes an seinem Platz, alle gut in einem Spind weggesperrt, hinter dessen Tür sie mir nicht mehr mein Leben ruinieren, jedenfalls meistens nicht. Manchmal schlüpft eines durch eine Ritze und wütet ein wenig in mir herum, aber mittlerweile bekomme ich es meistens bald zu fassen. Aber kaum habe ich meine alten Geheimnisse einigermaßen unter Kontrolle, bastle ich mir ein neues. Das ist doch nicht normal. Und dann noch nicht einmal ein besonderes, sondern ein ganz gewöhnliches, ein Konfektionsgeheimnis, das konventionellste aller möglichen Geheimnisse, so eins, wie es vermutlich die Hälfte meines Bekanntenkreises auch hat, genau das gleiche.

Aber vielleicht ist ja genau das ein Schritt in Richtung Normalität, dass man endlich auch ganz normale Spießergeheimnisse hat, dass sich die Geheimnisse an das Leben, das man führt und führen will, einfach anpassen. Und umgekehrt. Und vielleicht hält ja genau das die anderen, die schlimmeren Geheimnisse so einigermaßen unter Kontrolle. Dass man ein Durchschnittsgeheimnis zulässt, dass dieses einen so weit beschäftigt und besänftigt, dass man nicht aus reiner Langeweile eines der bösen, alten Geheimnisse aus dem Schrank lässt.

Und möglicherweise machen uns gerade unsere Geheimnisse zu normalen, einigermaßen erträglichen Menschen, vielleicht sogar zu besseren Menschen. Vielleicht ertragen wir das Leben ohne Geheimnis gar nicht. Vielleicht macht uns erst das, was wir nicht sagen, nicht preisgeben, zu dem, was wir sind, zu ganzen, vollständigen Menschen. Vielleicht ist jeder Mensch unfertig ohne ein eigenes, privates Geheimnis. (Vielleicht sollte ich weniger kiffen.) Vielleicht sollte ich ihn doch nicht erst im Sommer treffen, sondern bald, sehr bald, das Geheimnis ein bisschen auffrischen, der Sache ein bisschen romantischen Dünger gönnen. Und mich an das erinnern, was er letztes Mal gesagt hat. Und seine SMS von vorgestern Abend endlich beantworten, mit einem schlichten

Zweiundzwanzig

«Ich dich auch. Wo bist du gerade?»

Er lässt mich warten, eine Stunde, zwei Stunden. Er hat auch seinen Stolz, er ist ja nicht irgendwer, und vor allem hat er sich um wichtige Dinge zu kümmern, und das muss er jetzt beweisen. Alles folgt einer zwingenden, schon vertrauten Dramaturgie: Lässt du mich warten, lass ich dich warten. Zwei Stunden. Vier Stunden. Fünf Stunden. Ich bade gerade Juri, als mein Handy glongt.

Ich kann erst nachsehen, wenn ich Juri die Haare gewaschen habe. Unter Gebrüll, wie immer. Es ist ein Babyshampoo. Er hat noch nie was in die Augen gekriegt. Trotzdem. Ich brabble so besänftigend wie möglich auf Juri ein, während ich sein drahtiges Haar schamponiere und die Nachricht auf dem Handy zu erraten versuche. Möglicherweise ist er ja wirklich gekränkt und will jetzt nicht mehr. Was mir nun auch nicht recht wäre. Ich verteile etwas Shampoo auf Juris Körper, drücke ihm einen Waschlappen in die Hand, den er sich vor die Augen presst, und dusche ihn dann ab. Er jammert laut.

«So fertig. Raus jetzt.»

«Nicht raus!»

«Na komm, Mausi. Du hast ja schon Schwimmhäute zwischen den Fingern. Da, schau.»

«Wo?»

«Da, sie wachsen schon, siehst du? Und schau dir deine Finger an. Schon ganz schrumpelig!»

«Nicht raus.»

«Doch, Baby. Jetzt.»

Ich hebe ihn aus der Wanne. Er strampelt, macht sich schwer, entgleitet mir und platscht ins Wasser. Schaum spritzt in sein Gesicht. Er heult auf.

«Da schau. Jetzt steh auf.»

Er stemmt sich plärrend hoch und streckt die Arme nach mir aus. Ich wische ihm das Gesicht mit dem Waschlappen ab, hebe ihn heraus. Ich höre Adam in der Küche rumoren und mit Elena plappern. Ich trockne Juri ab und setze ihn dann auf das Handtuch.

«Sitzen bleiben, Baby, hörst du? Ich hol nur schnell eine Windel. Du bleibst sitzen, versprochen?» Während ich ins Kinderzimmer rase, gebe ich meinen Code ins iPhone ein. 3993.

«Seit gestern abend wieder in wien, süße. und ich habe das hemd an, das du mir geschenkt hast und kriege die knöpfe nicht auf und frage mich, ob du nicht vorbeikommen und mir helfen könntest … kuss»

Ich grinse und stecke das Telefon in meine Hosentasche, schnappe mir eine Windel vom Regal und laufe zurück ins Bad. Als ich zurückkomme, steht Juri vor dem Heizkörper und beschmiert ihn mit Babyshampoo. Ich weiß nicht, wie er das aufgekriegt hat. Ich kriege das nie auf. Letzte Woche habe ich mir beim Versuch, das aufzukriegen, einen Fingernagel abgebrochen.

«Juri. Du schlimmes, schlimmes Kind!»

Er strahlt und jauchzt, ich entringe ihm die Flasche und hebe ihn hoch zum Waschbecken. Lasse warmes Wasser über seine Hände laufen, bis es nicht mehr schäumt, trockne ihn ab, zwinge ihn auf das Handtuch, schlinge eine Windel um ihn, links zu, rechts zu, fertig. Er ist aus dem Bad verschwunden, bevor ich mich am Heizkörper hochgezogen habe. Das Shampoo trocknet schon auf der warmen Heizung, ich wische es mit dem Waschlappen herunter.

«Juri! Pyjama!»

«Ich hole ihn, Mama!» Elena ist ein nettes Kind. Sie hilft gern. Sie ist wie Adam, auch so weich und hilfsbereit, auch so unnachgiebig ehrgeizig, wenn es darauf ankommt. Juri nicht. Beides nicht. Elena flitzt auf Juris Rutschauto an mir vorbei ins Kinderzimmer, quer durch den großen Raum. Juri hat sich unterm Esstisch vor mir versteckt. Scheint zurzeit sein Lieblingsplatz zu sein. Er hat's auch lieber eng und klein, wie ich. Elena kommt zurückgefahren, steht von dem Auto auf und reicht mir einen gelben Babybody und einen Frotteepyjama mit Häschen drauf.

«Super, Elena, danke. Könntest du vielleicht noch Juris Socken für mich holen?»

«Wird gemacht.» Sie lässt sich wieder auf das Auto plumpsen, das Plastik knarzt gefährlich.

«Du wirst langsam zu groß für das Ding.»

«Geht doch!» Sie ist schon wieder weg.

Ich lass Juri noch ein bisschen unterm Tisch herumsitzen. Er hat sich aus seiner Windel befreit, sie liegt unter einem Sessel, noch trocken, ich bücke mich danach. Lass ihn mal. Er ist ein Baby, er ist gern nackt, sommers und winters. Es ist ja warm genug hier. Adam räumt Geschirr in die Spülmaschine. Ich gehe aufs Klo und hole mein Telefon heraus.

«würd ich gern, aber geht leider nicht. du wirst die knöpfe wohl abschneiden müssen. schade um das schöne hemd.

raf wird sehr traurig sein. wie lange bist du in der stadt? kuss»

Als ich zurückkomme, sitzt Adam mit einem Glas Wein und einer Zeitschrift am Tisch und stupst Juri, der unter der Bank ein paar Autos gefunden hat, mit dem Fuß. Ich höre ihn unten kichern und glucksen. Ich schenke mir auch ein Glas Wein ein. Elena klettert über meinen Schoß auf die Bank, lässt sich in die Ecke fallen und drückt mir ein Paar grüne Babysocken in die Hand.

«Ich würde gern zu der Vanicek-Vernissage bei der Heliger gehen», sagt Adam. «Ich will vielleicht etwas kaufen.»

«Welche Vernissage?»

«Na, dieser Vanicek. Du kennst ihn doch, du hast an dem Abend bei Paul und Miranda länger mit ihm geredet.»

«Ach der. Ist ein Idiot.»

Elena schaut mit großen Augen zu mir herüber.

«Aha», sagt Adam.

«Irrsinnig eingebildeter Trottel.»

«Mama! Trottel sagt man nicht!»

«Ja, Elena, Entschuldigung, du hast recht. Hiasl, er ist ein irrsinnig eingebildeter Hiasl.»

«Hiasl darf man?»

«Ja, Hiasl darf man.»

«Aber der Hiasl kann was», sagt Adam, «der hat Talent. Bei dem, was ich bislang von ihm gesehen habe.»

«Du hast schon was von ihm gesehen?»

«Ja, in Venedig.»

«Echt? Der war schon in Venedig?»

«Im Arsenale.»

«Ach so.»

«Du wolltest ja nicht mitkommen.»

«Ich wollte schon mitkommen, aber ich geh mit Juri in keine Ausstellungen mehr, seit wir ihn von dem Hirst herunterholen mussten. Du erinnerst dich vielleicht.»

«Oh ja. Aber wir hätten die Kinder ja bei Astrid lassen können ...»

«Das hatten wir doch schon durch. Ich wollte es nun mal auch nicht.»

«Zwei Nächte! Das hätten sie ausgehalten. Und Astrid hätte es getaugt.»

«Mir auch!»

«Ja, Elena. Aber ich lasse euch Mäuse nun eben nicht gerne über Nacht allein.»

«Sie wären nicht allein gewesen.»

«Aber ganz ohne uns. Später, bald mal, wenn sie größer sind.»

«Dieser Vanicek macht jedenfalls interessante Sachen, sehr speziell, sehr auf den Punkt, aus dem wird was. Die Heliger sagt es auch. Ich will was kaufen.»

«Hm. Wie du meinst. Dein Geld.»

«Bitte, Toni.»

«Wann ist die Eröffnung?»

«Übermorgen. Die Heliger lässt uns schon vorher rein. Du kommst also mit?»

«Ich rufe Astrid an.»

«Kommt Tante Astrid? Toll!»

«Mal sehen. Ich muss sie erst fragen, ob sie Zeit hat. Du geh jetzt mal Zähne putzen, ist schon spät. Juri?»

«Mama, darf Lilly morgen nach dem Kindergarten mit zu mir kommen?»

«Welche Lilly?»

«Sonnelilly.» Es gibt auch eine Igellilly, von den Zeichen in der Kindergartengarderobe.

«Ah, die Lilly Nowotny. Ja, wenn ihre Mutter ihr vorher den Kopf rasiert.»

«Was?»

«Nur ein Witz, vergiss es. Lilly kann kommen, wenn sie will, ich rufe nachher ihre Mama an, okay?»

«Okay.»

«Geh jetzt Zähne putzen, Mausi. Juri!»

Das Handy in meiner Hosentasche glongt und vibriert.

«Juri! Jurilein! Komm zu Mama, Jurikind.»

Dreiundzwanzig «Damals in den Tiroler Alpen, als Elena noch klein war, da hat es dir doch gefallen.» Sagt Adam, später, im Bett. Er meint das Haus auf dem Land.

«Das war nicht so ein Land. Das war anderes Land als das, was es da um Wien herum gibt.»

«Woher willst du das wissen? Du kennst es ja gar nicht, du willst dir ja nie was anschauen.»

«Weil ich es weiß. Ich bin auf so einem Land aufgewachsen.»

«Was war daran so schlimm?»

«Alles.»

«Glaub ich nicht. Zeig mir doch mal dein Elternhaus. Lass uns einfach hinfahren, und du zeigst es mir.»

«Es steht nicht mehr.» Lüge. «Nach dem Tod meiner Mutter wurde es verkauft und abgerissen.» Lüge, Lüge. «Da steht jetzt ein Mehrparteienhaus, soweit ich weiß.» Lüge, Lüge, Lüge. Adam hat nie viel nachgefragt, wenn es um meine Familie ging. Er glaubt, die sind tot, jetzt außer Astrid. Ich habe ihm erzählt, dass mein Vater bei einem Betriebsunfall ums Leben kam, was der Wahrheit entspricht, und, was der Wahrheit nicht so sehr entspricht, dass meine Mutter vor ein paar Jahren an plötzlichem Herzversagen starb. Ich habe ihm das Gefühl gegeben, dass es mich belastet, darüber zu sprechen, und er hat mich damit in Ruhe gelassen, und Astrid auch. Bis jetzt offenbar. Ich muss aufpassen.

«Aber dann lass uns doch einfach einmal ins Weinviertel

fahren. Oder ins Waldviertel. Vielleicht gefällt es dir trotzdem irgendwo. Es gibt da sehr schöne Ecken. Und sehr schöne Häuser.»

«Ich weiß nicht.»

«Bei Jenny hat es dir doch gefallen, wie du letztes Jahr dort warst.»

«Na ja, ging so. Und du weißt, was dort passiert ist.»

«Das hätte in der Stadt genauso passieren können. Und wir brauchen ja keinen Pool, jedenfalls jetzt noch nicht.»

«Wir brauchen auch kein Haus. Wir haben eine schöne Wohnung mit einem grünen Innenhof. Der Park liegt direkt vor unserem Fenster. Das ist fast wie Land.»

«Lass uns doch einfach einmal was anschauen.» So leicht gibt Adam nicht auf. «Nur schauen.»

«Ich weiß nicht.»

Ich weiß, dass er heimlich Anzeigen studiert, ich hab's gesehen, auf seinem Laptop, er hatte vergessen, sie wegzuklicken. Idyllischer Vierkanthof im Waldviertel mit zwei Hektar Grund dazu. Bastlerhit im Weinviertel mit fantastischer Aussicht und schönem altem Obstgarten. Herrlicher topsanierter Bauernhof mit Weinberg in der Wachau. Alter Gasthof mit Tanzsaal in der Buckligen Welt. Er wird ein Haus kaufen, ich weiß es. Egal was ich will, er wird tun, was er will, weil er das immer tut, weil er das so gewohnt ist, und weil es sein Geld ist. Ich sollte mich besser langsam mit dem Gedanken anfreunden. Muss das mal mit Moritz besprechen.

Vierundzwanzig Ich weiß, dass Astrid Kontakt zu Mutter hat. Ich glaube, sie fährt manchmal hin, in das alte Haus, in dem sie immer noch wohnt, wahrscheinlich mit nichts als ihren Flaschen. Ich vermute es nur, ich habe Astrid verboten, darüber zu sprechen, Mutter auch nur zu erwähnen. Für mich ist sie tot und wird es bleiben, bis sie wirklich gestorben ist. Ich weiß nicht, warum Astrid sich immer noch um sie kümmert, sie ist ein anderer Mensch als ich. Sie kann verzeihen, vergessen. Ich hab das nicht im Organismus, vielleicht auch, weil ich Dinge gesehen habe, die Astrid sich nicht einmal vorstellen kann. Astrid ist versöhnlich, vielleicht, weil es sie nie so aus der Spur gerissen hat wie mich. Oder vielleicht hat es sie nicht so aus der Spur gerissen, weil sie nicht so ist wie ich. Sie hat nicht diese Wut in sich. Sie kennt nicht das Rauschen im Kopf. Vielleicht ist sie einfach ein besserer Mensch als ich.

Manchmal denke ich, dass sie viel besser zu Adam passen würde. Wir sehen uns ähnlich, wir sind aus der gleichen Charge, nur ihre Haare sind lang und noch immer so braun, wie sie bei mir als Kind waren. Wir haben die gleichen Grübchen, die gleichen Brüste und den gleichen, wiegenden Gang, Adam hat es einmal erwähnt. Wir hatten auch die gleichen schmalen, gebogenen Nasen, die Nase unserer Mutter, bevor ich meine gerade machen ließ, mit dem ersten selbstverdienten Geld, mühevoll zusammengespart. Ich wollte die Nase meiner Mutter nicht, ich wollte nicht ihr Gesicht, ich wollte in meinem Spiegel nicht meine Mutter sehen, nichts von meiner Mutter, ich wollte mein eigenes Gesicht. Ein neues Gesicht für ein neues Leben, das Leben nach dem Leben, das meine Mutter ruiniert hat. Aber manchmal sehe ich dennoch meine Mutter im Spiegel. Sie steckt in mir drin, ich bin auch sie, auch wenn ich noch so sehr dagegen anzürne. Ich bin aus ihr. Das Dunkel, sie hat es mir eingepflanzt, es lässt sich nicht übertünchen.

Ich bin vorsichtig jetzt. Ich passe auf. Ich passe auf, dass das Licht nie ausgeht, das Licht bleibt immer an. Aber manchmal brennt es durch und das Dunkel explodiert in mir und breitet sich aus, übernimmt mich, und rund um mich herum wird alles zu laut und zu grell, und ich kann meine Kinder nicht mehr ansehen und nicht meinen Mann, und ich will nicht, dass sie mir zu nahe kommen, und ich will nicht, dass sie mich berühren, ich brauche Raum um mich, Wände und Stille. Und dann bin ich meine Mutter. Genauso.

Fünfundzwanzig Er war an meiner Tür. An der Tür von dem Haus, in dem wir wohnen. Ich kam gerade aus dem Atelier, hatte die Kinder abgeholt, wir waren am Markt einkaufen gewesen, die dünnen, blauen Plastiksackerl voller Obst, Gemüse und Fisch hingen schwer an Juris Buggy. Ich erkannte ihn zuerst nicht. Ich sah nur einen Mann vor unserer Tür stehen und das Klingelschild studieren, und dann begriff ich, wer es ist. Unser Name steht nicht an der Tür, nur eine Nummer, 19. Erst fielen mir die schlabbrigen, ausgewaschenen Jeans auf, die schwarze Bomberjacke, die fahlen Haare, dann erkannte ich ihn. Ich riss den Buggy zurück, Elena, die sich daran festhielt, blickte erschrocken zu mir hoch.

«Wir haben etwas vergessen», sagte ich, «wir müssen noch einmal in den Bioladen.» Ich drehte den Buggy im Kreis, Elena stolperte hinterher, wir rammten beinahe eine alte Frau, die mit ihrem Rollator dicht hinter uns ging.

«Was?», sagte Elena.

«Lukolade!», krähte Juri.

«Olivenöl», sagte ich, «das Olivenöl ist aus, wir brauchen noch welches fürs Abendessen.» Ich schob den Buggy, so schnell es Elena zuließ, in die andere Richtung und schaute vorsichtig über die Schulter zurück. Er stand noch da, starrte unschlüssig auf das Tor.

«Papa soll es bringen», sagte Elena, «ich will nach Hause.»

«Minikupa!», rief Juri.

«Papa hat heute viel zu tun», sagte ich, «wir machen das». Am Ende des Blocks angekommen, schob ich den Buggy samt Elena um die Ecke und hielt dann an.

«Was ist?»

«Ich habe etwas im Schuh. Ein Steinchen. Nur einen Moment. Bleib beim Buggy.»

Ich beugte mich zu meinem Fuß hinunter und äugte um die Ecke. Da stand er, immer noch, und blickte jetzt das Haus hoch. Nach einem Augenblick ging er weg, nicht in unsere Richtung, in die andere, langsam, ich sah ihn kleiner werden, die Straße überqueren und in einer Seitengasse verschwinden.

«Geht wieder», sagte ich. «Und weißt du was, mir ist eingefallen, dass wir irgendwo noch Olivenöl haben, das eine, das wir aus Italien mitgebracht haben. Gehn wir nach Hause.»

«Gut», sagte Elena, «bin so müde.»

«Mercedes!», krähte Juri. «Rönoo! Beämwe!»

Ich wendete, wir gingen schnell zurück. Ich schob den Buggy mit einer Hand und wühlte mit der anderen in meiner Tasche nach dem Schlüsselbund. Tastete mit den Fingern nach dem richtigen Schlüssel und hielt ihn fest in der Hand, bis wir vor der Haustür waren. Während ich eilig die schwere, grüne Haustür aufsperrte, starrte ich auf die Ecke der Gasse, in die er verschwunden war. Ich schob den Buggy und Elena in den Flur und drückte die Haustür hinter mir zu, bis ich das Klicken hörte, mit der sie ins Schloss fiel. Dann ein Geräusch, rechts vorne, und jetzt kam Alenka mit dem Baby vor dem Bauch aus der Erdgeschosswohnung und wollte zur Tür hinaus, aber ich blieb im Weg stehen und verwickelte sie in ein Gespräch über das Wetter, und wann es nun endlich Frühling würde, wie es dem Baby geht, und über den Bluterguss unter ihrem Auge, den sie sich an einer offenen Schublade geholt hatte, als sie sich in der Küche dumm nach dem Kind bückte. Ich redete einfach vor mich hin, während ich auf die Geräusche vor der Haustür lauschte, Autos, ein kläffender Hund, die Bälle aus dem Käfig im Park, bis Elena zu maulen anfing. Ich verabschiedete mich von Alenka, ging den Gang entlang und durch den Hof ins Hinterhaus, schob Elena und den Buggy in den Lift, drückte auf D und der Lift fuhr hoch, während Elena dem Spiegel Grimassen schnitt. Er weiß, wo ich wohne. Er wird wiederkommen.

Sechsundzwanzig Er wird wiederkommen. Du hättest ihm deine Telefonnummer nicht geben dürfen, warum hast du ihm deine Nummer gegeben, nie hättest du das tun dürfen. Aber du hast, in diesem Kaffeehaus, an diesem Nachmittag, in seinen Vorwurf hinein, seine Anklage. Aus schlechtem Gewissen hast du sie ihm gegeben, weil du mit einem Leben davon gekommen bist und er nur mit einer Existenz. Einer Existenz auf Bewährung. Weil du ihm Unglück gebracht hast. Du hättest nie das Telefon abheben sollen, als es klingelte, mit einer Nummer darauf, die du nicht kanntest. Du hättest nie mit ihm sprechen sollen, hättest einfach auflegen sollen und sofort deine Nummer ändern. Du hättest nie vor seiner Tür stehen dürfen, willenlos, mit einem Fuß schon zurück im Elend, nur zufällig gerettet von deinem kleinen Kind. Jetzt hat er dich gefunden, jetzt steht er vor deiner Tür, und er wird wiederkommen. Er wird, er hat nichts anderes zu tun, als wiederzukommen. Er hat nur dich, und er will dich zurück.

Siebenundzwanzig «Gehn wir noch auf einen Kaffee?»
«Oh ja. Ich bin immer noch nicht wach. Ah, da ist der Gruber. John, wir gehen auf einen Kaffee ins AnDo, kommst du mit?»
«Gern, muss nur noch Hannah im Kindergarten abliefern. Ich komme gleich nach. Geht ihr schon mal voraus?»
Gehn wir, die Stecher und ich. Wir gehen die Straße lang, der Morgenverkehr brüllt gegen uns an, und dann über den Markt. Die türkische Käsefrau grüßt mich und fragt, wie es den Kindern geht, ich grüße zurück und sage gut. Die Stecherin sagt, sie hat Schädelweh, sie war gestern lange aus. Man sieht es. Sie hat die Kaufmann getroffen, die wohl eine Ansprache brauchte, offenbar eine sehr lange Ansprache. Ich würde die Stecher gerne fragen, ob es stimmt, dass die Kaufmann etwas nebenher laufen hatte, aber ich wage es nicht, und es gelingt mir nicht, sie dazu zu bringen, von selber davon anzufangen. Sie erzählt nur Sachen, die ich eh schon weiß, plus, dass die Kaufmann nun sichtbar blonder sei als noch vor zwei Wochen; Midlifecrisis auf frauisch, meint die Stecher. Ich erzähle ihr von meinem letzten Smalltalk mit der Kaufmann zwischen Kindergartentür und Angel, aber nichts Wichtiges und nichts von gestern.

Nichts von dem Abendessen, zu dem wir Sven und Felizitas und die Bergers eingeladen hatten. Anna und Karl Berger, die wir gar nicht so gut kennen, die aber sehr eng mit Sven und Feli sind, bei denen wir sie auch kennengelernt haben, und Adam hatte sich gleich mit Karl verstanden, der mit Asylwerbern arbeitet. Es war seine Idee gewesen, ihn und seine Frau einzuladen, ein freundliches, gelassenes Paar, das sich während des Essens immer wieder einmal berührte, nur ein Antippen, ein Streifen, liebevoll und selbstverständlich, nicht so überdeutlich, wie es die Kaufmanns immer gemacht hatten. Mir fiel nur auf, dass Anna ziemlich schnell trank, und mir entging nicht, dass Karl es registrierte, und wie sich, je länger der Abend dauerte, eine leise Disharmonie zwischen sie schlich, ein kaum spürbares Distanzieren seinerseits, gepaart mit einem ängstlichen Lauern, ob andere am Tisch es bemerken würden. Ich weiß nicht, ob die anderen es bemerkten, aber ich sah es. Ich erkenne so ein Problem, wenn ich es vor der Nase habe, und ich spürte, was es zwischen ihnen anrichtete. Sie haben Töchter im Teenager-Alter, und sie erzählten von den Problemen mit den Kindern. Ich hatte den Eindruck, Adam wollte sich Karl anschauen, ihn ein wenig auschecken, er legte am Tisch Wert darauf, dass Karl ihm gegenüber saß und fragte ihn dann den halben Abend über seine Arbeit aus. Mit was für Leuten er es zu tun habe. Wo die herkämen. Was es für Schwierigkeiten mit den Behörden gäbe. Woran es mangle. Was man tun könne, vor allem, was man tun könne. In letzter Zeit scheint Adam manchmal ein schlechtes Gewissen zu plagen, wegen seines unverdienten, ihm durch Herkunft und Glück zugefallenen Wohlstands, der sich ständig vermehrt, und ich spüre, dass er einen Weg sucht, dieses Gewissen zu besänftigen. Er sieht in Karl wohl einen Pfadfinder, der ihm diesen Weg zu weisen imstande ist. Der Altruismus wühlt in Adam, ich spüre es, und ich spüre auch, wie er sich politisiert in letzter Zeit, wie ihm nicht mehr egal ist, was außerhalb seiner wohlgeordneten Welt passiert. Er regt sich viel auf derzeit, liest mir beim Frühstück ganze Absätze aus der Zeitung vor, aus dem Politikteil, mit aufgebrachter Stimme.

Natürlich sprachen wir auch über Felis Schwangerschaft. Sie war angekommen mit einer neuen Brille auf der Nase, und es war, tadaaa, selbstverständlich eine Designer-Nerdbrille mit dickem, schwarzem Rahmen. Den ganzen Abend nippte sie an einem halben Glas Rotwein und ging oft auf die Toilette, schon in diesem angeberischen, zurückgelehnten Schwangerengang, dabei ist ihr Bauch noch immer so winzig, dass sie schon dieses sehr enge Kleid tragen musste, damit man überhaupt bemerkte, dass sie ein Kind kriegt. Sie war noch verklemmter und verkrampfter als üblicherweise und warf verletzte, unverstandene Blicke zu Karl und mir, als wir ein- oder zweimal zusammen in der halbgeöffneten Balkontür eine rauchten. Karl ignorierte das genauso wie ich, obwohl auch Adam mir einen genervten Muss-das-jetzt-wirklich-sein-Blick zuwarf. Erstaunlicherweise war es Sven, der ununterbrochen über die Schwangerschaft reden wollte, über Ultraschall und Nackendichtemessungen, über Vorbereitungskurse und die ideale Geburtsklinik und über Namen. Sie bekommen ein Mädchen. Die Aussicht, bald Vater einer Tochter zu sein, rötete Svens Backen. Ich hatte gar nicht gewusst, dass er Kinder wollte, aber jetzt scheint er über die Schwangerschaft so derart euphorisch, dass er erst recht nicht merkt, wie überhaupt nicht Felizitas zu ihm passt. Und er zu ihr. Anna bot ihnen gleich ihre Töchter als Babysitter an, es sei höchste Zeit, dass die Brut anfange, etwas zum Haushaltsbudget dazuzuverdienen, aber Feli murmelte etwas von einer Kinderfrau oder einem Au-pair-Mädchen, zumindest in der ersten Zeit. Sagte ich doch. Adam sagte, mit resigniertem Seitenblick zu mir, dass er das auch gern gehabt hätte, und ich lehnte mich zurück und zuckte gelassen die Schultern: Ging doch auch so, oder. Hatte ich im Gegensatz zur Pfitznerin eben nicht nötig, nicht mal mit zwei Kindern. Ich hab das drauf. Ich bin hier, meine Kinder schlafen, ohne Nanny. Aber wer eine Nanny braucht, der braucht sie eben.

Sie gingen, nachdem Felizitas mehrmals hörbar Richtung Sven gegähnt hatte, alle kurz nach Mitternacht, und nachdem wir sie verabschiedet hatten, öffnete ich zum Lüften die Wohnzimmerfenster. Als ich hinunterschaute, sah ich Karl und Felizitas in ein Gespräch vertieft durch den Hof gehen und um die Ecke in den Durchgang nach draußen verschwinden. Ein paar Meter dahinter kamen Anna und, zwei Schritte zurück, Sven, aber vor der Ecke blieb Anna plötzlich stehen und dann sah ich, wie Sven von hinten die Arme um sie schlang und sein Gesicht an ihren Hals schmiegte. Sie drückte sich an seine Wange und streichelte ihm mit der Hand übers Gesicht, nur eine Sekunde lang. Dann ging sie, sich von ihm lösend und ohne sich umzudrehen, einfach weiter in den Durchgang. Sven folgte einen Moment später. Ich starrte hinab in den schwach erleuchteten Hof, auf die Stelle, an der es eben zu einem Moment vollkommener Zärtlichkeit gekommen war. Ungeahnter Vertrautheit. Ich hatte keine Ahnung gehabt. Ich wäre niemals auf die Idee gekommen. Jeder hat wohl sein kleines, unordentliches Geheimnis, ich bin nicht allein.

«Da schau, da kommt der Gruber auch schon. Die Kaufmanns, die kennst du doch auch?»

«Nicht so gut eigentlich, nur vom Sehen. Er hat diese Buchhandlung, oder?»

«Die haben sich getrennt.»

«Haben die nicht gerade erst geheiratet? Hab ich jedenfalls gehört.»

«Ja. Und eine Wohnung mit Garten gekauft. Hat aber nicht geholfen.»

«Ich heirate nie. Genau deswegen. Das legt einen bösen Fluch über jede Beziehung.»

«Richtig, frag mich», sagt die Stecher. Geschieden, seit zwei Jahren, und deshalb für die Kaufmann gerade die ideale Kumpanin.

«Wie lange bist du jetzt mit der Sarah schon zusammen?», fragt die Stecher.

«Fünf Jahre. Fünf Jahre glücklich unverheiratet. Wird so bleiben. Seid ihr eigentlich verheiratet?» Fragt der Gruber mich.

«Ja. Aber wir waren praktisch immer verheiratet, so gut wie von Anfang an.»

«Und wie lange ist das? Und wie alt ist die Elena denn jetzt?»

«Exakt, deshalb.»

«Interessant, dass heutzutage noch jemand wegen eines Kindes heiratet.»

«Es war nicht nur deswegen. Adam wollte es unbedingt. Mein alter Romantiker.»

«Adam, ausgerechnet?»

«Sicher, er gibt eben nicht so damit an.»

«Haha. Adam. Romantisch. Adam ist möglicherweise der sachlichste Mensch, den ich kenne.»

«Nennst du meinen Mann langweilig?»

«Ich sagte, sachlich. Wo bleibt eigentlich mein Kaffee? Fräulein!» Gruber immer.

«Fräulein sagt man nicht mehr.»

«Ich schon.»

«Ja, du schon. Du sagst ja auch Neger. Und Tschusch.» Die Stecher kennt den Gruber schon ziemlich lang.

«Ja, genau, weil ich mir diese politisch korrekte Sprachdiktatur nicht aufzwingen lasse. Und jetzt bestell ich mir einen Mohr im Hemd.»

«Haben sie hier nicht. Und wenn, dann würde es hier hundertprozentig gekochter Schokokuchen mit flüssigem Kern und Schlagobers heißen.»

«Ich sag ja immer, dass das ein scheiß Bobo-Lokal ist hier. Versteh gar nicht, warum wir uns immer hier treffen. Rauchen darf man auch nicht.»

«Such uns ein anderes, das gleich nah am Kindergarten liegt und um diese Zeit schon offen hat.»

«Das ist leicht. Morgen gehn wir ins Kent. Stecher, hast du jetzt endlich einen neuen Stecher?»

«Unabhängig davon, John, hätte ich gern eine andere Gesellschaft. Eine etwas elegantere, sensiblere», sagt die Stecher. «Und diskretere.»

Dabei ist die Stecher selbst so neugierig. Ich hab sie einmal dabei ertappt, wie sie beim Händewaschen einen Blick in unseren Badezimmerschrank warf. So ganz beiläufig, als wär die Tür von selber aufgesprungen. Ich musste schnell ins Badezimmer, um einen Putzfetzen zu holen, weil eins der Kinder den Saft umgeschmissen hatte, und erwischte die Stecher mit den Händen unterm Warmwasser und der Nase in unserem Schrank. Ich habe die Tür sofort wieder zugemacht, sie hat nicht gesehen, wer es war und wie viel er gesehen hatte, und danach kam sie zurück an den Tisch, als sei nichts gewesen. Ich seh mich seither vor bei ihr.

«Na und, Stecherin, hast du?» Der Gruber ist wie ein Kampfhund, wenn er mal zugeschnappt hat, lässt er sein Opfer so schnell nicht mehr los. Er kann nicht. Die Stecher hat mir erzählt, dass er eine schlimme Krebserkrankung überstanden hat, wahrscheinlich ist einem danach viel mehr wurscht. «Jetzt sag schon, ist ja nichts dabei.»

«Eh nicht. Aber dir, Gruber, würd ich so oder so nichts erzählen. Und schon gar nicht beim Frühstück.»

Ich fand es gut zu heiraten, so schnell zu heiraten. Ich war nicht sicher, ob Adam die richtige Entscheidung getroffen hatte, aber für mich war es richtig. Ich wollte ein normales Leben, mehr als das, ich wollte eine Existenz mit dem amtlichen Siegel «normal» darauf. Ich wollte diesen normalen, gutsituierten Mann und sein schönes Dasein und seine schöne Wohnung und seine warmen Augen und ich wollte das alles beglaubigt und vor Zeugen. Ich wollte Kinder mit ihm, genau zwei. Ich wollte zu ihm gehören, zu seiner Welt, auch wenn mir klar war, dass mir einiges davon immer fremd bleiben würde und unangenehm, in vielerlei Weise. Und dass ich darin immer fremd bleiben würde. Aber es war die Welt, in der ich fortan leben wollte. Ein neuer Mensch wollte ich sein, ein Mensch, der in die Behaglichkeit genau dieser Welt passte, und wenn ich mich dafür verbiegen, umkrempeln, von innen nach außen stülpen musste. Und darauf wollte ich den Unwiderruflichkeitsstempel, das Echtheitszertifikat. Ich wollte Adam auf jede mögliche Weise an mich binden, bevor er seinen Fehler eventuell bemerken würde. Erstaunlicherweise scheint ihm bis heute nichts aufzufallen. Er scheint glücklich zu sein mit mir. Er wollte mich, er hat mich bekommen, für ihn stimmt alles. Aber es stimmt nicht. Es ist eine Lüge, zwei, viele Lügen. Alles nicht echt. Ein falsches Leben, und ich habe es mir erschlichen. Ich bin eine Betrügerin, und ich wundere mich, dass er es nicht merkt und auch sonst keiner.

Das stimmt nicht ganz. Manche merken es. Und das ist der Grund, warum ich nicht gern mit Adam essen gehe. Er versteht nicht, warum ich lieber Leute nach Hause einlade, warum ich mir die Arbeit antue und den ganzen Nachmittag in der Küche stehe. Ich behaupte, ich tue es gern, was insofern stimmt, als es immer noch weniger anstrengend, weniger aufreibend, ungefährlicher ist, als sich mit Adam in ein gutes Restaurant zu setzen. Das ist ein Luxus, den er sich zugesteht: Gut zu essen und guten Wein zu trinken, in teuren Lokalen. Er fühlt sich wohl dort, er agiert und spricht und bestellt und bewegt sich dort mit der Nonchalance, die er gelernt hat, seit er ein Kind ist. Er hat es von seiner Mutter, die das Geld in die Ehe mitbrachte, das sein Vater dann vermehrte. Seine Mutter kocht nicht, bis heute nicht, aber sie hat Adam beigebracht, wie man isst. Gut isst. Wie man sich bekochen und bedienen lässt. Was einem zusteht, wenn man dafür bezahlen kann. Kellner behandeln Adam mit natürlichem Respekt, sie erkennen das in ihm. Und sie erkennen mich. Sie haben den Blick dafür. Sie sehen, dass ich eigentlich eine von ihnen bin, weniger als das, dass ich nicht einmal zu ihnen gehöre und nichts verloren habe in der Schönheit und Eleganz dieses Raumes, dass ich nicht das Recht habe, im Licht dieser Kerzen in diese Speisekarte zu blicken und mir eine edle, blütenweiße Stoffserviette über meinen schmutzigen Schoß zu legen, dass der Tisch nicht für mich gedeckt wurde, dass der teure Wein an mir verschwendet ist, dass ich diese Hors d'œuvre nicht verdient habe und dass dieser Fisch nicht für mich gefangen, auf der Haut gebraten und auf champagnergerührtem Trüffel-Risotto gebettet wurde. Sie spüren das, und ich spüre, dass sie es spüren. Ich rechne jeden Moment damit, dass sie mich überführen, trotz des Schutzes, den Adam mir gewährt. Wegen des Schutzes, den Adam mir unwissend gewährt, ich erwarte jeden Moment, dass sie mich entlarven, dass sie ihn aufklären, ihn warnen und vor mir retten. Ihre Gesten sind zu groß, wenn sie mich bedienen, ihre Freundlichkeit ist übertrieben und ihre Unterwürfigkeit zu gespielt, diese ironische Nuance zu outriert, die mich spüren lässt, dass ich hier nicht hergehöre, nicht an diesen Tisch, nicht zu Adam. Adam bemerkt es nicht, er sieht nur die ganz normale, bezahlte Höflichkeit, die er von Personal in solchen Lokalen erwarten darf, aber ich sehe ihre Durchtriebenheit. Ich spüre, wie sie, wenn sie meinen Mantel abnehmen, das Etikett ausspionieren, wie sie die Tasche, die ich ihnen dabei in die Hand drücke, auf ihre Echtheit überprüfen, wie sie auf meine Schuhe linsen. Sie streifen mich an der Schulter, während sie den Teller vor mich hinstellen, weil sie das Recht dazu fühlen. Sie sehen mir viel zu direkt in die Augen, wie einer, der sie auf Augenhöhe begegnen können, einer Stewardess, einer Nanny, einer Nutte. Sie lassen mich spüren, dass ich mich genau wie sie für meine Freundlichkeiten bezahlen lasse, und dass meine Falschheit tausendmal verwerflicher ist.

Achtundzwanzig Es geht uns gut. Adam geht es gut. Die Krise tangiert ihn kaum. Er kauft alte, renovierungsbedürftige Häuser, saniert sie mit jungen Architekten und verkauft dann die Wohnungen. Es sind schöne Wohnungen, nicht billig, und sie gehen weg wie die warmen Semmeln. Die Leute wollen ihr bisschen gespartes Geld jetzt schnell loswerden, für etwas Vernünftiges, Bleibendes, bevor es vielleicht nichts mehr wert ist, bevor die Krise es ihnen nimmt. Adam nimmt ihr Geld gern, er verwandelt es in Sicherheit, Schutz, ein Zuhause, das ihnen keiner mehr wegnehmen kann. Betongeld. Es gefällt mir, was Adam macht, und wie er es macht. Er macht es anständig. Er steht in der Früh auf, bringt mir Kaffee ans Bett, kocht den Kindern Kakao und frühstückt mit Elena, während ich mit Juri noch liegen bleibe. Dann küsst er die Kinder und mich, geht in sein Büro und macht den ganzen Tag gute, anständige, sinnvolle Arbeit. Während ich, nachdem ich die Kleinen in den Kindergarten gebracht habe, im Atelier sitze, die halbfertigen Papiermachéskulpturen anstarre, die mir, wenn mich so ein Schub packt, manchmal aus den Händen quellen, und darauf warte, dass mich ein Schub packt. Während ich warte, sumpfe ich im Netz herum, auf Facebook, Twitter, auf den Schuhversandseiten, auf eBay und Net-a-Porter und Mytheresa, schreibe ich E-Mails und Nachrichten in mein iPhone. Und warte.

Warte auf den Schub. Warte darauf, dass mein Körper sich aus diesem Sessel erheben und nach einem Werkzeug greifen möchte, nach der Beißzange und dem Hasengitter, auf dass sich irgendetwas daraus forme. Warte auf SMSe, wenn er da ist, und auf E-Mails, wenn er's nicht ist, auf Nachrichten, dass er okay ist und in Sicherheit, in welchem Krisengebiet er gerade auch immer herumreportert. Und dass er mich vermisst, weil ich ja wichtiger bin als jeder verdammte Krieg, und ich warte darauf, dass er mir sagt, dass er mich liebt und braucht, obwohl ich weiß, wie lächerlich und dumm das ist, dass er mich überhaupt nicht braucht, weil er gerade an einem Ort ist, an dem etwas Wichtiges, Weltveränderndes passiert, wo es gefährlich ist und Menschen leiden und getötet werden, während ich nur hier in meiner sicheren, kleinen Luxusexistenz sitze, mich langweile und darauf warte, dass er oder irgendwas mich herausreißen wird aus meiner Luxuslangeweile, meiner Luxuslethargie. Manchmal geschieht das. Es klingelt, und nachdem ich mich durch die Fernsprechanlage versichert habe, wer es ist, bringt ein Paketbote oder Spediteur eins der Dinge, die ich im Netz gekauft habe, Schuhe, Jacken, Teppiche, antike Bilderrahmen, Werkzeug, Blechdosen, alte Tapeten, die in großen Rollen herumstehen und aus denen ich irgendwann irgendetwas machen will, genauso wie mit den Ballen alten Leinens daneben, Espressokapseln, Elektrozeugs, das ich nicht wirklich brauche, Stehlampen, Tischlampen und Hängelampen, teure Olivenöle und getrocknete Würste, die ich genauso gut unten am Markt kaufen könnte, Kunstbände, DVDs, CDs und heute Vormittag den Paravent, den ich bestellt habe. Er ist aus schwarzem, lackiertem Holz, asiatisch, antik, teuer. Jetzt, wo er in meinem Atelier steht, sieht er beschissen aus. Ich habe ihn eine Stunde lang herumgeschoben, ohne einen Platz zu finden, an dem er gut aufgestellt wäre, ihn dann zusammengefaltet und in eine Ecke gestellt. Im Internet sah er viel besser aus. Und wesentlich größer. Er ist viel zu klein, müsste breiter sein, ich bräuchte drei, nein, fünf davon, um auch nur ein bisschen Struktur in diese grelle Halle zu bekommen. Zu niedrig ist er außerdem, und zum Schreibtisch passt er überhaupt nicht, ich werde ihn verbrennen oder zerhacken oder unten im Keller verstecken, vergiss die vierhundertfünfzig Euro, die er gekostet hat. Vielleicht sollte ich stattdessen Vorhänge nehmen, einfach alle drei Meter einen riesigen Vorhang von der Decke bis zum Boden, das Internet ist sicher voller wunderbarer Gardinen, zwischen denen man sich vor zu viel Licht und Leere verstecken könnte, die das Licht und den Hall der Leere einfach schlucken würden. Wäre sogar Kunst, irgendwie. Aber das geht gar nicht so leicht, bei dieser abgeschrägten Decke mit den Fenstern darin. Ich könnte Adam anrufen und ihn bitten, mir einen Arbeiter der Baufirma vorbeizuschicken, die seine Häuser herrichtet, der Arbeiter könnte zwischen den Fenstern Wände einbauen in diesem Saal, zwei oder drei Wände, Türen darin, sodass kleine, übersichtliche Zimmer entstünden, die ich ertragen und einrichten könnte, und in denen ich mich nicht so verloren fühlte. In so einem Zimmer würde auch der Paravent nicht dermaßen winzig und zwecklos wirken.

Aber Adam hätte dafür kein Verständnis. Er wäre irritiert, nein, sauer, dass ich den schönen, klaren, sonnenhellen Raum ruiniere, den er mir geschenkt, in den er mich gestellt hat, dass ich scheinbar grundlos seine Weite zerstöre, er wäre enttäuscht von meiner Kleingeistigkeit. Er weiß ja nicht, wie nervös mich zu viel Platz macht, zu viel Raum, in dem ich wirken kann, zu viel Freiheit, die mich zu schlechten Gedanken verführt und schlechten Tagen. Es interessiert ihn auch nicht. Er will es gar nicht wissen. Er will mich so, wie er mich ausgesucht hat. Er will mich in einem weiten, sonnigen Raum sehen, also stellt er mich in einen solchen und erwartet, dass ich hineinpasse. Dass ich mich anpasse. Und das mache ich. Nein, ich passe mich nicht an. Ich tu nur so. Aber je eingeschränkter mein unmittelbares Umfeld, desto weniger kann passieren, desto weniger kann ich anrichten. Ich sollte auch nicht so viel Zeit haben. Seit beide Kinder im Kindergarten sind, habe ich entschieden zu viel Zeit. Jahrelang habe ich mich auf diese Zeit gefreut, auf diese paar Stunden am Tag, diese festgelegten, sicheren Stunden, die nur mir gehören würden, und darauf, ganz egoistisch über sie verfügen zu dürfen. Und am Anfang verfügte ich auch, ich arbeitete sogar. Aber jetzt werden sie mir zur Last. Jetzt tun sie mir nicht mehr so gut, diese vielen Stunden, nur ich mit mir, sie verführen mich.

Ich starre auf meine Beine und meine Füße in den schwarzen Overknees, die auf dem Schreibtisch liegen, neben meinem MacBook mit der offenen Facebook-Seite. Eine Wolke hat sich vor die Sonne geschoben, es ist trübe und grau jetzt. Ich sollte Moritz anrufen, aber ich telefoniere hier nicht gern, es hallt so, und wenn ich telefoniere, höre ich nur meine eigene, hallende Stimme und überhöre, was der andere sagt. Zudem würde Moritz die Lethargie aus meiner Stimme heraushören, und die Gefahr, die darin liegt, und er würde versuchen, mich herauszureißen, mich zu überreden, irgendetwas zu unternehmen, endlich wieder einmal schwimmen zu gehen, oder zum Yoga oder ins Museum, und ich will nicht. Ich will in meiner Lethargie verharren, ich will nur auf E-Mails warten und auf SMSe und auf meinen Bildschirm starren. Ich habe Hunger, ich sollte etwas essen gehen, hinunter ins Kent oder zum Fischtürken oder vor zum Vietnamesen, ja zum Vietnamesen, ich hätte gerne eine heiße Hühnersuppe mit dicken Nudeln, aber ich bin zu träge, um mich aus meinem ledernen, fliederfarbenen Chefsessel zu erheben, den ich für entsetzlich viel Geld bei eBay gekauft und für fast genauso viel Geld liefern lassen habe.

Der Bildschirm bewegt sich, eine Statusmeldung schiebt die vorherige nach unten und das Foto eines grinsenden, mit irgendwas eklig Braunem verschmierten Kleinkindes aus dem Bildschirm hinaus, während oben eine Petition für oder gegen irgendwas erscheint, und dann, gepostet von der Stecherin, ein YouTube-Fenster mit einem Arcade-Fire-Song. Ich richte mich auf und klicke ihn an, ich kenne den Song, aber nicht das Video. Es ist gut, ein paar Kids fahren mit Fahrrädern in einem merkwürdigen, bedrohlichen Vorort herum und rasen aufs Unglück zu. Den Song wollte ich schon lange, ich gehe auf iTunes und lade das ganze Album herunter, klicke zurück auf Facebook und versuche, während ich weiter den Kids zusehe, aus der unteren Schreibtischlade das Kabel herauszufischen, ohne dass ich meine Füße von der Platte nehmen muss, was misslingt. Ich lasse mich wieder zurückfallen. Später. Dann. Ich habe vierhundertsechsundneunzig Freunde, ich sehe ihnen zu, was sie denken und welche Musik sie hören, was sie aufregt und was sie freut. Die meisten sind Freunde von Adam, die mich wahrscheinlich nur angefragt oder angenommen haben, weil Adam nicht auf Facebook ist. Er findet das vertane Zeit. Ich auch, aber ich habe ja genug davon. Was soll ich mit meiner Zeit machen, außer sie vertun. Ich schreibe nie etwas in Facebook hinein, nicht mehr, ich sehe nur zu. Ich bin eine Voyeurin. Eine Parasitin, die sich von den Existenzen, Gedanken und Ideen anderer nährt; und von Adams Geld.

Am Bildschirmrand blinkt mit leisem Glong ein kleiner, roter Kreis am Mailbox-Icon auf, ich beuge mich vor, vielleicht ist es von ihm, und ich klicke es an, vielleicht ist es etwas Verliebtes von ihm, vielleicht ein Foto, vielleicht sogar ein dreckiges kleines Video, aber es ist nur die Werbemail eines Modeversands, eine Sale-Ankündigung, und das macht mich sinnlos wütend. Ich lösche sie ungelesen und klicke zurück auf Facebook. Der Mann in dem kleinen Fenster singt etwas darüber, dass er eine Tochter will, und als das Video endet, klicke ich den heruntergeladenen Song auf iTunes an. «So can you understand? Why I want a daughter while I'm still young. I wanna hold her hand and show her some beauty, before all this damage is done.» Meine Mutter hat mir gleich die Zerstörung gezeigt, erst ihre, dann meine. Es regnet jetzt, fette Tropfen zerplatzen auf meinen riesigen, schrägen Fenstern, verschmieren den Blick in den Himmel, zerschneiden ihn in schlampige Streifen, und ich lehne mich in meinem Sessel zurück und schaue zu.

Neunundzwanzig Es war auf Facebook, dass ich zum ersten Mal wirklich mit ihm sprach. Schrieb. Chattete. Ich schreibe nicht gern, ich kann es nicht, aber er hatte nicht lockergelassen. Es hatte mit dem üblichen Geplänkel angefangen.

Wie geht's.

Was machst du.

Was hast du letztes Mal noch gemacht, an dem Abend als.

Wo bist du gerade.

Was hörst du gerade.

Ich hatte einsilbig geantwortet, zuerst jedenfalls: gut, nichts, etwas im netz recherchieren (was eine Lüge war), daheim, lana del rey.

Echt? Das hörst du? Das gefällt dir?

eh nur diese drei ersten songs. der rest ist mist. aber blue jeans und video games ist gut.

Warum?

es hat so was altmodisches, distanziertes.

Und es ist sehr sexy.

Ich war überrascht gewesen, wie schnell er zur Sache kam, nein: dass er überhaupt zur Sache kam, nichts hatte bisher den Eindruck vermittelt, dass es auch nur den Anflug einer Sache gäbe zwischen uns. Jedenfalls von ihm zu mir. Da hatte ich mich wohl getäuscht. Ich hatte jedenfalls keinen Grund gesehen, die Anspielung nicht zu ignorieren.

na ja. ich finde das nancysinatramäßige daran ganz ok.

Ich weiß noch, dass ich mit dem Laptop daheim am Esstisch gesessen hatte. Adam war etwas später als sonst ins Büro gegangen und war gleich am Kindergarten vorbeigefahren. Das Frühstücksgeschirr hatte noch auf dem Tisch gestanden, in Elenas Schüssel trockneten langsam die Müslireste fest, Juris Platz war wie immer mit Erdbeermarmelade verschmiert gewesen. Es darf nur Erdbeermarmelade sein, nichts anderes, sonst Krieg. Ich hatte eine Schüssel mit Joghurt und Ananasstücken neben dem Computer stehen und aß lustlos. Es war einer dieser Tage, dieser nutzlosen, dunklen Tage voll allgegenwärtigem Grau, einer dieser Tage, an denen alles hässlich ist, das Wetter, das Leben, die viele Zeit, man selbst. Als sein «Hallo» im Chat-Fenster aufgeploppt war, zog ich mir unwillkürlich das T-Shirt ordentlich über die Pyjamahose und bekleckerte mich dabei mit Joghurt. Fuck. Ich hatte mich ertappt und beobachtet gefühlt, es war mir nicht wohl dabei gewesen, dass ein entfernter Bekannter, ein Halbfremder in mein Familienidyll drang, uneingeladen in meine Frühstücksprivatsphäre spazierte und mich einfach so anquatschte. Was hatte der hier verloren? Was wollte der? Und wieso war ich überhaupt auf online gestellt?

Hast du denn deine Boots an?

Wie antwortet man auf sowas? Ich war versucht gewesen, einfach rauszugehen, zuzuklappen, zu verschwinden, dieser Chat war mir unangenehm. Was sollte denn das jetzt? Hatte er etwas bemerkt? Mir war die Anspielung schon klar gewesen, bitte, ja, ich verstand den Witz, aber die sexuelle Konnotation war etwas sehr zudringlich. Wieso tat er das? Und woran hatte er es gemerkt? Welchen Anlass hatte ich ihm gegeben, anzunehmen, das gehe bei mir rein? Ich wollte raus aus diesem Gespräch, und zwar sofort.

noch nicht, aber gleich: muss ins atelier marschieren, arbeiten. bis dann!

Ok, pass auf dich auf. Aber nicht zu sehr. Bb!

Bb? Sollte wohl «bis bald» heißen. Idiot. Aber der Idiot hatte mich dazu gebracht, dass ich über ihn nachdachte. Nein, stimmt nicht: Ich hatte schon über ihn nachgedacht, ein paar Mal, und dann nicht mehr. Der Mann sah aus wie ein großer, schlaksiger Bub, reiste furchtlos in Krisengebiete und Kriege und berichtete darüber; einer von denen, bei denen man nicht sagen kann, wer sie sind, weil es derart überstrahlt wird von dem, was sie tun. Von dem Wichtigen, Riskanten, das sie tun, das man selbst nie wagen würde, und von dem Respekt, den man deswegen vor ihnen hat. Er schien jedenfalls bis dahin meine Existenz nie bemerkt zu haben, er hatte ja auch keinen Grund, mich zu bemerken, die verwöhnte Gattin des Immobilienhändlers, Kunstsammlers. Aber jetzt dachte ich wieder über ihn nach. Während ich meinen Laptop zugeklappt und auf die Bank gelegt hatte.

Wann hatte ich ihn zuletzt gesehen? Dachte ich, während ich das Frühstücksgeschirr abgeräumt und in den Spüler gestellt hatte.

Hatten wir miteinander gesprochen? Dachte ich, während ich angebrannte Milch aus dem Milchtopf schrubbte, Himmel, konnte Adam denn nicht einmal die Milch nicht anbrennen lassen.

War Adam dabei gewesen? Während ich im Badezimmer meinen Pyjama auszogen hatte.

Was hatten wir gesprochen? Während ich die riesige Brause angestellt und gewartet hatte, bis die Temperatur ideal war und dann in die Duschnische gestiegen war.

Hätte ich etwas bemerken sollen? War etwas zu bemerken? Während ich Shampoo in meine Haare gerieben und Duschgel auf meinen Körper verteilt hatte, das künstlich nach Milch und Kokos roch.

Warum war er mir überhaupt aufgefallen? Was hatte mich über ihn nachdenken lassen? Wie sah er nochmal genau aus, was hatte er für Haare? Lang irgendwie, aber die Farbe? Während ich mich mit dem Duschgel einschäumte.

Warum konnte ich mich nur an seine Augen erinnern? Was hatte er angehabt, letztes, vorletztes Mal, warum konnte ich mich daran nicht erinnern? War es gut gewesen? Hatte der überhaupt Stil? Während ich meine Beine und meine Achseln und meine sogenannte Bikinizone mit einem pinkfarbenen Gillette rasiert hatte.

Fand ich ihn attraktiv? Jetzt außer seinen Augen? Ich hatte den Gedanken weggeschoben und mir Adam ins Gedächtnis gerufen und sicherheitshalber gleich den Sex mit ihm, obwohl ich mir den für gewöhnlich nicht so gern in Erinnerung rufe. Jede Ehe hat ihre schlechten Seiten, ihre ruppigen, langweiligen, unspektakulären, in jeder Beziehung gibt es Momente, durch die man einfach durch muss.

Hatte ich ihn angenehm gefunden? Witzig? Gescheit? Irgendwas? Während ich jetzt an die Kinder dachte, daran, dass ich mit ihnen zum Zahnarzt sollte und was Juri letztes Mal für ein unvorstellbares Geschrei gemacht hatte. Ich hatte mich abgetrocknet, mein Gesicht gewaschen, abgetupft, Lotion und Creme einmassiert, den Tubendeckel der Kinderzahnpasta gesucht und hinter dem Mülleimer gefunden und war dann mit einem Handtuch auf dem Kopf ins Schlafzimmer gegangen.

Wie kam der bitte darauf? Wie kam der auf mich? Eine sichtbar, ja glücklich verheiratete Frau und Mutter zweier Kleinkinder? Der machte ja wohl vor nichts halt. Oder hatte er etwas bemerkt? Wahrscheinlich probierte er das bei jeder, die er auf Facebook erwischen konnte, der war es vermutlich gewohnt, dass ihn jeder und jede interessant fand, den verwegenen Kriegsreporter. Eingebildeter Trottel. Was wollte der von mir? Oder hatte ich eben was missverstanden? Nein, hatte ich nicht, das war ja wohl eindeutig. Peinlich irgendwie. Hatte ich nicht vermutet, dass der so peinlich ist. Na ja, die wilden Kerle. Das würde wohl schon einen Grund haben, warum der sich in Kriegen beweisen musste. Idiot.

Ich hatte Slip und BH aus der Schublade gewühlt, eine weiße Jeans aus dem Schrank gezogen und nach einem passenden, nicht zu eng anliegenden Oberteil gefahndet. Hatte mich im Spiegel betrachtet und unförmig gefunden. Ich hatte die Jeans wieder abgestreift, eine schwarze angezogen und es für besser, aber noch immer nicht gut befunden. Zu fett, viel zu fett. Ich habe geübt und gelernt und mir mühsam antrainiert, mich schöner zu finden, wenn mir nicht jeder Knochen aus dem Körper ragt, aber in dunkleren Phasen, in unkontrollierten Augenblicken dringt noch immer das alte Ideal meiner Selbstwahrnehmung durch die Schutzschicht meiner Vernunft: dünner, viel dünner. Was den bloß antrieb. Aber. War mir doch komplett egal. Was für ein Scheiß auch. Ich hatte jedenfalls kein Interesse. Es gab, während ich beim Versuch, die schlechtsitzende, zu enge Jeans besser über den Hintern zu bekommen, eine Gürtelschlaufe abgerissen und sehr geflucht hatte, keinen Zweifel daran, dass ich kein Interesse spürte, keinen Millimeter. Ich hatte das Top über die ruinierte Schlaufe drapiert, registriert, dass die Sonne durch die Wolken gebrochen war und einen gleißenden Streifen auf die Weißtannendiele malte, war zurück in die Küche marschiert, hatte mich auf die Bank gesetzt, den Laptop wieder aufgeklappt und mich auf Facebook offline gestellt. Davor hatte ich noch registriert, dass er auch nicht mehr da war, und ich hatte seinen Namen oben ins Suchfeld eingetippt und seine letzten Statusmeldungen überflogen und seine Pinnwandfotos, und die Bilder, in denen er zwischen aufgeregten, dunkelhäutigen Männern und in leeren, totgebombten Wüsten herumstand oder von kleinen, schmutzigen Kindern umringt wurde, in schlammfarbener Kleidung, mit Schutzhelm oder Schirmkappe am Kopf, einer fetten Kamera um den Hals und manchmal mit einem Mikrophon vor dem Gesicht, und dann hatte ich den Laptop ausgeschaltet.

Dreißig Ich brauche Laufschuhe. So geht das nicht weiter. Ich muss mit dem Laufen anfangen. Ich war mit Moritz im Kino, habe mir den Film angesehen, in dem Michael Fassbender, wenn er nicht gerade vögelt, immer rennt, nachts durch die Stadt, es ist unglaublich klar und zwingend und sexy und sieht ganz leicht aus. Dann sah ich im Fernsehen einen Film, in dem ein Räuber immerzu rennt. Der Räuber ist sehr mager, sehnig und konzentriert, so, wie ich sein will, oder wie ich es bin, innerlich, unter meiner Schicht aus prallem Fleisch und üppigen Lügen, tief drinnen, wo meine wahre Persönlichkeit sich verbirgt: Diese Persönlichkeit ist sehr klar und sachlich und bei sich, und sie hat lange, feste, gut geformte Schenkel, die beim Gehen nicht aneinanderstreifen, sondern eine kleine, ellipsenförmige Lücke bilden, durch die man hindurchsehen kann. Diese Persönlichkeit hat einen straffen, festen, muskulösen Bauch, Rippen, die man zählen kann, und straffe, perfekt definierte Oberarme, mit starken, runden Schultern. Ich fühlte mich erkannt von dem Film, aber auch ertappt und bloßgestellt, ja: verspottet, wie ich da so dicklich und winterschlapp auf dem Sofa lag, mit einem Glas Prosecco und einer Dose Erdnüsse. Eben, während der Werbung, war ich noch nicht so dick gewesen, aber jetzt, vielen Dank auch. Und ich merkte: Ich will, nein, ich muss auch laufen. Man wird ja vom Laufen auch so klar im Kopf, behaupten jedenfalls alle. Ich kenne den Schauspieler, der den Räuber gespielt hat, er wurde mir einmal vorgestellt, auf einer Vernissage, bei der ich mit Jenny und einer ihrer Freundinnen war, die einmal was mit dem Schauspieler gehabt hatte. Er hatte ganz nett gewirkt und auch immer noch fit, allerdings nicht mehr ganz so sehnig wie in dem Film; offensichtlich hatte er nach dem Dreh das Laufen wieder gelassen oder jedenfalls reduziert.

Als ich auf dem Sofa saß und den Film sah, fühlte ich den intensiven Wunsch in mir, sofort loszulaufen, durch einen Wald, einen Feldweg entlang, neben dem Fluss in Jennys Wald, sogar durch die Stadt, und dabei langsam, aber sicher allen Ballast von mir zu werfen, all das, was mich einengt, bedeckt. Das suggerieren sie einem immer: dass man, wenn man nur lange genug läuft, irgendwann zu diesem Konzentrat seiner selbst wird, aus dem alles Sinnlose und Störende weggeschmolzen und herausgeschwitzt wurde, weggehauen, bis aus dem rohen, unförmigen Körperbrocken endlich die schöne, wohlgeformte Person, die darin steckte, zum Vorschein kommt.

Jenny rennt auch immer, und ja, sie ist sehnig und schlank, aber ich glaube, so war sie immer schon. Vielleicht liegt es ja genau daran, vielleicht macht nicht das Laufen die Figur, sondern die Figur das Laufen. Dass man also mit so einer Figur automatisch gerne läuft, laufen muss, während die von Natur aus Dickeren und Dicken einfach nicht rennen können, komme was wolle, und deshalb bleiben die Dicken dick und die Dünnen naturgemäß und für immer dünn, wegen Laufzwangs. Heute muss natürlich jeder laufen, egal was die Natur für einen vorgesehen hat: Yoga oder Laufen, eins von beiden muss man machen, dazu Massagen und Wellness, sonst gilt man als unverantwortlich seinem Körper, seiner Gesundheit und vor allem seinen Kindern gegenüber, denen man, wenn man nicht läuft, Yoga und Wellness macht, jederzeit an einer Herzkreislauferkrankung wegsterben kann. Ich kenne eigentlich niemand, der es sich noch traut, keinen Sport zu machen. Ich kenne auch kaum jemanden, der dick oder ernsthaft übergewichtig ist, entweder weil es in unserem Freundeskreis keine Dicken gibt, oder weil sich die Dicken in einem fitten Freundeskreis irgendwann so unwohl fühlen, dass sie sich zurückziehen, ich weiß nicht, wohin. Vermutlich in einen dickeren Freundeskreis. So ähnlich wie die getrennten Frauen, wenn sie nicht schnell einen Neuen erwischen, ganz allmählich, aber absolut zuverlässig aus dem Pärchenfreundeskreis rutschen, je kinderloser desto schneller; und wenn sie nicht aufpassen, picken sie mit einem Mal in einem Singlefreundeskreis fest, wo sie fast nur noch mit anderen Singlefrauen ausgehen und zu Singlefrauenpartys eingeladen werden und erst recht keine Männer mehr kennenlernen, außer vielleicht im Internet. Mir ist bis heute nicht klar, ob das die Schuld der arroganten Paare ist, die sich in ihren Paarritualen von Singles gestört fühlen, weil ihnen ihre ostentative Liebe ein schlechtes Gewissen vor denen macht. Oder ob es die Paare irritiert und beunruhigt, durch die in den getrennten Frauen manifeste Tatsache, dass etwas Derartiges wie Trennung möglich ist und tatsächlich vorkommt. Oder ob die Paarfrauen die Singlefrauen aus Angst vor feindlicher Übernahme des eigenen Gatten verdrängen. Oder ob die Singles selbst das so wollen, weil sie diese blöden, verlogenen Pärchenrituale einfach irgendwann nicht mehr ertragen und sich mit ihresgleichen darüber lustig machen und herziehen wollen.

So ähnlich verhält es sich mit den Dicken. Sie lösen in den

Anderen Mitleid aus oder erzeugen ein schlechtes Gewissen, weil die Anderen eben nicht dick sind. Und sie machen ihnen Angst, dass sie auch dick werden könnten. In unserem Freundeskreis gibt es jedenfalls kaum alleinstehende und gar keine dicken Frauen. Außer bei Schwangerschaft natürlich, dann ist es erlaubt, jedenfalls innerhalb eines gewissen Zeitfelds, das aber nicht zu groß sein sollte. Auch nicht zu klein, das gilt als verstrebert und in kindesschädigender Weise ehrgeizzerfressen, weil es ja für einen Säugling nicht gut sein kann, wenn die Mutter ihn im Rahmen exzessiver sportlicher Aktivitäten vernachlässigt oder die ganze Zeit schlechte Laune hat, weil sie hungert, was während des Stillens als fahrlässig gilt. Jedenfalls sind die Frauen in meinem Freundeskreis spätestens ein Jahr nach der Entbindung wieder schlank oder in der Nähe davon. Bei den Männern ist es, außer sie leben von den darstellenden Künsten, etwas weniger streng. Bei den Männern gibt es Spielräume für Bierbäuche und eine gewisse männliche Stämmigkeit, wobei der Muskelmasseanteil den Fettanteil möglichst überwiegen sollte. So richtig fette Männer kenne ich auch nicht, das gälte als Zeichen mangelnder Selbstbeherrschung und unverantwortlicher Disziplinlosigkeit. Einer völlig anderen als der Kunst- und Kultur-Disziplinlosigkeit; ein kreatives oder im Kreativen nutzvolles Sichgehenlassen ist erlaubt. Ist sogar erwünscht, in dem Sinne, dass ein ordentlicher Exzess einer künstlerisch-kreativwirtschaftlichen Biographie keineswegs abträglich ist, dass die eine oder andere soziale Aus- und Auffälligkeit, vorzugsweise sexueller Natur, sogar erwartet wird, gerne in Verbindung mit Haschisch oder Kokain (Heroin dagegen ist die Droge der Underdogs, ganz böse, ganzganz böse). Es ist zum Beispiel völlig in Ordnung, auf dem Klo eines Sternerestaurants mit heruntergelassener Hose hinter einer Koks sniffenden Dame angetroffen zu werden. Ja, es ist sogar nicht einmal ein Problem, die Dame mit der Nase auf dem Klodeckel zu sein, vorausgesetzt, man kann kreative Betätigung vorweisen, es befinden sich keine Kinder in unmittelbarer Nähe und man ist keine stillende Jungmutter. Das hat sozusagen künstlerischen Wert oder kann zumindest für die Kunst, welche auch immer, verwertet werden; das ist irre, und irre ist gut. Aber man sollte, wenn man bei derlei schon aufs Zusperren vergisst, einen gut trainierten, schlanken, gesund ernährten Körper präsentieren, vor allem, wenn man die Frau ist.

Das ist wichtig. Es geht schließlich um die Gesundheit. Und um Selbstbeherrschung, die man zwar punktuell einem kurzen Fress-, Sauf- oder Drogen-Exzess opfern darf. Natürlich verschließt sich niemand einem kulinarisch einwandfreien Gelage, gut zu essen ist eine Kunst, deren Ausübung einen als kulturellen Hegemonisten adelt. Aber wer gut essen kann, muss dazwischen eben auch die Kunst des Verzichts beherrschen, das ist quasi das Yin und Yang unserer Körperkultur. Man braucht eine gute Gesamtkonstitution und einen fitten, unfetten Körper. Denn am Körper zeigt sich ja, wer der Herr über dessen Gepräge ist: man selbst oder die Gier, und wenn man nicht einmal der Gier, dem bissl Trieb gewachsen ist, wie dann den Anforderungen des Lebens und der Zeit? Dick sein ist ein Zeichen von Faulheit und Trägheit, und wer faul und träge ist, wird früher oder später von der Krise überrollt werden wie von einem Tsunami. Nur wer wendig und im Training ist, der ist auch für die Krise gewappnet, kann ihren

Tiefschlägen und rechten Haken elastisch ausweichen. Tatsächlich entschuldigen sich die Leute ja mittlerweile, wenn sie ein oder zwei Kilo zugenommen haben. Entschuldigung, ich bin so dick geworden, schau mich bitte nicht an, ich bewege mich einfach zu wenig. Kein Wunder, dass jetzt jeder unter Burnout leidet. Früher war man erschöpft und überarbeitet, jetzt muss es gleich eine Krankheit sein, weil Erschöpfung ein Zeichen von Schwäche und fehlender Fitness aus Eigenschuld ist. Für eine Krankheit aber kann man nichts. Jennys Neuer hat jetzt auch einen Burnout, Jenny hat es mir gestern am Telefon erzählt.

Es gibt bei uns auch keine dicken Kinder. Die gibt's nur in der Unterschicht. In Elenas Kindergartengruppe ist kein Kind übergewichtig. Doch, eins, und dessen Mutter ist Friseurin in einem Salon Gaby, was niemand für Zufall hält. Alle anderen Mütter sind Anwältinnen, Journalistinnen, Medientheoretikerinnen oder Organisationspsychologinnen, Webdesignerinnen, Ärztinnen oder Architektinnen. Oder die Frauen von Anwälten und Architekten, die in ihren eigenen Superberufen gerade kurz aussetzen, um ein drittes oder viertes Kind zu werfen, was momentan wahnsinnig schick ist. Man sollte jetzt minimum drei Kinder haben, alles darunter gilt als ärmlich und unentschlossen. Egal. Es ist jedenfalls nur das Kind von der Friseurin dick, die, auch kein Zufall natürlich, selbst nicht schlank ist. Riesige Brüste, ich konnte kaum wegsehen, als sie sich letztes Mal über ihren Sohn beugte, um ihm die Schuhe zuzubinden. Sie ist im Übrigen sehr nett und herzlich. Elena hat mir erzählt, dass das Friseurinnenkind immer Süßigkeiten in seiner Jausenbox hat, und zwar genug, damit es auch mit anderen teilen kann, was im Kindergarten selbstverständlich ungeheuer verpönt ist und periodisch zu gröberem Unmut bei jenen Eltern führt, mit deren Kindern das Friseurinnenkind gerade befreundet ist. Ich frage mich längst, wann sie es aus dem Kindergarten entfernen, wegen des miserablen Einflusses und des enormen Zuckervergiftungsrisikos, dem die Gesundheit und die Zähne der anderen Kinder durch das dicke Friseurinnenkind ausgesetzt sind. Ich würde Elena manchmal richtig gerne Süßigkeiten mitgeben, viele Süßigkeiten, richtig übles, zähnefressendes Zuckerzeugs, damit sie es mit den zuckerunterversorgten, makellos biologisch und vollwertig ernährten Kindern teilen und ich ihre perfekten Eltern damit ärgern kann. Aber die Angst, meine wahre Natur könnte dabei zum Vorschein kommen, hält mich ab. Sie brauchen nicht zu merken, dass ich mich mit der Unterschichtsfriseurin solidarisch fühle, weil sie sonst noch herausfinden, dass die Frau des kunstsammelnden Immobiliengutmenschen unter ihrer Designer-meets-Vintage-Hülle auch nur eine Friseurin ist. Eine fette Friseurin. Eine fette Friseurin mit Vergangenheit. Und schlechten Zähnen. Schlechte Zähne darf man ja auch nicht mehr haben, auch die Zähne sind ein Gradmesser der Selbstachtung, und meine sind tadellos, nachdem ich sie mir erst in Ungarn überkronen und dann von Adams Zahnarzt nochmal richtig herrichten ließ, weil Adam sie nicht schön fand, und jetzt zeugt nichts mehr von ihrer ehemaligen Zerstörtheit, an der allerdings eher kein Zucker schuld war. Aber mich erwischt ihr nicht. Das käme denen unglaublich gelegen, so ein Striptease, so eine Enttarnung und öffentliche Enthüllung, das täte ihrem eigenen Ego wohl, und ihre verwöhnten, kleinen Bobo-Krämerseelen wären schlagartig gesund. Und deswegen bekommt auch Elena immer nur Bio-Obst in die Lillifee-Jausenbox, und weißes Bio-Joghurt und Bio-Vollkornbrot mit organisch korrekten Topfenaufstrichen, die sie hasst, und Bio-Müsliriegel biozuckerfrei. Ich bin wie ihr. Braucht ihr gar nicht auf die Idee kommen, dass ich nicht wie ihr bin, sondern wie die Friseurin. Ich bin eine gesunde, fitte, verantwortungsbewusste Supermutter zweier gesunder, fitter Superkinder, genau wie ihr.

Weitgehend ungeklärt und offen umstritten ist übrigens, ob man rauchen darf. Rauchen ist ein Grenzfall, der von Kleinstbiotop zu Kleinstbiotop völlig unterschiedlich gehandhabt wird. Für die einen ist das Rauchen Systemkritik, Alltagsdissidenz, selbstloser Körpereinsatz im politischen Kampf gegen die Deliberalisierung der Gesellschaft und die zunehmende Entmündigung ihrer Mitglieder. Die anderen finden es einfach nur vollidiotisch und selbstmörderisch. Das Rauchen wird in unserem Freundeskreis sowohl kultartig zelebriert wie gelassen geduldet wie vollumfänglich geächtet. Bei den Mosers zum Beispiel, die alles zubereiten und verspeisen, was nur irgendwie essbar ist und die vermutlich auch vor aussterbenden Tierarten nicht zurückschrecken würden, ist das Rauchen von zusatznutzenfreiem Nikotin unglaublich verpönt; der Moser würde einen Tschick eher fressen, als ihn zu rauchen. Ausnahme: selbstgezogenes Gras, wenn der Moser schon sehr betrunken und die Vodkatotalsättigung erreicht ist. Die sonst so gesundheitsbewussten Läufer und Yoga-Tanten dagegen stecken sich eine an, wurscht, wo sie grad sind, durchaus auch in Gesellschaft kleiner Kinder, solange deren Eltern darob nicht grob Amok laufen. Rauchen gehört bei denen zum kreativen Input, man gönnt sich ja sonst nichts, ein kleines Laster kann, muss man sich gönnen, man ist ja kein Spießer. Das wetzt man dann mit mehr Laufen wieder aus. Morgen kaufe ich mir ein Paar schicke Laufschuhe, ich glaube, das wird mir guttun.

Einunddreißig Da ist er und atmet und schaut, und es ist gut. Er sitzt auf dem Bett, mager und lang, die Haare im Nacken zusammengebunden, ohne Schuhe, ein Kissen im Rücken, er lächelt, als ich den Mantel über einen Stuhl werfe und auf das Bett zugehe und auf ihn, er sagt hi, schön, dass du da bist, ich sage, finde ich auch. Normalerweise treffen wir uns in seiner Wohnung, aber dort ist gerade seine Mutter auf Besuch, also hat er uns ein Hotelzimmer genommen. Das Zimmer könnte, meiner Ansicht nach, besser sein: Es ist weiß, gelb und resopal und riecht aufdringlich nach Putzmitteln, und von irgendwoher dringt dumpf der Sound einer Bohrmaschine. Ist wohl ungefähr das Niveau, das er auf seinen Reisen gewohnt ist, anderthalb bis drei Sterne ca. Er hat einen «Guardian» auf den Knien und in der Hand ... Heiligemariamuttergottes. Das Glas. Das Glas des Grauens. Dieses billige, gestauchte Sektglas, das mit der Pressnaht am kurzen Stiel, das mit dem Wulst am oberen Rand, das mit dem weißen Aufdruck einer Sektfirma darunter. Es ist das traurigste Glas der Welt. Es gibt auf der Welt nicht viel, das so klein ist und in das dennoch so viel Verzweiflung und vergebene Chancen passen wie in dieses Glas: Lebenslust und leichtfertige Lasterhaftigkeit zu Diskountpreisen. Egal, was dieses Glas gerade enthält, es markiert Klassenunterschiede, Einkommensklüfte und soziale Gräben so breit wie die Donau, es definiert die Differenz zwischen Oberschicht und Mittelmaß, es bemisst die Geworfenheit der Menschen in ihr Schicksal und ihre Unfähigkeit, sich diesem Schicksal zu entwinden, es zementiert die finale Unüberwindlichkeit von Klassengrenzen. Es gibt kein schlimmeres, kein abwertenderes, kein hässlicheres, kein stigmatisierenderes Glas. Ein alter Freund von Adam, ein Investmentbanker, postete kürzlich auf Facebook ein Foto, auf dem er genau so ein Glas in der Hand hält, halbvoll mit garantiert exzellentem Champagner, während er mit dem anderen Arm eine attraktive blonde Frau umfasst, eine sichtbar exquisite, teure Frau, und ich dachte mir: du arme Sau. Du traurige arme Sau. Wer sich mit so einem Glas fotografieren lässt, hat alle Hoffnung fahren lassen, das Glas zerstört, zerschneidet alles, den feinen Stoff deines Anzugs, deine kostbare Frau, die luxuriösen Möbel im Hintergrund. Wer so ein Glas in die Hand nimmt, hat aufgegeben. Wer so ein Glas in die Hand gedrückt bekommt, hat alles verloren, Stil, Würde, Selbstachtung. Niemand sollte mit so einem Glas in der Hand fotografiert werden, mit dem traurigsten Glas, dem Nuttensprudel-Glas, dem Glas der billigen, dicken Cellulitis-Huren am Tresen, gefüllt von Freiern und Zuhältern, dem Glas der traurigen Swinger. Dem Glas betrieblicher Weihnachtsfeiern, nach denen man mit schlingerndem Magen im Taxi nach Hause fährt, die Unterhose voller DNA eines Kerls, von dem man am nächsten Tag in der Kantine nicht mal mehr das Salz gereicht bekommen will. Das Glas des Selbsthasses. Das Glas der Abschiedsfeiern, nach denen es im Leben nur noch bergab gehen wird. Das Glas von Hochzeiten, denen nur das kleinstmögliche Resopal-Glück in den stinkenden, kieferimitat-beschichteten Möbeln vom Winter-Sale des XXL-Diskounters folgen kann. Das Glas verzweifelter und schon anderntags bereuter

Vertrauensüberschüsse in beigegrauen, nächtlichen Resopal-Büros mit schlammfarbenen Teppichen. Das Glas der Armen, Traurigen und Siechenden. Dieses Glas kann den teuersten Schaumwein enthalten, es entlarvt dennoch den Betrug, es ist das Fanal, dass man es nicht geschafft hat. Besser man trinkt den Roederer Cristal aus der Bürokaffeetasse mit dem dummen Chef-Witz oder aus dem Zahnputzbecher als aus so einem Glas. Niemand sollte je aus so einem Glas trinken müssen. Der Mensch muss unter allen Umständen Situationen vermeiden, die einem so ein Glas in die Hand drücken, muss weiträumig allen Gelegenheiten ausweichen, die einen aus so einem Glas zu trinken zwingen könnten. Niemand, der einen letzten Rest von Würde hat, trinkt aus so einem Glas.

Ich nehme das Glas vom Tablett und schenke mir ein, bis unter den Wulstrand, schütte den billigen Sekt hinunter und schenke nach. Er schaut mir zu, eine kleine, spöttische Verwunderung in den Augen. Ich küsse ihn nicht, noch nicht. Ich berühre ihn nicht. Bleibe weg von ihm. Stehe mit meinem leeren Glas an den Tisch gelehnt, an der Wand gegenüber dem Bett, und er sieht mich an und ich sehe ihn an. Wir sagen nichts. Es ist kein angenehmes Schweigen, wir fremdeln und die Stille vibriert zwischen uns, macht meine Haut rau. Er sitzt und schaut, seine Haare fallen über die Schulter nach vorn, über sein Hemd, ein weißes, schmales Hemd, nicht das, das ich ihm geschenkt habe, seine Magerkeit zeichnet sich dadurch ab und ein Doppelrippunterhemd. Er ist ein Kind, ein nettes, schlaksiges, altkluges Kind, und jetzt steht er auf und stellt sein Glas ab, kommt auf mich zu, lächelt. Ich lächle, er bleibt vor mir stehen, er ist riesig, und ich sehe hoch zu ihm, er streicht mit seiner Hand über mein Gesicht, von meiner Stirn bis zum Hals, ganz zart, und dann lächeln wir nicht mehr, beide nicht. Und dann kommt sein Gesicht von oben auf meines zu, mit sehr ernsten Augen darin und dann

Zweiunddreißig küsst er mich. Er küsst mich. Wir küssen uns. Und dann weiß ich es wieder. Weiß wieder, warum ich hier bin. Dass es wurscht ist, ob es Sommer ist oder Winter, ob ich friere oder nicht und wie das Hotelzimmer aussieht. Es ist egal. Spielt keine Rolle, ob es richtig ist oder falsch. Ich weiß wieder, dass es in dieser ganzen Sache nur um eins geht: um diesen winzigen Moment. Um diesen Moment, in dem alles Reden aufhört und alles Lächeln, in dem es ganz still wird und ganz ernst, in dem er mich an sich zieht, mit viel mehr Kraft, als ich ihm eben noch zugetraut hätte. In dem er kein Kind mehr ist, überhaupt nicht mehr. Dieser Moment, in dem sein Gesicht meines berührt, und unsere Münder einander. Es geht um diesen Augenblick. Den Kuss. Nur um den Kuss. Den zarten, ersten Kuss. Den Kuss nach dem Sehnen. Es geht um den Brokeback-Mountain-Kuss, der nur zwischen Menschen passieren kann, die sich nicht, niemals ganz kriegen werden, weil sie nicht können oder nicht wollen oder weil die Umstände es verhindern oder die Feigheit. Der nur geht zwischen Menschen, die mit anderen leben und sich nach diesen sehnen, die dort leben und hier sind. Der eigentlich unmögliche Kuss, der seine Aussichtslosigkeit plötzlich überwindet.

Dieser Kuss ist eine Mimose, empfindlich wie eine Eisblume am Fenster an einem kalten Morgen, wenn die Sonne aufgeht. Vergänglich wie die Berührung des Windes, wie der Moment, in dem das Heroin durch deinen Organismus rast.

Dieser Kuss verträgt kein Miteinander, keinen Alltag und keine Gewöhnung, kein Wort über den Stand des gemeinsamen Kontos, anstehende Haushaltsausgaben, die Autoreparatur. Allein die Idee eines Urlaubs zu zweit oder die Möglichkeit einer gemeinsamen Wohnung vertreiben ihn für immer. Heirate, und du siehst und fühlst ihn niemals wieder. Diesen Kuss, diesen speziellen Kuss, gibt es nur für den Preis des Verzichts, nur als Belohnung für brennende, verzehrende Sehnsucht. Dieser Kuss trägt Schmerz in sich, weil man in der Sekunde weiß, dass man ihn nur jetzt in diesem Augenblick hat, und dass man sich bald nach ihm sehnen wird, so sehr, dass einem im Drogeriemarkt vor dem Regal mit den Windeln die Tränen kommen, weil aus den Lautsprechern ein Song ertönt, der mit all dem überhaupt nichts zu tun hat, aber einem mit einer Harmonie, einem Akkord die Seele blutig kratzt. Um diesen Kuss geht es, nur um die Sensation dieses Moments, um das Glück darin, das sich wie ein Virus in dir einnistet, dort schläft und dann plötzlich erwachend Euphorie oder Traurigkeit freisetzt, wann und wie es ihm gerade beliebt. Grausam ist dieser Kuss, er fordert die Konservierung der Fremdheit, denn nur wer einander fremd ist und fremd bleibt, kann sich noch einmal küssen wie zum ersten Mal und immer wieder. Und eine größere Sensation als der erste Kuss existiert nun einmal nicht auf der Welt, danach geht es nur noch abwärts.

Der erste Kuss: Darauf leben wir hin, dafür werden wir erwachsen und hinterher trauern wir ihm für immer nach, unser Leben lang. Dann suchen wir nach ihm, für immer. Oder wir reden ihn klein, erklären ihn für unwichtig, zu etwas, das man gar nicht braucht, jetzt im Unterschied zu den wirklich wichtigen Dingen im Leben, die notwendiger, zwingender und vernünftiger sind. Die Dinge, um die man ein Leben bauen kann. Vielleicht ist dieser Kuss der Grund, wieso wir zum Heiraten nicht einfach irgendwo unterschreiben und gemeinsam heimgehen, sondern den Tag zu einem Fest aufblasen, Traumhochzeiten feiern, ihn zum wichtigsten, schönsten Tag des Lebens erklären. In Wirklichkeit schneiden wir uns an diesem Tag die Möglichkeit aus dem Fleisch, je wieder zum ersten Mal geküsst zu werden, es ist die Abschiedszeremonie für den ersten Kuss, die Bestattung der Möglichkeit seiner Wiederkehr. All das Brimborium, das ganze Feiern und Prosten und Tanzen und Beschenktwerden soll uns über das elementare Entsetzen hinweghelfen, dass wir, wenn wir das hier ernst meinen, nie wieder zum ersten Mal geküsst werden. Dass uns nie wieder jemand zum ersten Mal küssen darf. Es ist der Tag, an dem wir die Flüchtigkeit des ersten Kusses eintauschen gegen die robuste Geborgenheit eines richtigen Lebens, eines Lebens voller weiterer Küsse, die liebevoll sein mögen, zärtlich und vertraut und voller Verlangen, dankbar, verliebt und glücklich, aber niemals wieder neu.

Aber glücklicherweise haben die meisten von uns diese Sensation vergessen. Der erste Kuss ist uns vom Fernsehen lächerlich gemacht worden, von Millionen von Filmen, von blonden Durchschnittsschicksen und feuchtfrisierten Jungärzten und von jungen Hollywoodschönheiten beiderlei Geschlechts. Wir haben ihn zu oft gesehen, er hat sich abgenutzt und bedeutet uns nichts mehr, all die Bilder haben sich über unsere eigene Erinnerung gelegt und sie sicher unter sich begraben. Der Kuss fehlt uns nicht mehr. Wir vergessen ihn. Wir verleugnen seine Existenz. Wir glauben nicht mehr an seine Möglichkeit. Bis er uns plötzlich doch wieder erwischt.

Bevor er mich das erste Mal küsste, wünschte ich mir, sein Kuss sei prosaisch und banal, trivial und schleimig, kalter Speichel, heiße Zunge. Ein Kuss, wie jener damals zwischen Moritz und mir, in einem winzigen Moment gegenseitiger Verunsicherung, der unsere Freundschaft rettete und besiegelte. Jener Kuss sagte: Bleibt ihr mal lieber Freunde, das zündet nicht. Was ihr hier macht, sagte der Kuss, markiert haarscharf die Grenze zwischen Freundschaft und Liebe, zwischen Technik und Erotik. Ihr, sagte der Kuss, ihr könntet noch so viel Körperflüssigkeit austauschen, Liebende werdet ihr niemals, lasst alles Amouröse fahren und verbündet euch stattdessen, werdet euch vertraut, werdet Komplizen.

Kurz bevor W mich küsste und ich ihn, wünschte ich mir, dass dieser Kuss genau das Gleiche sagen würde, dass er uns auslachen und heimschicken und diese dumme, gefährliche, zusammenkonstruierte Idee auflösen würde in Spucke und glitschiges Fleisch und in zwei Körper, die nicht ineinanderpassen. Er tat es nicht. Der Kuss schwieg. Er war ganz, ganz still. Es löste sich nicht auf. Es brachte uns zusammen und vermischte uns. Es war egal, was kommen würde, es war unverhandelbar. Es würde schön sein oder schmerzhaft oder beides, man konnte nichts mehr dagegen tun. Man konnte höchstens versuchen, es aufzuschieben, und vielleicht würde es eine Zeitlang gelingen. Aber dann würde es passieren, und es würde mit sich bringen, was es eben bringt, Geflüster,

Geheimnisse, Lügen, Betrug, Unsicherheit und Verwirrung, Schuldgefühle und Sehnsucht und Sektgläser aus schäbigem Pressglas. Und den Kuss. Diesen Kuss, der mein Herz einen Augenblick stillhalten lässt, der mich erschüttert, immer wieder, genau jetzt.

Dreiunddreißig Ich höre es, noch bevor ich um die Hausecke bin. Hinter mir das Lärmgewurl des Brunnenmarktes, vor mir den Sound von Polizeisirenen: nicht etwa entfernter Sirenen, sondern naher, sehr naher Polizeisirenen, der Sound von Polizeisirenen, die gleich nur ein paar Meter um die Ecke eingeschaltet werden, um sich dann mit wildem Aufheulen zu entfernen. Sich zu entfernen aus nächster Nähe, aus genau der Nähe, in der ich mein Haus mit der schweren, grünen Tür weiß, meine Wohnung unterm Dach, die Kinder darin, heute von Adam aus dem Kindergarten abgeholt, und ich laufe los, während Bilder mich überschwemmen: das Bild eines Mannes, der in verwaschenen Jeans und dunklem Blouson vor der grünen Tür steht, Bilder von meinen verängstigten Kindern, bedroht von einem fremden, bösen Mann mit einer roten Narbe am Hals, Bilder meiner blutenden, zerschnittenen Kinder, meiner schreienden Kinder, der Augen meiner Kinder und der Angst darin, Bilder von Adam in seinem Blut, mit toten, aufgerissenen Augen, Bilder von einem Mann mit eingefallenen Wangen und einem Messer in der Hand, und seiner Augen: seiner Augen, wie sie aussehen, wenn er den Verstand verliert und die Kontrolle über sich. Ich kenne diese Augen, und ich kenne diesen Blick, und jetzt schaut er mitten durch mein Hirn hindurch und legt es lahm. Ich renne auf die Ecke zu, die in der einsetzenden Dämmerung grau, stumm und unbeeindruckt zurückstarrt, werfe meine Tasche auf den

Rücken, renne schneller, um die Ecke und mein Herz bleibt stehen.

Und ich starre auf die Polizeiautos, die unordentlich vor meiner Haustür parken, mit hysterischen Alarmlichtern. Da stehen auch Leute herum, diese geschissenen, neugierigen Wiener, sie werden von Polizisten in blauen Uniformen von meiner Tür ferngehalten und von einem Rettungswagen weggedrängt, soeben schließen zwei Sanitäter genau vor mir dessen rückwärtige Türen, in einem choreographierten Bewegungsablauf, erst die linke Tür, dann die rechte, dann gehen die Sanitäter gleichzeitig auseinander, öffnen gleichzeitig links und rechts die Türen der Fahrerkabine, steigen gleichzeitig ein, ziehen gleichzeitig an den Innengriffen der Türen, die sich an den Wagen anlegen wie die Flügel eines landenden Vogels. Ich schreie, als der Rettungswagen den Motor startet und losfährt, mir davonfährt, mit blinkenden Lichtern, aber ohne Sirenen. Ohne Sirenen, was bedeutet das. Was bedeutet das! Er ist schon weg, als ich beim Haus ankomme. Mein Herz pocht im Kopf, so laut, dass es beinahe das Knistern des Polizeifunks übertönt, das ich jetzt höre: bedrohliches, unverständliches Gemurmel voller Zahlen, die für mich alle nach Tod klingen. Ich gehe auf einen der Polizisten zu, er sagt, ich solle zurücktreten, ich sage, er solle mir sagen, was passiert sei, zu aggressiv in meiner Panik. Seine Augen werden schlagartig kalt wie die eines toten Fisches. Sein Kinn verhärtet sich.

«Ich sagte: Treten Sie zurück.»

«Aber ich wohne hier. Bitte sagen Sie mir, was passiert ist.» Jetzt versuche ich, ruhig zu klingen, ihn nicht wütend zu machen, aber ich kann die Hysterie in meiner Stimme nicht unterdrücken.

«Moment.» Er ruft nach einer Kollegin, die vor einer offenen Autotür in ein Funkgerät spricht, deutet ihr an, herzukommen, deutet auf mich. Die Frau winkt beschwichtigend zurück, spricht noch einmal kurz in das Gerät, steckt es ans Armaturenbrett und kommt dann langsam zu uns herüber, viel zu langsam.

«Sie sagt, sie wohnt hier.» Die Frau setzt ihre weiße Kappe auf, die an ihrem Hinterkopf über dem Pferdeschwanz einzurasten scheint.

«Aha. Wie ist Ihr Name?» Sie stemmt ihre Arme in die Hüften über dem breiten Gürtel, genauso wie sie es immer im Fernsehen machen. Sie steckt gern in dieser Uniform. Und sie riecht die Gegnerin in mir, den Feind, die Frau, die Ärger macht und Papierkram.

«Antonia Pollak. Ich ...»

«Wo wohnen Sie?»

«Ganz oben. Top 19, im Hofhaus. Mit meiner Familie. Was ist ...»

«Hinten oben wohnt der Hausbesitzer.»

«Ja. Adam Pollak. Das ist mein Mann. Ist ihm was passiert? Ist etwas mit den Kindern? Was ist passiert? Bitte sagen Sie mir, was passiert ist, bitte.»

«Kommen Sie bitte mit», sagt die Polizistin.

Panik steigt in mir hoch, übernimmt meinen Körper, tunnelt meinen Blick, schrumpft meine Kopfhaut, reißt von innen an meinen Haarwurzeln. Ich versuche, meinen Atem zu beherrschen, während ich hinter der Polizistin durch die Neugierigen gehe, vorbei an den blinkenden Autos und an einem weiteren, in ein Funkgerät sprechenden Polizisten, der das Haustor bewacht, dessen Flügel offen klaffen. Dahinter ist alles wie immer: der Durchgang mit der geschlossenen, gläsernen Türe zum Hof mit unserem Haus, ein paar Fahrräder, die an der Wand lehnen, der grüne Bugaboo, in dem ich Juri herumgeschoben habe und in dem jetzt Alenka Adile schiebt, obwohl die eigentlich schon zu groß dafür ist. Das Bild eines blassen Mannes mit einer Messernarbe, die aus dem Kragen eines schwarzen Blousons herauskriecht, brandet durch mich, ich sehe den Mann vor dem Haus stehen, mit der flachen Hand alle Klingelknöpfe drücken und sich dann gegen die surrende Tür stemmen. Meine Panik explodiert.

«Bitte! Sagen Sie mir, was passiert ist.»

«Beruhigen Sie sich. Einen Moment noch.»

Die Beamtin spricht ein paar Worte mit dem Polizisten, nickt, dann gehen wir an ihm vorbei. Auf die Glastüre zu, die in den grünen Hof führt, in seiner Mitte der Mini-Spielplatz, links das geduckte Gebäude, in dem sich Adam einen Schuppen und eine Werkstatt eingerichtet hat, rechts der Lift zu unserer Wohnung. Ich greife nach der Türklinke, als die Polizistin mich leicht an die Schulter tippt. Sie sieht mich an, deutet dann nach rechts, die zwei Stufen hinauf ins vordere Treppenhaus, zur Erdgeschosswohnung. Vor Alenkas Wohnung tackert ein Mann in einem weißen Overall rot-weißes Absperrband an den Türrahmen.

Während die Panik ganz langsam aus mir weicht, tropft dumpfe Sorge in mich hinein. Alenka. Der weiße Mann spannt das Band über die Tür und tackert es auf der anderen Seite fest. Alenka.

«Was ist mit Alenka?»

«Es gab eine Auseinandersetzung zwischen Frau ...» Die Polizistin pickt einen Notizblock von ihrem Gürtel und klappt ihn auf.

«Dzierwa. Sie heißt Dzierwa, Alenka Dzierwa. Was ist mit ihr?»

«Wie gesagt, es gab eine Auseinandersetzung. Zwischen Frau Dzierwa und Herrn Celik.» Ich starre die Polizistin an.

«Eine Auseinandersetzung?» Jetzt, jetzt erst sehe ich Alenkas blaues Auge. Jetzt erst sehe ich es wirklich. Jetzt kapiere ich es. Den Bluterguss am Wangenknochen. Das blaue Auge, das ich vor ein paar Wochen nicht erkannte, weil ein Mann mit Narbe vor der Tür stand und mich aus der Fassung gebracht hat. Mein Denken vernebelte. Mich begriffsstutzig machte. Und dumm. So dumm. Das blaue Auge, der Bluterguss, angeblich ein Unfall mit einer Schublade. Jeder hätte es kapieren müssen, jeder. Jeder hätte es sofort erkannt.

«Sie meinen, er hat sie verprügelt?»

Die Polizistin kritzelt etwas in ihren Notizblock.

«Ist sie im Krankenhaus?», frage ich. «Wo ist das Baby?»

«Nein, Frau Dzierwa ist leider verstorben.» Ich sehe Alenka vor mir, die kleine dünne Alenka mit den blonden Locken, wie sie eben noch bei uns in der Küche am Bügelbrett gestanden und Adams Hemden gefaltet hatte, Adile auf einer Decke neben sich, vorgestern Abend, als ich mit Adam ins Kino ging. Wie sie meine Fragen wegwischte, nach ihren Tränen, als ich sie von meinem Dach aus gesehen hatte, nur eine kleine Diskussion, sie sei ja so gefühlig, kein Problem. Ich hatte ihr geglaubt. Hatte sie nicht angespannt gewirkt? Angstvoll? Ich weiß es nicht mehr.

«Sie ist tot? Ist sie tot?»

«Ja. Ich darf Ihnen darüber leider keine weitere Auskunft erteilen.»

«Was ist mit dem Kind? Wo ist Adile? Dürfen sie das auch nicht sagen?»

«Adele? Die Kleine? So heißt sie? Adele?» Sie schreibt etwas auf ihren Block.

«Adile. Mit i. Was ist mit ihr?» Ich schreie jetzt fast, ich merke es. Die Polizistin streicht ungerührt in ihren Notizen herum, kritzelt.

«Was ist mit Adile?»

«Das Baby ist im Krankenhaus. Es ist, soweit wir wissen, unverletzt. Es wird gerade untersucht.»

Schiebelade, hatte Alenka gesagt, an der Schiebelade habe sie sich gestoßen, und ich hatte nicht die Bitterkeit und Resignation in ihren Augen gesehen, nur das entschlossene Lächeln darunter. Jetzt sehe ich alles.

«Mirkan hat sie umgebracht.»

«Ich darf ...»

«Ja, ich weiß.»

«Kannten Sie Frau Dzierwa näher?»

«Mirkan und sie waren hier Hausmeister, und Alenka hat bei uns oben geholfen. Sie hat aufgeräumt und hin und wieder auf die Kinder aufgepasst. Ich weiß nicht, was ich sagen soll.» Ich weiß nichts mehr. Und ich bin entsetzt über meine Ignoranz, die ganze Zeit. Und ich bin noch etwas: Ich bin schrecklich erleichtert, grausam erleichtert, dass das Unglück nicht mich getroffen hat, dass meinen Kindern nichts passiert ist und Adam. Dass wir noch immer eine glückliche Familie sind. Dass er es nicht zerstört hat, er nicht und ich nicht und niemand sonst.

«Ich kann das kaum glauben», sage ich.

«Wissen Sie, ob Frau Dzierwa Verwandte in Wien hat?»

«Ja. Eine ältere Schwester ... Lisa, glaube ich. Nein: Susa.»

«Susa?» Die Frau schreibt wieder in ihren Notizblock.

«Ja, aber ich nehme an, man schreibt das anders.»

«Wissen Sie ihren Nachnamen?» Alenka. Alenka tot. Weiß, blaugehauen, blutig und tot, die Locken mit Blut verklebt.

«Nein. Ich glaube, sie ist verheiratet und heißt nicht mehr Dzierwa. Aber ich glaube, sie wohnt im Siebzehnten, nicht weit von hier.»

«Haben Sie jemals etwas von Problemen zwischen Frau Dzierwa und ihrem Mann mitbekommen?»

Ich schweige. Es wirkt wie aufgesagt, als lernten österreichische Polizisten ihre Befragungstechniken aus Krimiserien, alles eins zu eins wie im Fernsehen. Ich könnte es ihr vorsagen: Kam es öfter zu Streit zwischen ihnen?

«Wissen Sie, ob es öfter zu Streit zwischen den beiden kam?»

Nein, ich weiß es nicht. Sie hat nie was erwähnt, nie. Sie sprach immer nur nett über Mirkan, bewundernd und liebevoll. Aber gesehen habe ich es, das blaue Auge, also war's offenbar so.

Die Polizistin registriert mein Zögern, blickt von ihrem Block hoch und lässt ihren Stift darauf tanzen, während sie mich mustert.

Ich weiche ihrem Blick aus. Das blaue Auge. Der Bluterguss, den ich nicht richtig gesehen, nicht kapiert hatte. Hätte ich es nur kapiert, wäre ich nur nicht so voll gewesen mit meiner eigenen Angst, hätte ich nur reagiert. Man hätte etwas unternehmen können. Man hätte es vielleicht verhindern können. Adam hätte etwas tun können, Leute anrufen. Alenka würde jetzt vielleicht noch leben. Das Baby hätte noch eine Mutter. Meine Schuld, schon wieder.

«Es ist meine Schuld», sage ich.

«Was?», sagt die Polizistin und macht einen Schritt in meine Richtung. Über dem schwarzen Schild ihrer Kappe prangt ein breiter roter Streifen mit einem goldenen Emblem darauf.

«Ihre Schuld? Wie meinen Sie das?»

«Sie hatte ein blaues Auge. Vor ein paar Wochen. Ich traf sie im Flur, und sie hatte ein blaues Auge. Einen Bluterguss. Hier. Ich habe sie darauf angesprochen.»

«Wann war das?» Ich weiß das Datum ganz genau. Es hat sich mir eingeprägt, das Datum, an dem er mich gefunden hat. Und meine Familie. Hat natürlich eine Zwei drin und eine Vier, das Datum.

«Ich weiß es nicht mehr genau. Muss ungefähr drei Wochen her sein. War, glaube ich, warten Sie, an einem Donnerstag.»

«Donnerstag vor drei Wochen?» Ja. Donnerstag vor exakt drei Wochen.

«Ich glaube schon.»

«Und was sagte sie?»

«Sie sagte, sie hätte sich an einer offenen Schublade gestoßen. Ich habe ihr das geglaubt, ich hab nicht drüber nachgedacht. Die Kinder quengelten, ich war im Stress.» Ich war im Stress, aber wegen etwas anderem. Sehen müssen hätte ich es trotzdem. Das kapiert doch heutzutage jeder, so ein blaues Auge. Das gehört doch längst zum Kollektivwissen, dafür wurden wir doch über die Jahre von den Medien sensibilisiert auf häusliche Gewalt, Kindesmisshandlung, Missbrauch. «Das hätte ich doch kapieren müssen. Es ist meine Schuld.» Ich werde dich nie wiedersehen, Alenka, nie mehr.

«Es ist nicht Ihre Schuld», sagt die Polizistin sanft. Das überrascht mich. Sie schaut jetzt weniger streng, fast mitleidig. Sie ist etwa in meinem Alter, hat ein herbes, aber irgendwie schönes, sehr symmetrisches Gesicht. Ich sehe ihr nicht an, ob sie Kinder hat. Eins vielleicht. Nein, eher keins.

«Man hätte etwas unternehmen, es verhindern können. Man hätte ihr helfen können. Sie da herausholen. Ihn anzeigen.»

«Ja. Vielleicht», sagt die Polizistin. «Aber vielleicht auch nicht. Sie hat keine Anzeige gemacht. Sie hätte es vielleicht abgestritten, aus Angst oder aus Scham, und man hätte erst recht nichts machen können und die Sache vielleicht noch verschlimmert. Es ist in solchen Fällen oft schwierig, einzugreifen. Es ist nicht Ihre Schuld.»

«Er hat sie totgeprügelt.» Ich sehe Mirkan vor mir, wie er auf die am Boden liegende Alenka eintritt, mit voller Kraft. Die Polizistin wankt ein wenig zur Seite, auf die cremeweißgekalkte Mauer zu. Und wieder zurück. Konzentriert sich auf ihren Schreibblock. Dann schaut sie hoch und sieht mich mit ernsten, türkisblauen Augen an.

«Er hat sie erstochen. Mit dem Küchenmesser. Hat x-mal auf sie eingestochen.» Sie schiebt weg, dass sie mir keine Auskunft erteilen darf. Sie will darüber reden.

«Und die Kleine? War sie dabei, hat sie das mitangesehen?»

«Ja. Vermutlich. Man kann es nicht mit Sicherheit sagen.»

«Kann es sein, dass Adile geschlafen hat?»

«Sie war nicht in ihrem Gitterbett.» Ich blicke durch das milchige Glas in den Hof hinaus. Die Spielgeräte zeichnen sich schwammig in der Scheibe ab, rot, gelb und blau. Mirkan hat sie zusammengeschraubt, und Alenka war mit Adile jeden Tag dort gewesen, jeden Tag.

«Wann ist es passiert?»

«Das muss schon heute früh gewesen sein. Die Leute, die darüber wohnen, hörten am Nachmittag das Kind schreien und gingen schließlich nachsehen, weil die Kleine überhaupt nicht mehr zu schreien aufhörte. Als niemand öffnete und sie weiterschrie, riefen sie uns an.»

«Und Adile?»

«Die Kleine war auf die Tote gekrabbelt. Sie war ... von oben bis unten verschmiert mit dem Blut ihrer Mutter.»

«Jesus.»

«Ja». Die Polizistin hat Mühe, von dem blutigen, weinenden Kind, das sich an seine leblose Mutter klammert, wegzukommen, ich sehe es in ihren Augen. Sie hat doch Kinder. Mindestens eins.

«Was ist mit Mirkan?»

«Er wurde bereits verhaftet. Im Hinterzimmer eines Lokals. Es gab einen Tipp. Der Kollege hat es mir eben vorhin gemeldet.»

«In welchem Krankenhaus ist Adile?»

«Das weiß ich nicht. Ich kann mich erkundigen.»

«Ich möchte sie zu uns nehmen, bis Sie ihre Tante finden. Zumindest vorübergehend. Adile kennt uns ein bisschen. Sie braucht doch jetzt irgendjemand Vertrauten um sich.» Ich habe Mühe, nicht zu weinen.

«Wir werden die Schwester bald finden. Wir haben Frau Dzierwa Handy.»

«Geben Sie mir Bescheid?»

«Ich werde es versuchen. Sie könnten aber beim Jugendamt anrufen.»

«Danke, das werde ich. Ich muss jetzt zu meinen Kindern.»

«Wie alt?»

«Drei und fünf. Bub und Mädchen. Haben Sie Kinder?»

«Drei Töchter. Dreizehn, vierzehn und sechzehn. Furchtbares Alter.»

«Danke, dass Sie es mir erzählt haben.»

«Ja», sagt die Polizistin. «Und es ist nicht Ihre Schuld. Sie konnten das nicht vorhersehen.»

«Ja», sage ich.

Vierunddreißig Aber es ist doch meine Schuld. Das Unglück bleibt immer in meiner Nähe. Es ist wie mit einer Schnur an mir festgebunden. Es kann jeden treffen, der nicht rechtzeitig auf Distanz geht, ich brauche nur eine unbedachte Bewegung zu machen, dann schlägt das Unglück hinter mir aus, trifft irgendwen, der zufällig neben mir steht, hinter mir. Jetzt Alenka. Und Adile. Ich fuhr mit dem Lift nach oben. Alenka, wie sie lächelte, Alenka, wie sie Adile abküsste, Alenka, der die Locken in die Stirn fielen, Alenkas Akzent, der ihre Herkunft auch nach zwölf oder dreizehn Jahren in Wien in der ersten Sekunde verriet. Ich drehte den Schlüssel um und öffnete die Tür. Adam schoss aus der Küche auf mich zu, aufgelöst.

«Ich habe hundert Mal versucht, dich anzurufen. Warum hebst du nicht ab?»

Weil ich's nicht gehört hatte. Weil ich's im Hotel auf lautlos gestellt hatte. Weil ich vergessen hatte, es wieder umzustellen. Verdammt.

«Oh Gott, das tut mir leid.» Ich fischte das Handy aus meiner Tasche: Sie haben 14 Anrufe von Adam. Eins, Vier. Ich ging auf ihn zu, ließ meine Tasche fallen, umarmte ihn.

«Bitte verzeih. Ich war beim Osteopathen und habe es stumm gestellt. Und vergessen, es wieder zurückzustellen.»

«Du weißt es schon?» Adam war blass, nur auf seiner Stirn zeichneten sich die drei roten Flecken ab, die dort erscheinen, wenn er wütend ist und aufgewühlt. Es sind immer die gleichen drei Flecken. Einer sichelförmig, mit einer abgerissenen Spitze. Einer sieht aus wie ein gequetschter Schwimmreifen. Und einer hat überhaupt keine Form.

«Ja. Ich habe unten mit einer Polizistin gesprochen. Entsetzlich.»

«Ich kann es nicht fassen.»

«Ich kam heim und sah die Polizei. Du hast keine Ahnung, was für eine Angst ich um euch hatte.»

«Hättest du dein iPhone angehabt ...»

«Ja, tut mir wirklich leid. Aber ich hatte meine Strafe. Ich glaube, ich hatte noch nie so eine Angst. Also außer letzten Sommer bei Jenny.»

Und jetzt war Adam beschwichtigt, und die Farbe seiner Umarmung wechselte von kalt zu warm. Ich erzählte ihm, was ich von der Polizistin wusste.

«Wissen es die Kinder?»

«Nein.»

«Sollen wir es Elena erzählen?»

«Ich weiß nicht ... Vorläufig nicht. Was meinst du? Adile haben sie in ein Krankenhaus gebracht?»

«Ja.»

«Weißt du, in welches?»

«Nein. Denkst du, was ich denke?» Wir lösten uns voneinander und sahen uns an.

«Dass wir sie zu uns nehmen sollten, zumindest bis klar ist, was mit der Schwester ist?»

«Ja. Uns kennt sie. Wenigstens ein bisschen. Und die Wohnung ist ihr vertraut.»

«Packst du das?»

«Sicher packe ich das», sagte ich, obwohl ich kurz zweifelte, wie gut es für Adile wäre, in meiner Nähe zu sein. «Sonst ist Astrid auch noch da.»

«Ich rufe mal beim Jugendamt an. Nein, lieber im Rathaus. Ich kenn da wen, der mir einen Gefallen schuldet. Ich schaue gleich, ob ich den erreiche.» Adam nahm sein Telefon und verschwand ins Arbeitszimmer, während er schon darauf tippte.

«Gut», sagte ich, aber er hörte mich nicht mehr.

Dann ging ich die Kinder umarmen. Wie sehr man ins Klischee verfällt, wenn in der Nähe etwas Schlimmes passiert. Etwas, das einen nicht direkt trifft, aber doch streift. Wie sehr die Menschen im Angesicht der Katastrophe dieselben Bedürfnisse entwickeln: den Wunsch, bei denen zu sein, die man liebt, die einen lieben, ihre Wärme zu spüren, das Leben in ihnen. Wie sie, für winzige Augenblicke nur, zu guten Menschen werden, zu Menschen mit den richtigen Prioritäten. Aber während Juri sich mir entwand, während ich Elena an mich drückte, während ich ihren Kopf, ihr blondes Haar und ihren Rücken unter dem weichen, rosa Sweatshirt, das Alenka gebügelt hatte, streichelte, während ich Elena all das ins Ohr flüsterte, was sie hören wollte, während sie kicherte, weil mein Atem sie am Hals kitzelte, dachte ich, dass ich rennen sollte. Dass ich wegrennen sollte, weit weg von ihr und Juri und von Adam, weil das vielleicht die einzige Möglichkeit war, sie zu beschützen, vor mir. Weil nicht einmal mehr Adams Nähe das Unglück hatte aufhalten können, und das sollte mir eine Warnung sein.

Fünfunddreißig   «Ich muss die ganze Zeit an Alenka denken.»

«Ich auch.»

«Hattest du eine Ahnung?» Adam sitzt auf seinem Platz auf der ledergepolsterten Bank. Es war ihm kaum gelungen, sich die Erschütterung aus dem Gesicht zu wischen, während wir mit den Kindern zu Abend aßen, er hatte tapfer gelächelt und mit Elena gescherzt, die uns, ihren Pilzrisotto löffelnd, misstrauische, ängstliche Blicke zugeworfen hatte. Dieses Kind merkt immer, wenn etwas nicht stimmt, man kann Elena nicht belügen, und als ich ihr und Juri, während Adam die Küche sauber machte, eine Gutnachtgeschichte vorlas, sagte sie mir drei oder vier Mal, wie lieb sie mich habe, umhalste mich so fest, dass ich kaum Luft bekam, und sagte es noch einmal. Sie tut das immer, wenn sie verunsichert ist oder Angst vor etwas Unbekanntem hat: Der erste Tag im Kindergarten, die Schule anschauen, ein Wochenende ohne uns bei Adams Eltern, es macht sie nervös. Sie braucht Vertrauen zu den Dingen um sie herum, und wenn sie das nicht hat, braucht sie wenigstens die Bestätigung, dass man sie liebt. Dass ich sie liebe. Ich streichelte sie und kraulte ihr den Rücken und sagte ihr, dass ich sie noch viel, viel lieber habe, ganz unununglaublich schrecklich lieb, und ich sagte es ihr, so oft sie es hören wollte. Ich wollte es selber auch hören, allein deswegen, weil wir in der physischen Lage waren, es sagen, hören zu können, es war der akustische

Beweis, dass wir alle noch da waren, alle hier miteinander, gesund und unversehrt in unserem sicheren Zuhause. Juri krabbelte zwischen uns herum und wollte gekitzelt werden, ich packte ihn mit meinem freien Arm, bedeckte ihn mit feuchten, schmatzenden Küssen und er quietschte empört, während Elena lachte. Ich dachte an Alenka in einem Edelstahl-Kühlfach und Adile in einem Edelstahl-Gitterbett mit lauter Fremden um sie herum und drängte die Tränen hinter ein Kichern zurück.

Jetzt schliefen die Kinder, und wir brauchten unser Entsetzen nicht mehr zu verstecken.

«Eine Ahnung? Nein. Also ...» Und noch einmal erzählte ich die Geschichte von dem blauen Auge, das ich nicht erkannt, und von dem Streit, den ich auf der Straße beobachtet hatte, und noch einmal versuchte jemand, mir die Schuldgefühle zu nehmen. Aber Adam gelang es schlechter als der Polizistin. Ich sah ihm an, dass er nachdachte, dass er die Möglichkeiten hin und her wälzte, wie die Tragödie hätte verhindert werden können, und dass er auch bei sich nach Spuren von Mitschuld fahndete, nach den Beweisen von Ignoranz, wie er die Bedrohung, die Anzeichen der offensichtlichen Gefahr übersehen hatte.

«Ich kannte Mirkan doch schon so lange. Ich habe ihn nie als gewalttätigen Menschen empfunden», sagte Adam, «oder auch nur als aggressiv ... eher unterwürfig.»

«Hm, ja», sagte ich. «Ich auch nicht. Aber passt doch eigentlich genau. Du warst ja quasi sein Chef. Der Stärkere. Mit dir hat er sich gut gestellt. Seine Aggressionen hat er an Schwächeren ausgelassen. Hat nach unten getreten.»

«Aber ich habe auch nie gesehen, dass er Alenka gegenüber aggressiv war.»

«Er fand wohl, das sei eine Sache zwischen ihm und seiner Frau. Dass das keinen was angeht.»

«Schaut so aus», sagte Adam resigniert, und dann sagte er nichts mehr, lag einfach grau auf der Bank und starrte an die Decke. Er wirkte verzweifelt. Ich wusste, dass er Mirkan gern gehabt und seine Arbeit im Haus sehr geschätzt hatte. Das, was Mirkan heute Alenka und Adile angetan hatte, stellte alles Vertrauen in Frage, das Adam je in andere Menschen gesetzt hatte und ließ ihn zweifeln. An seiner Menschenkenntnis, an allem. Es rüttelte an ihm. Ich wusste, dass er seine Erinnerung nach Anzeichen durchsuchte, an denen er Mirkans kommenden Verrat hätte erkennen müssen, die Anlass gegeben hätten, Mirkan das Vertrauen zu entziehen, und ich sah, wie sehr es ihn quälte, dass er nichts fand, nichts Relevantes, Eindeutiges, das Mirkan gesagt oder getan hätte. Es marterte ihn, dass Mirkan die Täuschung gelungen war und dass er Mirkans Veränderung, sein Verrücktwerden, übersehen hatte. Oder, was für Adam vermutlich noch schlimmer war, dass er sich zu wenig für seinen Hausmeister interessiert, dass das Herrschaftsverhältnis ihn blind und stumpf gemacht hatte für das, was in Mirkan tatsächlich vorging. Und für das, was Alenka wohl durchmachen musste. Sie hatten etwa einmal im Monat ein oder zwei Bier zusammen getrunken und besprochen, was es im Haus zu tun gab, und ansonsten hatte Adam ihm das kleine Gehalt überwiesen, das ihnen neben der mietfreien Wohnung noch zustand, und er hatte nicht kommen sehen, was kam.

Ich hatte Mirkan nicht gut gekannt, unser Verhältnis war, anders als mit Alenka, höflich und sachlich gewesen. Er war der stämmige, dunkle Mann Mitte dreißig, der gemeinsam mit seiner Freundin das Haus sauber hielt und sich um die Reparaturen kümmerte, der den Rasen im Hof mähte, den Kies auf dem kleinen Weg und im Herbst das Laub der Kastanienbäume zusammenrechte. Er war der, den ich angerufen hatte, wenn etwas in der Wohnung zu reparieren oder der Strom ausgefallen war, und er hatte die wenigen Aufträge, die er direkt von mir entgegengenommen hatte, immer schnell und ordentlich ausgeführt. Er hatte mir nie den Eindruck vermittelt, dass er ein Problem damit hatte, sich von mir etwas anschaffen zu lassen, ganz anders als die Verkäufer in dieser Metzgerei am Brunnenmarkt, bei der ich nicht mehr einkaufe, weil die Männer dort wiederholt eine derart verächtliche, ja beleidigende Abneigung an den Tag legten, mich zu bedienen, die weiße Frau, die kopftuchlose wasweißich. Beim ersten Mal dachte ich noch an einen schlechten Tag des Verkäufers, aber nachdem es mir dann noch zweimal passiert war, setze ich dort keinen Fuß mehr hinein, sondern kaufe das Lammfleisch im türkischen Supermarkt zwei Straßen weiter, in dem sie mit kopftuchlosen, westlichen Frauen entweder keine Probleme haben oder sie zumindest professioneller verbergen. Auch bei Mirkan hatte ich nie auch nur die Spur eines Widerwillens mir gegenüber entdeckt, aber vielleicht hatte ich das einfach übersehen oder verdrängt, weil ich ein gutes, von kulturellen Animositäten ungetrübtes Verhältnis zu ihm haben wollte. Und weil ich Alenka gern hatte, eine katholische Polin mit wilden, blonden Locken, mit der er zusammenlebte, was ich für einen ausreichenden Beweis hielt, dass kulturelle oder religiöse Differenzen für ihn keine Rolle spielten. Dass er sie überwunden hatte. War wohl nicht so.

Sechsunddreißig Wir konnten Adile schon am nächsten Tag aus dem Krankenhaus holen. Sie wurde in der Kinderabteilung betreut, eine Mitarbeiterin des Jugendamts wartete in der Lobby auf uns. Unsere Kinder waren dabei. Adam und ich hatten uns lange überlegt, was wir Elena sagen würden, und obwohl wir, vor allem Adam, normalerweise der Ansicht sind, dass man Kinder nicht anlügen soll, dass ihnen die meisten Wahrheiten zumutbar sind, erzählten wir sie Elena diesmal nicht. Wir wollten Adile weder einer traurigen, geschockten Elena aussetzen noch Elena erschrecken und traurig machen und ihr das Gefühl vermitteln, sie sei nun allein für Adiles Glück zuständig, was sie nämlich genauso gesehen hätte. Sie ist sehr sozial, sie nimmt Dinge persönlich und fühlt sich verantwortlich. Für Adile sollte sie sich nicht verantwortlich fühlen. Wir sagten ihr, dass Alenka sehr krank geworden und Mirkan verreist war, und dass ihre Tochter inzwischen bei uns wohnen würde. Es war klar, dass sie uns nicht ganz glauben würde, auch unsere Bedrücktheit machte sie misstrauisch, und tief in ihrer Kinderseele musste sie ahnen, dass etwas viel Schlimmeres passiert war. Aber ihre Kinderseele war gesund genug, sie am Weiterfragen zu hindern. Wir würden ihr die Wahrheit später sagen, irgendwann, wenn Adile ein neues Zuhause gefunden haben würde, bei ihrer Tante wahrscheinlich. Sie war schon angezogen, als wir kamen, eine zarte, rosenwangige Eineinhalbjährige, mit den hellen Locken ihrer Mutter und den Augen ihres Vaters; den Augen, die gesehen hatten, wie dieser Vater die Mutter tot machte. Es war nicht zu erkennen, ob sich das Ereignis festgebrannt, welche Spuren es hinterlassen hatte. Sie ließ sich von mir aus dem Gitterbett heben, in dem sie stand und Elena anlächelte, die Adile einen ihrer Teddys, den wir mittlerweile von der Polizei bekommen hatten, vor den Bauch drückte. Nicht Adiles Lieblingskuscheltier, das Plüscheichhörnchen: Das Eichhörnchen hatte offenbar neben Alenka im Blut gelegen. Elena fing an, mit ihr in einer Babysprache zu brabbeln, die wir nicht verstanden, während Juri in seinem Buggy eifersüchtig zu greinen begann und wütend die Arme nach mir ausstreckte. Im Auto, als wir nach Hause fuhren, weinte Adile in ihrem Babysitz. Es gelang Elena nicht, sie zu trösten. Zwei Polizisten hatten uns am Vormittag ihr Gitterbett aus der versiegelten Wohnung geholt, die ich sowieso nicht betreten würde, bevor sie gereinigt war. Adam hatte bereits eine Firma gefunden, die die Wohnung nach ihrer Freigabe putzen würde, es war ganz einfach, man kann es googlen, Tatortreinigung Wien, und schon war er auf zwei oder drei Anbieter gestoßen, was ich doch überraschend fand für eine solche Stadt, die als eine der sichersten gilt, mit denkbar niedriger Kriminalitätsrate und unterdurchschnittlich wenigen Tötungsdelikten. Die Polizisten hatten alles in Adiles Bett gepackt, was sie dem Baby irgendwie zuordneten, Windeln, Kuscheltiere, Schnuller, Spielzeug und Wäsche. Wir stellten das Bett zu Elena ins Zimmer, die es toll fand, das Baby bei sich zu haben. Dabei war sie nichts als froh gewesen, als sie ein paar Monate zuvor den lauten, wilden, unordentlichen Juri losgeworden war, der ihre Barbiepuppen entkleidet, entbeint und verstreut hatte, ihre punktgenau rund um das Märchenschloss aufgebauten Playmobilszenerien zerstört und die winzigen Möbel des Puppenhauses auseinandergenommen und zertreten hatte. Aber so ein glucksendes, süßes Babymädchen war okay für sie.

An diesem Nachmittag hielten wir sie fast die ganze Zeit in den Armen, mit ihren Kuscheltieren. Juri protestierte, eiferte, versuchte, Adile von dem Schoß herunterzuschieben, auf dem sie gerade saß. Adam hatte Kuchen besorgt, mit viel Creme und Schokolade, und er hatte den Kindern Kakao gekocht. Er wollte, dass alles warm und süß war für sie, für uns alle. Adile lehnte müde an meiner Schulter, mit schweren Lidern, die ein plötzlicher Schrecken immer wieder aufriss, und dann brach sie in Tränen aus und war lange untröstlich. Und wie ich dort saß, das Kind auf den Knien, und wie ich Adam zusah, wie er Juri am Bauch kitzelte und die Kuchen essende Elena unablässig Adile streichelte, als wisse sie um das große, schreckliche Unglück des Kindes: Da liebte ich nicht nur meine Kinder und mein Leben und die arme Kleine, da liebte ich auch Adam. Ich war ihm nicht mehr nur dankbar, für den Schutz und die Sicherheit, die er mir bot, für seine Nettigkeit und Aufrichtigkeit, für die Großzügigkeit, mit der er seinen Wohlstand und sein Leben mit mir teilte und für seine Liebe: Ich liebte ihn. Ich liebte ihn, wie man normalerweise nur in Liebesliedern liebt und in Hollywoodfilmen. Ich liebte ihn vom Grunde meines Herzens. Mit allem, was von mir da war, und meine Seele sagte: gut.

Am nächsten Tag wurde Adile von Alenkas Schwester abgeholt. Nach einer Nacht, in der sie immer wieder schreiend aufgewacht war und ich sie schließlich in mein Bett geholt und in meinen Arm gelegt hatte, in meinen schlaflosen Arm, in meine von schlechtem Gewissen und brutalen Schuldgefühlen zerquälte Nacht, weil ich mitverantwortlich war für das Unglück dieses Kindes, das nach seiner Mutter weinte, die niemals wiederkommen, sie niemals mehr streicheln, im Arm halten, drücken und küssen, die ihr niemals wieder Schlaflieder singen würde.

Aber als der Morgen kam, als es Sonntag war und die Sonne in mein Bett schien, erwachte ich aus tiefem Schlaf, und Adile atmete ruhig und gleichmäßig neben mir, ihr kleiner Kopf fast verdeckt von dem Kuscheltuch, in das sie sich geschmiegt hatte.

Zsusa hatte am Vormittag angerufen und war eine halbe Stunde später da. Zsusa ist drei Jahre älter als Alenka, man sieht die Ähnlichkeit, aber ihre Locken sind dunkler, ihr Gesicht ist herber, ihr Blick klar und unbestechlich. Sie ist mit einem Polen verheiratet, sie haben zwei Kinder, von denen eins schon ein Gymnasium besucht, sie leben seit mehr als zehn Jahren in Österreich. Zsusa ist eine patente, zupackende Frau, sie trauerte um Alenka, das Entsetzen und der Schmerz über den grausamen Tod ihrer kleinen Schwester hatte sich in ihrem Gesicht eingraviert. Aber sie war auch gefasst, Adiles wegen, der sie von nun an Mutter sein würde. Das war sie, man spürte es, ganz selbstverständlich, ohne einen Moment des Zögerns. Während ihr Mann, ein kleiner, drahtiger Glatzkopf mit freundlichen Augen, Adiles Sachen zusammenpackte und mit Adam das Gitterbett zum Auto trug, trank ich mit Zsusa einen Kaffee und sie erzählte mir, dass sie in Polen eine Banklehre gemacht hatte, ihr Mann war gelernter Tischler. Er hatte am Anfang, als sie nach Wien kamen, schwarz auf

Baustellen gearbeitet, während sie ein paar Jahre lang illegal geputzt hatte, für Schwarzgeld, natürlich. Dann hatten sie gemeinsam eine Reinigungs- und Haushaltsreparaturfirma hochgezogen, ganz legal und offiziell. Sie zahlten Steuern, waren in ihrer Wohnung angemeldet. Ihre Kinder gehen hier zur Schule, sprechen akzentfreies Deutsch und haben gute Noten, und der Stolz, dass sie das alles allein und mit ihrer Hände Arbeit geschafft hatte, straffte ihr Rückgrat und ließ ihr Gesicht leuchten, trotz allem. Ich sah Adam an, der nun bei uns am Tisch saß, und ich wusste, dass er wie ich an seine Großmutter in New York dachte, wie Zsusa eine Immigrantin, die ihre Existenz auf dem Dreck anderer Leute aufgebaut hatte, den sie wegputzte. Die sich dann mit einer florierenden Reinigungsfirma den Respekt ihrer Nachbarschaft erkämpft hatte und die sich den ihr zustehenden Wohlstand, der ihr vor ihrer Flucht in die Wiege gelegt und von den Nazis geraubt worden war, schließlich mit ihren eigenen Händen neu erarbeitet hatte. Das Bewusstsein ihrer Stärke, der Stolz, der daraus erwächst, bleibt solchen Menschen für immer. Ich hatte ihn in den Augen von Adams Großmutter gesehen, und ich sah ihn jetzt in Zsusa, es war ihr Stolz, ihr hart erkämpftes Glück, und auch aus Zsusas Gesicht und Haltung würde dieser Stolz nie wieder weichen.

Wir saßen auf dem Sofa und redeten weiter, während wir auf die Sozialarbeiterin vom Jugendamt warteten, die irgendwelche Formalitäten zu regeln hatte. Zsusa hielt Adile auf dem Schoß, sie sollte so sanft und angenehm wie möglich von uns zu ihrer Tante in ihr neues Zuhause wechseln, es sollte ihr gut gehen, bevor irgendwann der große Schmerz über sie hereinbrechen würde, bevor die Erinnerung an den Tod ihrer Mutter in ihrem Gehirn eine konkrete Form annehmen würde, die sie ihr Entsetzen und ihren Verlust begreifen lassen würde. Aber vielleicht käme das auch nicht so. Vielleicht würde sie sich nie daran erinnern, vielleicht hatte ihre gesunde, kindliche Seele das aus ihrem Organismus gedrängt, und aus ihrem winzigen, unentwickelten Babygehirn. Und vielleicht würde ihr Zsusa nie erzählen, dass sie einst eine andere Mutter gehabt hatte und einen Vater, der die Mutter getötet und ihre eigene, erste Biographie fast zerstört oder zumindest brutal abgeschnitten, abgestochen hatte, mit einem Küchenmesser, zehn oder zwölf Mal.

Und dann war sie weg. Wir drückten und küssten sie, und Elena gab ihr einen weißen Stoffhasen mit pinkfarbenen Ohren mit in ihr neues Leben. Wir sagten ihnen, dass sie immer willkommen seien bei uns, Adam ging mit ihnen zur Tür hinaus und zog sie hinter sich zu, und obwohl er mit mir nicht darüber gesprochen hatte und ich nur unverständliches Gemurmel hören konnte, wusste ich, dass Adam Zsusa jetzt erklärte, dass sie sich keine Sorgen zu machen brauche, dass für Adile gesorgt sei, bis sie auf eigenen Füßen stehen würde. Dann ging der Türflügel wieder auf, Adam war zurück in der Wohnung, und erst, als er die Tür hinter sich ins Schloss gezogen hatte, bemerkte er, dass ich immer noch an derselben Stelle wie vorhin stand und ihn anschaute. Er sah deprimiert aus.

«Was schaust du denn so?»
«So halt», sagte ich.
«Ach so», sagte Adam.
«Lieb dich», sagte ich, und ich hörte, wie hölzern und

unbeholfen es klang und wie total kitschig und in diesem Moment und an diesem Ort vollkommen deplatziert, weil, so was sage ich normalerweise nicht im Stehen im Vorzimmer, sondern ausschließlich im Bett, wenn es dunkel ist, und nur, nachdem Adam es mir gesagt hat. Ich fühlte, wie die Verlegenheit mein Gesicht rötete, und Adam bemerkte es auch und er sah mich mit großen, etwas verwunderten Augen an. Entweder weil er den Moment für ein solches Liebesgeständnis merkwürdig fand, oder weil er spürte, dass es zum ersten Mal, zum allerersten Mal in sechs Jahren, vollkommen aufrichtig gemeint war.

Immerhin, er lächelte, während er eine halbnackte Barbiepuppe vom Boden aufhob.

«Passt gut», sagte er. «Ich dich auch.»

«Ich weiß», sagte ich. «Danke».

Worauf Adam die Augen verdrehte und mir den Vogel zeigte und mit der Barbiepuppe in Elenas Zimmer verschwand, und ich blieb einfach noch eine Minute dort stehen und sah ihm nach und hörte ihn mit Elena flüstern und hörte Elena etwas sagen, mit fröhlicher Stimme, und hörte Juri den Baumeister-Song singen, ich stand dort und lauschte und es war ein bisschen so wie letzten Sommer im Wald.

Siebenunddreißig

Zu meiner nicht geringen Überraschung war Moritz schon da, als ich ins Kent kam. Im zarten, rosa Abendlicht war ich absichtlich langsam über den Brunnenmarkt gegangen, wo die Händler gerade ihre Stände abbauten. Moritz saß an einem Tisch in der Ecke, und auf einmal wäre ich doch lieber vor ihm da gewesen, dann hätte ich mich nämlich zu den Rauchern gesetzt. Aber typisch. Ich sah zuerst nur seinen Rücken, er hatte mir den Platz vis-a-vis überlassen, den an der Wand. Moritz weiß, dass ich lieber an der Mauer sitze, dass ich eine sichere, stabile Wand im Rücken schätze, dass es mich nervös macht, wenn ich nicht kontrollieren kann, was hinter mir passiert, auch wenn sowieso nie irgendwas passiert. Er ist ein netter Mensch. Als ich ihn links und rechts auf die Wange geküsst hatte, erschien ein winziger, schwarzhaariger Kellner mit riesigem Schnurrbart, einem dampfenden Teller mit einem Reishügel, gefüllter Melanzani und grünem Salat. Der Schnurrbart des Kellners demütigte in seiner immensen Buschigkeit die dünne schwarze Linie auf Moritz' Oberlippe, verspottete sie, als er den Teller vor ihn hinstellte. Moritz fiel es nicht auf. Ich bestellte ein Glas Weißwein, während Moritz gierig auf die Melanzani losging.

«Entschuldigung, dass ich schon bestellt habe, ich war am Verhungern.»

«Ich habe eh schon zuhause gegessen.»

«Schau, genau das dachte ich mir.»

«Wolltest du nicht Vegetarier werden?»

«Nein. Ich wollte nur kein Fleisch mehr essen.»
«Ist das nicht dasselbe?»
«Keineswegs, Darling», sagte Moritz und gabelte Reis in sich hinein, dem grüner Salat folgte.
«Und zwar weil?»
«Das eine ist eine Individualentscheidung. Beim anderen handelt es sich um eine Ideologie. Du weißt, was ich von Ideologien halte.» Er säbelte ein Stück von dem Gemüse herunter und schob es in den Mund, eine Gabel voll gebratenem Hackfleisch gleich hinterher.
«Okay. Wolltest du nicht auf Fleisch verzichten?»
«Doch.»
«Und?»
«Ich mach gerade eine Verzichtspause.»
«Wie lange dauert die?»
«Weiß ich noch nicht.»
«Und wie lange hast du davor, also bis zu dieser Pause, verzichtet?»
«Na ja.»
«Ach so.»
«Ja. Egal. Erzähl, was mit Alenka passiert ist.»

Ich erzählte von Alenka. Von Adile. Von den rot-weißen Absperrbändern. Von der Polizistin. Dem blauen Auge. Dem schwarzen Blouson vor der grünen Tür. Von Adam, und wie deprimiert er war und wie schuldbewusst. Von der Schuld. Von meiner Schuld.
Moritz dachte lange nach.
«Ja», sagte er.
«Was ja», sagte ich.

«Ja, man hätte es vielleicht verhindern können.»

Ich schaute ihn an. Sein fast schwarzes Haar war an den Seiten kurzrasiert, das längere oben war so zurückgekämmt, dass es auf seinem Kopf einen perfekten, vom Strich eines groben Kamms strukturierten, vermutlich steinharten Hügel formte. Sein Schnurrbart war akkurat gestutzt wie immer, streng Rhett Butler meets Ron Mael, und alles in seinem Gesicht war penibel gezupft und rasiert, aber seine Augen hinter der Philip-Johnson-Brille waren so weich und fahrig und verletzlich wie die eines Kindes, das gerade aufwacht.

«Ja. Du hättest es sehen können. Du hättest die Polizei hinschicken können, damals. Du hättest mit Alenka reden können, sie davon überzeugen, dass sie in ein Frauenhaus geht, du hättest Mirkan anzeigen können, Adam hätte mit Mirkan reden können, du hättest …»

«Genau. Und das hätte es vielleicht verhindert.»

«Ja, das hätte es vielleicht.»

«Siehst du.»

«Vielleicht. Vielleicht aber auch nicht. Wahrscheinlich nicht.»

«Das sagst du nur, damit ich mich besser fühle. Danke. Leider funktioniert es nicht.»

«Du bist nicht für alles verantwortlich, was um dich herum geschieht. Du kannst nicht von jedem wissen, was in ihm vorgeht, was in ihm brodelt. Du kannst das Schicksal nicht dirigieren und ziemlich sicher auch nicht ändern, außer dein eigenes, und auch das nur in einem bestimmten Maß. Du bist nicht Jesus. Du kannst nicht die Schuld für alles auf dich nehmen. Du kannst nichts für das, was in Mirkan gewütet hat, was Stolz, Eifersucht, Erziehung, Religion oder was weiß ich in ihm angerichtet haben mögen. Und du kannst nichts dafür, dass Alenka sich diesen Mann ausgesucht hat, einen Schläger und Mörder. Und dass sie bei ihm geblieben ist, obwohl sie wusste, wissen musste, selbst erfahren hat, was in ihm steckt, und welche Gefahr von ihm ausgeht. Das war ihre Entscheidung. Du kannst nichts dafür, dass sie ihn nicht verlassen hat.»

«Vielleicht hätte sie eben genau meine Hilfe gebraucht.»

«Vielleicht. Aber sie hat sich nicht an dich gewandt, obwohl du da warst. Sie sogar gefragt hast.»

«Weil sie Angst hatte, vermutlich.»

«Ja. Aber du kannst nicht hinter die Angst jedes Menschen sehen. Es ist geschehen. Jetzt ist das geschehen. Du kannst nichts mehr tun. Es musste wohl geschehen, irgendwie. Man kann nichts mehr daran ändern.»

«Hm.»

«Was meine Großmutter immer sagte: Es kommt, wie es kommt. Und hier kam's jetzt eben so.»

Sein Gerede ging mir ein bisschen auf den Geist. Dieser dämliche Fatalismus der Hobby-Buddhisten und Yoga-Mädchen. Dieses Vorsehungsgequatsche, dieser kindische Scheiß mit dem großen göttlichen, sich von selbst erfüllenden Plan, gegen den man praktisch machtlos ist. Ich bin mit einem Mann jüdischer Abstammung verheiratet, dessen halbe Familie umgebracht wurde, ich habe Probleme mit solchen Plangläubigkeiten. Ich hab's nicht mit dem Spirituellen. Eine Sache nur ... Ich habe kürzlich mit Adam im Fernsehen einen Film gesehen, einen Clint-Eastwood-Film. Adam sieht nicht gern fern, er liest gern, er hält Fernsehen für Idiotenfutter.

Ich lese nicht viel, jedenfalls nicht derzeit. Früher habe ich gern gelesen, ganz pragmatisch und klischeehaft deshalb, weil es die einzige Fluchtmöglichkeit war und mich für ein paar Stunden aus meinem Scheißleben herausholte. Es versetzte mich in Menschen, die niemanden sterben sehen hatten, die niemandem nicht geholfen hatten, die nicht mitschuldig waren, die erlöst wurden.

Und ich wurde auch erlöst, irgendwie, und jetzt habe ich selbst ein Leben, mit Liebe darin und schönen Erlebnissen und Kindern, und mit einem riesigen Flachbildfernseher, und jetzt brauche ich die Bücher nicht mehr so sehr. Jetzt sehe ich lieber fern, es ist mir relativ egal, was kommt, ich schalte ein und dann schaue ich. Zur Zerstreuung und damit der Abend vergeht und damit ich nichts anderes tun und nicht nachdenken muss und weil ich zu müde und zu träge bin, um irgendetwas anderes zu tun. Oder weil ich an manchen Tagen überhaupt am liebsten nur im Bett bleiben würde und mir am Abend das Fernsehen erlaubt, diesem Wunsch nachzugeben, da es offenbar sozial wesentlich weniger verstörend wirkt, wenn jemand in den Fernseher schaut, als wenn jemand einen Tag oder einen Abend lang an die Decke schaut, was als krank gilt.

Merkwürdige Welt, das, aber grundsätzlich sehe ich aus den gleichen Gründen fern wie alle anderen Menschen auch, und es sind eben genau die Gründe, aus denen Adam es nicht tut. Warum er Fernsehen verachtet und ablehnt und es den Kindern grundsätzlich verbieten möchte. Er sagt, es macht sie blöd. Er sagt, schau sie dir an, wie sie aussehen, wenn sie vor dem Fernseher sitzen: Siehst du das?

Ja, ich sehe das. Ihr Blick ist stumpf, und wenn es nicht

gerade etwas zu lachen gibt, wirken sie ernst, sorgenvoll, dumpf und vor allem völlig überfordert. Das Fernsehen ist zu schnell für sie und viel zu laut, das Tempo der Sprache, der Witze und der Bildwechsel, das können sie noch gar nicht verarbeiten. Adam hält das gar nicht aus, die Kinder so zu sehen, es macht ihm ein schlechtes Gewissen, gibt ihm das Gefühl, er misshandle sie irgendwie. Ich sage ihm dann, dass er ja grundsätzlich recht hat mit allem, aber dass es uns selbst und vielen anderen ja doch auch nicht so furchtbar geschadet hat. Adam sagt dann, dass das Fernsehen, als wir Kinder waren, viel langsamer war, kein Zehntel so hektisch wie jetzt, wir bekamen ein Bild nach dem anderen, so wie bei der Familie-Petz-DVD, die er den Kindern vor ein paar Wochen geschenkt hat. Kommt zuerst der Petzi-Bär ins Bild, dann schaut die Fips-Maus herein, dann passiert lange nichts, dann sagt der Opa-Bär etwas, dann sagt der Oma-Bär etwas, dann lachen sie alle lustig, das dauert insgesamt zehn Minuten, alles ganz langsam, immer eins nach dem anderen, und dann ist die Geschichte aus und alle sind glücklich, trallala. Nicht so ein Stroboskop-Fernsehen, wie es heutzutage auf die Kinder einbrüllt und einprasselt, in einem Tempo, das sogar mich überfordert und das sie verstört zurücklässt.

Jaja. Er hat ja recht. Er hat recht, wenn er sagt, dass Kinderfernsehen eigentlich nur für die Erwachsenen gut ist, aber trotzdem. Wenn man ein Kind wie Juri hat, ist man dem Fernsehen dankbar, dass es einem gelegentlich eine halbe Stunde verschafft, in der man nicht irgendwas Verschüttetes aufwischen oder etwas Kaputtes wieder ganz machen oder Juris Leben retten muss. Also, ich bin jedenfalls dankbar. Adam ist da gleichmütiger, aber ich bin froh um diese halben

Stunden, wo garantiert nichts passiert, in denen der Kleine mit einem Saftbecher sicher vor dem Fernseher geparkt ist und ich einfach einmal etwas zu Ende machen kann, ohne ihn ständig über die Schulter kontrollieren zu müssen, oder alle zwei Minuten das, was ich gerade mache, fallen zu lassen, um zu schauen, was er jetzt wieder angestellt hat. Das bisschen Fernsehen kann für ein Kind nicht schlechter sein als eine komplett überforderte Mutter mit praktisch permanentem Nervenzusammenbruchsrisiko.

Aber Adam schaut im Fernsehen ja nur die Nachrichten, ausschließlich die Nachrichten, das ist für ihn das Einzige, was im Fernsehen Sinn hat, wofür er überhaupt einen Fernseher besitzt. Nur Nachrichten. Er ist einer dieser altmodischen Gläubigen, der die Hauptnachrichten sieht wie Mönche die Bibel lesen: mit einer ihm sonst keineswegs eigenen kindlichen Naivität, mit absolutem Glauben, mit elementarem Vertrauen in die Wahrheit dieser Verkündung. Als würden die Nachrichten durchwegs von auf Objektivität eingeschworenen Propheten und Heiligen gemacht, nicht von Menschen. Nicht von korrumpierbaren Journalisten, nicht von unausgeschlafenen Leuten mit Fehlern und Liebeskummer und Animositäten und schrägen Weltanschauungen, nicht von quotengeilen Programmchefs, nicht von Männern, die Streit haben mit der Frau, nicht von Frauen, die Sorgen haben mit ihren Kindern und Stress mit deren Vätern, nicht von Leuten mit fragwürdigen politischen Ansichten und der Entschlossenheit, diese zu verbreiten. Adam sieht die Nachrichten, als hätte ein neutraler, völlig unbeeinflussbarer Supercomputer sie für ihn gemacht, die wirklichen Ereignisse in ihrer natürlichen, logischen Gewichtung wahrheitsgetreu und ganz frei von ideologischen Filtern für ihn zusammengestellt. Ich bin immer wieder erstaunt darüber, wie ein kluger, erwachsener Mann sich eine derartige Unbedarftheit bewahren kann, besonders eben ein Mann, der an und für sich sonst im höchsten Maß TV-kritisch ist und jede TV-feindliche, besonders jede Kinder-TV-feindliche Theorie der letzten fünfzehn Jahre auswendig aufsagen kann, der sogar Bourdieu gelesen hat. Wie er dennoch vollkommen leichtgläubig wird, sobald ihm der Sprecher der Spätnachrichten etwas erzählt. Das passt doch nicht zusammen. Das ist doch auch Fernsehen, die Nachrichten, von den gleichen versauten Hirnen entworfen wie die Kindersendungen und die Dokusoaps und überhaupt das Boulevardfernsehen.

Das Einzige, was Adam sich sonst noch im Fernsehen ansieht, sind Filme, die von seiner TV-Zeitschrift mit mindestens drei von vier möglichen Sternchen bedacht wurden. Er glaubt an die Zeitschriftenwertung beinahe genauso wie an die Nachrichten, als gäbe es eine unabhängige, göttliche Fernsehprogrammbewertungskommission, die jenseits von persönlichen Vorlieben oder professionellen Animositäten auf rein wissenschaftlich-qualitativer Basis zu ihren Urteilen kommt und unbestechlich Punkte an Tatorte, TV-Filme und Kinofilme verteilt. Adam würde sich nie einen Film ansehen, der von seiner TV-Programmzeitung weniger als drei Sternchen bekommen hat. Mir reicht ein Stern völlig, ich seh mir alles an, was der Fernseher mir knapp oberhalb von null anbietet, deshalb hat Adam in seinem Arbeitszimmer seine eigene Couch und seinen eigenen Fernseher, auf dem ausschließlich Nachrichten laufen oder Vier-Sterne-Qualitätsfernsehen oder das, was die TV-Zeitschrift seines Vertrauens dafür hält.

Weil auch Adams TV-Zeitschrift einem Clint-Eastwood-Film prinzipiell nie weniger als drei Sterne verleihen würde, sahen wir uns unlängst gemeinsam «Invictus» an. Adam ist nicht heiß auf amerikanische Sportfilme, die ich liebe, Football, Baseball, Basketball, Eishockey, völlig wurscht, Hauptsache, viele muskulöse Kerle werden im Laufe des Films von einem unfähigen, zerstrittenen Haufen zu jenem verschworenen Team, das Amerika für das Heilmittel aller Probleme und die Erlösung der Welt hält. Und ich bin mit dieser einfachen Lösung aller Probleme unglaublich einverstanden, solange man mich an den richtigen Stellen rührt und das dicke Mädchen den hübschen Kerl kriegt oder umgekehrt, solange man mir von menschlichen Kollektiv-Sehnsüchten erzählt und nicht in meinen Wunden herumstochert. Ja, mit einem Team können wir uns alle identifizieren, und auch mit der Idee, dass in jedem von uns die Anlage zu etwas Großem liegt und wir nur die richtigen Leute brauchen, die das erkennen und es aus uns herausholen. Weil der Eastwood-Film sogar vier Sterne hatte, sahen wir ihn uns zusammen auf dem großen Plasmafernseher im Wohnzimmer an, gegen den sich Adam lange gewehrt hatte und den ich gemeinsam mit Elena durchgesetzt habe, weil man auf so einem viel besser Familie Petz schauen kann. Und Sandmännchen. Und Disneyfilme auch.

Bevor der Film anfing, wusste ich nicht, worum es ging. Im Unterschied zu Adam lese ich Programmzeitschriften nicht gern, erstens, weil mich das überfordert, seit wir hundertzwanzig oder hundertsechzig Sender haben, zweitens lasse ich mich lieber überraschen. Ich wusste nicht, dass es um eine weiße, südafrikanische Rugbymannschaft ging und um Nelson Mandela und warum er der Meinung war, dass diese Mannschaft nach dem Ende der Apartheid unter seiner Regierung genauso zusammen bleiben und die Weltmeisterschaft gewinnen musste. Ich hatte nicht einmal eine Ahnung, dass in Südafrika Rugby gespielt wird. Ich wusste nicht, dass ein Gefängnis vorkam, eine vergitterte Zelle. Und dann sah ich den Film, er ging mir an die Nieren und wühlt noch immer in mir. In mir wühlte das Gedicht, das Clintwood schon im Titel zitiert. Ich habe mir nur die letzten beiden Zeilen gemerkt: I am the Master of my fate; I am the Captain of my Soul. Das blieb hängen. The Master of my Fate, the Captain of my Soul. Ich hatte mich nie groß für Nelson Mandela interessiert oder für die Apartheid, nichts davon hatte mit mir zu tun gehabt, bisher. Aber was er in dem Film über Vergebung sagte, berührte mich und ließ mich nicht los. Vergeben, verzeihen, allen, alles.

Noch in der Nacht, vor dem Schlafengehen, googelte ich Mandela, und am nächsten Tag im Atelier las ich alles, was ich im Netz über ihn finden konnte. Das war am Tag, bevor Alenka starb. Ich lag mit dem Laptop auf meinem Sofa, das in der finstersten, sonnengeschütztesten Ecke des Ateliers steht, und las. Ich suchte nach dem Gedicht und druckte es mir aus und hängte es mir im Atelier über den Schreibtisch. Ich druckte ein kleines Foto von Nelson Mandela aus und hängte es daneben, über die Fotos von Sid Vicious und Ian Curtis und die Texte von Morrissey.

Was mich so berührte: Dreißig Jahre war er im Gefängnis gewesen, zu Unrecht und willkürlich, war Unterdrückung und Gemeinheit ausgesetzt. Dreißig Jahre das Rauschen der

Ungerechtigkeit im Kopf, und dann ging er hinaus und vergab allen. Allen. Weil er sagte, er hätte anders gar nicht weiterleben können, weil Hass und der Wunsch nach Rache einen handlungsunfähig machen und die Zukunft verstellen. Ja ... ja. Das kommt mir bekannt vor, ja. Nur, dass bei mir alles viel kleiner war, winzig klein im Vergleich, minimal. Und ich kann trotzdem nicht vergeben.

«Ich bin der Meister meines Schicksals», sagte ich.

«Den habe ich auch gesehen», sagte Moritz. «Toller Film. Etwas zäh an manchen Stellen.»

«Aber er hebelt deine Fatalismus-Theorie aus. Dass eh alles so kommt, wie's kommen muss. Dass hinter allem ein großer göttlicher Plan steckt, gegen den man eh wehrlos ist. Dass man nur gelassen zuschauen muss, wie es kommt, und dann kommt es schon richtig.»

«Nein, tut er nicht. Das hebelt er keineswegs aus», sagte Moritz.

«Tut er doch.»

«Nein», sagte Moritz bestimmt. Mir war nie klar gewesen, dass er so esoterisch ist. «Kapitän deiner Seele: Das bedeutet doch, dass du dir deine Seele nicht von den Umständen vergiften lässt. Dass du sie gesund hältst, egal was dir angetan wurde und wird und einerlei, was um dich herum passiert. Damit du dich dem, was passiert, gelassen stellen kannst, stark und gesund.» Heiliger. Das klang nun aber doch sehr nach der frohen Botschaft für die ganz, ganz armen Esoterikfreaks. So viel schlecht verdautes Guru-Heilsversprechen macht mich nervös. Und grantig.

«Ach ja?», sagte ich. «Ich glaube, Alenka hatte eine sehr

reine, gesunde Seele. Bedauerlicherweise ist der Körper, in dem die schöne Seele wohnte, jetzt tot.»

«Oder sie war eine dieser Frauen, die darauf vertrauen, dass alles besser wird, wenn sie nur lieb und brav sind. Die glauben, das Lieb-und-brav-sein, das Dulden-und-Ertragen besänftige schließlich das Schicksal, weil sie nicht erkennen, dass der Kerl und ihr Schicksal gar nicht dasselbe sind, dass der Kerl ihr Schicksal bestimmt, das sie ohne den Kerl selber bestimmen könnten.» Moritz hatte sich über den Tisch gebeugt, den leeren Teller energisch zur Seite geschoben, und seine Stimme war zu laut und sehr scharf. «Das hat mit einer gesunden Seele nichts zu tun, sondern nur mit einer verleugneten. Sie hatte ihr Schicksal auch in der Hand, aber sie hat es sich von Mirkan abnehmen lassen.»

«Ja», sagte ich, eingeschüchtert. «Ja, schon gut. Hast eh recht.» Ich war erschöpft und niedergeschlagen, und ich hatte eigentlich doch keine Lust zu diskutieren. «Ich glaube, Adile wird es gut gehen bei Zsusa. Sie ist eine gute Frau. Und ich habe gesehen, dass sie viel stärker als Alenka ist.»

«Dann ist doch wenigstens das in Ordnung», sagte Moritz. Er war offenbar ebenfalls zu erschöpft zum Streiten.

«Gut, dass Adile dort ist», sagte ich. «Ich hätte ihr vermutlich noch mehr Unglück gebracht.» Moritz sah mich an. Enttäuscht, genervt, erschöpft.

«Du musst damit aufhören», sagte er, müde und ernst. Sehr müde, sehr ernst. «Du. Musst. Damit. Aufhören.»

«Hast ja recht», sagte ich, aber ich glaube nicht, dass ich sehr überzeugend klang. Mich konnte ich jedenfalls nicht überzeugen.

«Bitte», sagte Moritz, «tu es für dich.» Mein Telefon, das

umgedreht auf dem Tisch lag, fing an zu zwitschern. Ich ließ es liegen.

«Okay», sagte ich. Es zwitscherte weiter.

«Willst du nicht rangehen?», fragte Moritz. «Vielleicht ist es Adam.»

Ich drehte das Telefon um. Es war nicht Adam. Aber ich beschloss, das Gespräch trotzdem anzunehmen, es war wie der ideale, vielleicht der einzige Moment für dieses Gespräch, und ich stand auf, nickte Moritz zu, und ging mit dem Telefon nach draußen.

Achtunddreißig «Wieso rufst du mich an?» Dein Kopf summt, während du die Glastür zum Gastgarten hinter dir zuschiebst. Vor dir erkennst du dunkel den scheußlichen Innenhof-Brunnen und hohe Stapel von staubigen Plastikstühlen, drinnen kannst du Moritz sehen, im warmen Licht, er wirft dir einen verwunderten Blick zu. Er ist es nicht gewohnt, dass du Geheimnisse vor ihm hast.

«Ich will dich sehen.» Das Summen in deinem Kopf wird lauter, ein Rauschen von Angst und Blut.

«Ich will dich nicht sehen. Und ich denke, ich will dich nie mehr sehen.» Dein Kopf dröhnt jetzt. Laut. So laut, dass es dich überrascht, dass du deine Stimme trotzdem hören kannst, klar und deutlich, durch das Dröhnen hindurch. Und dann seine Stimme.

«Ja, das hättest du vielleicht gern. Aber du brauchst mich doch. Du kannst doch gar nicht leben ohne mich. Konntest du doch nie.»

Du sagst: «Ich kann es jetzt.» Und noch einmal. «Ich kann es jetzt. Ich tu es längst. Ich tu es schon sehr lange.» Und dann stellst du überrascht fest, dass es in deinem Kopf stiller wird, dass der Druck nachlässt und dein Blut sich beruhigt.

Du sagst: «Ruf mich nicht wieder an.» Das Rauschen zieht aus deinem Kopf ab, zerfließt in der kalten Nachtluft um dich herum.

Du sagst: «Wir werden uns nicht mehr sehen.»

«Das sagst du jetzt. Du kommst wieder.»

Du sagst: «Nein. Ich komme nicht wieder. Wir gehören nicht mehr zusammen.»

«Aber du warst bei mir, gerade erst. Du wolltest zu mir.»

«Ich war nicht bei dir.»

«Du warst vor meiner Tür.»

«Ich war nur vor deiner Tür. Ich bin nicht durch die Tür gegangen. Ich habe kehrtgemacht. Und ich bin nicht wiedergekommen.»

«Du kommst wieder.»

«Ich komme nicht wieder.» Es ist jetzt ruhig in deinem Kopf, ganz still, nur deine Worte sind darin, monumenthaft, passiv und unumstößlich. «Hör mir zu: Ich komme nie wieder.»

«Das werden wir ja sehen.»

«Ja, das wirst du sehen. Es ist jetzt so.» Und auf einmal spürst du, wie sich ein neues Gefühl über die alte Angst legt: Mitleid. Du sagst: «Und weißt du, ich hoffe, es geht dir gut. Wirklich. Ich hoffe, dein Leben wird wieder gut. Aber ich werde nicht mehr darin vorkommen. Du schaffst das allein.»

«Sowieso. Aber du nicht.»

«Ich bin schon lange woanders.»

«Das glaubst du nur. Menschen ändern sich nicht.»

«Doch. Wenn sie es wirklich wollen.»

«Ich brauch dich sowieso nicht.»

«Dann ist es doch gut. Ich wünsche dir alles Beste.»

«Du kommst doch eh wieder.»

«Nein. Und ich lege jetzt auf».

«Ich weiß, dass du es brauchst. Und ich gebe es dir. Du kommst schon wieder.»

«Alles Gute, okay? Mach's gut. Ich lege jetzt auf. Bye.»

Und dann legst du auf. Nimmst das Telefon vom Ohr und drückst den roten Button, ohne Zögern. Still ist es, in dir und um dich herum, und dann merkst du, dass du am ganzen Körper zitterst, und es ist nicht nur wegen der Kälte.

Neunnunddreißig

«Wer war das?», fragte Moritz.

«Niemand», sagte ich.

«Ach so», sagte Moritz und schaute beleidigt.

«Entschuldige», sagte ich. «Ich erzähl's dir dann einmal. Bald.»

«Gut», sagte Moritz.

«Danke», sagte ich. «Danke, Moritz.»

«Schon gut», sagte Moritz. «Soll ich bissl Baklava für deine Seele bestellen?»

«Lieber noch ein Glas Wein», sagte ich. «Und vielleicht einen Raki. Ja, einen Raki, den könnte meine Seele jetzt brauchen.»

«Was immer ihr guttut», sagte Moritz.

Vierzig Später liege ich wach, hundert Kilometer weit weg von der Möglichkeit von Schlaf, Alenka, Alenka, Adile, Alenka, er, er, er, und der Mond brennt durch das Fenster, und es ist drei Uhr früh, viel zu spät, um noch ein Pulver zu nehmen, Alenka, er, Alenka, wir, die Kinder, Adam, wie er im Flur gestanden und die Barbiepuppe aufgehoben und wie er geschaut hatte, und wir, wir als Familie. Es sollte auf andere Menschen nicht so positiv konstituierend wirken, wenn ihre Putzfrau von deren Mann umgebracht und beider kleine Tochter zur Waise wird und zur Tochter eines Mörders. Es sollte nicht andere zusammenschweißen, es sollte ihnen nicht ihr eigenes Glück bewusst werden lassen. Es sollte sie nicht so glücklich machen. Das eigene Glück sollte nicht auf dem Unglück der anderen basieren. Es ist nicht richtig, dass man sich nach einer derartigen Tragödie besser fühlt als vorher, zufriedener, angekommener. Es ist Unrecht. Aber es ist dennoch so. Der Tod kam in mein Haus, aber gleichzeitig schwemmten auch Erleichterung und Klarheit und Liebe und Zufriedenheit herein. Und ein neues Bewusstsein über das, was mir gegeben war. Ich fand es abartig und erbärmlich, dass etwas Derartiges geschehen musste, ich verachtete mich dafür, dass ich einen solchen Weckruf brauchte, dass es der sogenannte heilsame Schock war, der auch mich ereilte. Dass ich das elementare Unglück von anderen brauchte, um in die Lage zu kommen, mein eigenes Glück nicht nur hinter dem Nebel meines Lebensbetruges zu wissen, sondern es zu sehen, als wäre der Himmel aufgerissen und es hätte sich durch die Wolken mit einem Mal in mein Blickfeld geschoben. Aber in diesem Augenblick war es so, in diesem Augenblick wurde mir alles klar. Dass ich nicht nur am richtigen, sichersten, gesundesten, angenehmsten Ort war, dass es nicht mehr nur Vernunft war und ein existenzieller Überlebenstrieb, der mich hier sein und bleiben ließ. Sondern dass ich hier sein wollte. Hier, nirgends sonst. Dass ich nicht einmal in die Nähe eines Gedankens kommen wollte, sollte, der mich von diesem Ort wegfantasierte. Das hier war nicht nur irgendein nächstes Ufer, an das ich mich vor dem sicheren Ertrinken gerettet hatte, und von dem aus ich irgendwann wieder aufbrechen würde, um den Ort meiner Bestimmung zu finden, mein wirkliches Zuhause: Das war es. Das war der Ort. Mein Ziel. Es gab kein anderes. Es war das Beste, und ich war da und hatte es. Ich tat nicht nur so, als wollte ich es. Ich wollte es wirklich, genau das, nichts anderes, ich war daheim.

Als ich das in der Nacht begriff, wollte ich ein Opfer bringen. Ich wollte bezahlen für mein Glück. Und als ich am Morgen aufwachte, nach kaum mehr als ein paar Minuten Schlaf, und Kaffee aus der Tasse schlürfte, die Adam mir in die Hand gedrückt hatte, als ich langsam wach und klar wurde, wusste ich, was zu tun war. Ich würde alle dunklen Türen versiegeln, alle dummen Ideen vernichten. Ich würde mich retten, uns alle. Ich konnte es kaum erwarten, lief ungeduldig durch die Wohnung, bis Adam mit den Kindern das Haus verließ, duschte hastig, föhnte mich nachlässig. Ich war beseelt. Ich würde Ordnung machen. Ich würde mein Leben ändern. Ich würde alles besser machen, ein besserer Mensch werden, ein reinerer. Und ich tat den ersten Schritt, kaum, dass ich im Atelier angekommen war. Ich schaltete den Laptop ein, noch im Mantel, ich stellte Teewasser auf, ich setzte mich, immer noch im Mantel, an den Schreibtisch und sah dem Bildschirm zu, wie er sich fertig aufbaute, sah der sich einrichtenden Internetverbindung zu, beobachtete die Mailbox, die sich blinkend in Betrieb setzte. Ich sah, während ich meinen Mantel abstreifte und einfach über die Sessellehne schüttelte, die E-Mails in meine Mailbox rattern, ein Ziffernsausen im roten Kreis in der Ecke, einszweidreivierfünfsechs, bei Sieben blieb es stehen. Ich sah, dass ich eine neue Mail von Astrid hatte mit dem Betreff «Das ... », ich las sie nicht und ich las auch nicht die Mail von Zsusa über «Adile» und nicht die Moser-Mail, die vermutlich eine Essenseinladung enthielt, und die von Moritz las ich auch nicht. Ich las nicht einmal die «Das glaubst du nicht!!!»-Mail von Jenny. Später. Und schon gar nicht las ich die Mail von ihm, irgendwo aus Nahost abgeschickt, die zwischen den anderen in meiner Mailbox lag, die Mail mit dem Titel «Du». Ich wollte nicht wissen, was unter diesem Du kam, ich wollte nicht irritiert werden, abgelenkt, abgebracht von meinem Bußgang, ich war auf dem Weg nach Canossa und ich würde dort ankommen, niemand würde mich aufhalten. Ich tippte aufs Neue-Mail-Symbol und gab seinen Namen in das Feld hinter AN: ein.

Einundvierzig «Seit wann bist du denn Katholikin?», sagte Astrid.

«Wieso? Bin ich nicht.»

«Aber du benimmst dich so. Genau wie eine Katholikin.»

«Warum das denn, bitte?»

«Na, ich weiß doch nicht, warum du das tust.» Ich hatte meine Schwester selten so schlecht drauf erlebt. Und so aggressiv.

«Sei nicht doof jetzt.»

«Das ist total katholisch, was du da aufführst», sagte Astrid.

«Blödsinn.»

«Kein Blödsinn. Du planst einen kindischen, katholischen Bußhandel.»

«Sagst ausgerechnet du? Du wolltest doch immer, dass ich mich entscheide! Du! Du hast immer gesagt, man könne nur einen lieben.»

«Du tust das ja jetzt nicht, weil du nur einen liebst. Du willst büßen. Du willst eine Art innere Pilgerfahrt nach Lourdes machen.»

«Aha?»

«Du glaubst, du könntest Gott damit besänftigen.»

«Ich glaube nicht an Gott.»

«Da hab ich aber jetzt einen ganz anderen Eindruck.»

«Blödsinn.»

«Total katholisch.»

«Hör jetzt auf. Jetzt mache ich endlich das, was du immer von mir wolltest, und du prügelst mich dafür. Ausgerechnet du!» Ich bereute, dass ich sie angerufen hatte. Was ich deshalb getan hatte, weil auf meine Mail anderthalb Tage lang keine Reaktion gekommen war, nichts. Das hatte mich verunsichert. Und ich wollte von Astrid eine euphorische Bestätigung erhalten, dass ich das Richtige gemacht hatte. Nun bekam ich das Gegenteil, und das brauchte ich jetzt überhaupt nicht. Und ich hatte damit auch in keiner Weise gerechnet.

«Hätte ich dich anlügen sollen?», sagte Astrid. «Ich konnte dir doch nicht sagen, dass ich das gut fand.»

«Ja, das hatte ich zufällig schon mitgekriegt.»

«Ich fand's immer blöd, dass du das nötig hattest, wo du doch eh alles hast, Adam, die süßen Kinder, das gute Leben. Dass du das alles riskiert hast.»

«Eben.»

«Aber», sagte Astrid, «merkwürdigerweise hat es dir gut getan. Und Adam hat's ja nicht geschadet.»

«Hat es nicht, aha.»

«Ja, hat es nicht. Und das Schicksal wirst du mit dieser Aktion nicht besänftigen. Das ist es doch, was du willst, oder.»

«Ich bestimme mein Schicksal selbst», sagte ich. «Ich entscheide mich. Du hast mich immer gedrängt, dass ich mich entscheide.»

«Ja, eh», sagte Astrid. «Aber ich glaube nicht, dass dich das jetzt weiterbringt. Nicht das.»

«Und was dann? Nein, sag's mir nicht.»

«Ja, ich weiß, das willst du nicht hören», sagte Astrid.

«Genau das willst du nicht hören. So viel Wahrheit erträgst du dann doch nicht.» Dieses Gespräch begann, entschieden in die völlig falsche Richtung zu laufen.

«Wieso bist du heute so deppert?»

«Ich bin nicht deppert.»

«Bist du wohl.»

«Ich bin im Stress, ich muss zurück an die Arbeit, ich muss heute früher weg. Und was richtig wäre, weißt du sowieso selber am besten.»

«So, weiß ich das.»

«Ja, das weißt du. Aber du bist offenbar noch lange nicht so weit, das zu akzeptieren. Falls du es je sein wirst.»

«Geh wieder arbeiten», sagte ich.

«Das tue ich», sagte Astrid. «Und danach fahr ich nach Linz.»

«Aha.»

«Und in Linz besuche ich deine sterbende Schwester im Krankenhaus.»

«Ich dachte, die wäre schon längst tot.»

«Noch nicht ganz. Und dann fahre ich zu deiner Mutter. Zu deiner alten, einsamen, depressiven Mutter. In dein Elternhaus.»

«So», sagte ich.

«Ja», sagte Astrid, «tschüss also.»

«Tschau», sagte ich.

Zweiundvierzig Meine Mutter hatte braunes Haar, braun wie Milka-Alpenmilch-Schokolade. Als ich klein war, nannte sie mich Rehlein. Das erste Geschenk von ihr, an das ich mich erinnere, war ein von ihr selbst gehäkeltes Kaninchen aus gelber und brauner Wolle, als Augen hatte sie ihm hellblaue Knöpfe angenäht. Sie konnte gut häkeln und stricken, und sie nähte viel, wahrscheinlich, weil sie zu wenig Geld hatte, um sich und uns Sachen zu kaufen. Ich habe noch ein Foto, auf dem wir Mädchen alle die gleichen orangefarbenen Kleider tragen, mit kurzärmeligen Häkeljäckchen aus weißem Garn. Ihre Haare wurden schon grau, als ich noch klein war, sie hatte immer einen Pagenschnitt mit Stirnfransen, nie etwas anderes. Sie ist nicht groß, einen Meter fünfundsechzig oder so, aber ihre Füße sind riesig. Als wir klein waren, buk sie uns immer weiche, unförmige Brezeln aus Brotteig, mit Mohn oder Salz darauf. Sie brachte mir bei, wie man strickt, wie man Nagellack aufträgt und wie man original französische Crêpes bäckt. Als junge Frau hatte sie ein Jahr lang in Frankreich bei einer Familie gelebt und gearbeitet, hatte dort Französisch gelernt und wie man echte Crêpes macht: Man braucht Mehl, Eier, Milch, zerlassene Butter und Sprudelwasser, und es ist wichtig, dass man die Zutaten genau in dieser Reihenfolge mit dem Handmixer zu einem sehr flüssigen Teig zusammenrührt – mit dem Mixer, nicht mit dem Schneebesen, damit es keine Klümpchen gibt –, den man dann ganz dünn und mit sehr wenig Öl in der Pfanne brät, wobei man aufpassen muss, dass die Herdplatte auf keinen Fall zu heiß ist. Danach tut man Puderzucker drauf oder Marmelade oder Cremespinat oder in Obers geschmorte Champignons. Sie sang uns immer dasselbe Schlaflied vor, ein altes Gute-Nacht-Lied im Dialekt ihrer eigenen Kindheit. Sie liebte alles Süße. Sie hasste Kohl, oder mehr noch den Geruch von gekochtem Kohl. So arm, sagte sie, könne sie gar nicht mehr werden, dass sie diesen Geruch noch einmal zu ertragen bereit wäre: Den Geruch ihrer Kindheit, den Geruch der Armut, lieber lebe sie von kaltem Haferbrei, als ihr Haus jemals wieder mit dem Gestank von gekochtem Kohl zu verseuchen. Solange mein Vater noch lebte, briet sie jeden Sonntag Wiener Schnitzel und kochte dazu die Fisolen, die sie in unserem kleinen Garten zog und geschnitten in Plastiksäcken einfror. Nachdem er tot war, gab es keine Schnitzel mehr, kein Sonntagsessen, eigentlich nicht mal mehr Sonntage, und Fisolen zog sie dann nur noch ein oder zwei Mal. Beim letzten Mal vertrockneten sie an den Stangen, bis auf die, die wir Kinder abnahmen, denn meine Mutter kümmerte sich nicht mehr um den Garten. Sie konnte nur einen Witz, und den erzählte sie immer wieder. Sie war oft überfordert und schlecht gelaunt, auch schon früher, als wir noch eine intakte Familie waren. Aber als wir noch klein waren, schlug sie uns nie, anders als unser Vater, der oft mal hinlangte. Bei ihr fing das erst mit ihrem Trinken an, aber man konnte ihren Schlägen meistens relativ leicht entkommen. Sie ging gern spazieren. Sie liebte Jesolo, aber nach dem Tod unseres Vaters war sie nie wieder dort. Wir fuhren überhaupt nur noch ein einziges Mal zusammen weg, nach Salzburg, zu ihren Eltern, in ihr Heimatdorf. Ihr Lächeln war schön, und sie konnte so laut lachen, dass es uns als Kinder vor anderen Leuten peinlich war. Aber nachdem mein Vater gestorben war, lächelte sie kaum mehr, und wenn sie lachte, klang es bitter. Meinen Vater habe ich kaum gekannt. Als ich klein war, arbeitete er die meiste Zeit, und als ich größer wurde, war er tot.

Und meine Mutter versank. Ich weiß jetzt, dass sie krank war, ich bin jetzt bereit, das zu akzeptieren. Ich bin jetzt imstande, die Agonie, in die meine Mutter nach Vaters Tod fiel, als Depression zu begreifen, als Krankheit, für die sie nichts konnte. Ich bin bereit, das Trinken als Teil dieser Krankheit zu begreifen, als Versuch der Selbstmedikation, als Sucht ohne Ausweg, als Zeichen ihrer Hilflosigkeit. Ich bin bereit zu akzeptieren, dass sie da nicht selber heraus konnte. Ich bin bereit, in mir ein gewisses Mitgefühl zuzulassen, ein Verständnis, dass sie niemanden hatte, der bei ihr war, der ihre Notlage erkannte und ihr Hilfe anbot. Ich bin bereit zu sehen, wie überfordert sie war, von der Verantwortung für uns, der sie nicht mehr gewachsen war, und von ihrem Leben. Von ihrer Trauer, ihrer Traurigkeit, ihrer Trostlosigkeit, ihrem Trinken, von ihrem Unglück und unserem Unglück und ihrer Unfähigkeit, etwas gegen unser Unglück zu tun, es auch nur irgendwie abzufedern.

Aber ich bin nicht bereit, ihr zu verzeihen, dass sie uns nicht mehr lieben konnte, dass sie mich nicht mehr geliebt hat. Es treibt noch immer den furchtbarsten Schmerz durch mein Herz. Diesen Schmerz kann ich ihr nicht verzeihen. Ich kann ihr nicht verzeihen, dass sie mich verstieß, endgültig, indem sie mich nicht zurückholte. Mich nicht rettete. Dass sie mich meinem Schicksal überließ, meinem Verderben. Ich werde ihr das nicht verzeihen, niemals. Dass sie ihre Liebe von mir zurückzog, das vergebe ich ihr nicht. Die Liebe zu den eigenen Kindern sollte unverhandelbar sein, die Liebe zu den eigenen Kindern muss unangreifbar sein für Trauer und Schmerz und Krankheiten und Süchte, unantastbar, immerwährend.

Dreiundvierzig «Hat sich schon erledigt», sagte Jenny.

«Was?»

«Hast du meine Mail nicht gekriegt?» Verdammt. Richtig. Die wollte ich noch lesen, vergaß es dann aber im Taumel meiner gewissensbereinigenden Opferbringung. Und außerdem wollte ich dann sowieso keine Mails mehr lesen, außer der einen, die ich nicht bekam, seit drei Tagen warte ich auf diese Mail, die nicht kommt. Und von Mail zu Mail, die nicht von ihm ist, werde ich unglücklicher. Ich wollte auch diesen Anruf erst gar nicht annehmen, weil nicht er es ist, und tat es dann doch. Besser lügen jetzt.

«Nein! Was für eine Mail?» Ich klemme mir das Telefon zwischen Ohr und Schulter, klicke meine Mailbox an und scrolle abwärts.

«Du hast sie nicht gekriegt?»

«Nein, da war nichts!» Immer schön weiterlügen, immer schön weiterscrollen. Stopp! Hier. Ich hätte den Betreff «Das glaubst du nicht!!!» vielleicht doch alarmierender finden sollen.

«Deshalb … Ich hatte mich schon gewundert.»

«Sorry, ich kann nix dafür. Was hast du mir denn geschrieben?»

«Ach, jetzt stimmt es ja sowieso nicht mehr.»

«Was denn?»

«Ich dachte, ich sei schwanger.»

«Im Ernst?» Deshalb habe ich den Drei-Rufezeichen-

Alarm wohl völlig unterbewusst nicht so ernst genommen. Ist nicht das erste Mal. Jenny glaubt bei jedem Mann mindestens einmal, sie sei schwanger. Ich vermute, sie wär's gern. Ich glaube, sie hätte gern, dass nicht immer sie selber entscheiden muss, ob das jetzt wirklich ernst ist oder nicht. Ob es jetzt endgültig der Eine, Richtige ist oder schon wieder nicht. Sie hätte gern, dass das Schicksal ihr die Entscheidung abnimmt, dass es auf diesen einen Mann deutet und sagt: Der. Der hier, Ernst jetzt. Kinderkriegenernst. Nicht, dass das nicht schon einmal überhaupt nicht funktioniert hätte, mit Lunas Vater, von dem Jenny sich trennte, als Luna zwei oder drei war.

«Ja, im Ernst. War es aber eh nicht. Habe gestern die Mens gekriegt.»

«Ach, okay.»

«Nachdem ich vorgestern Abend noch einen Schwangerschaftstest gemacht habe. Und jetzt kommt's.»

«Was?»

«Ich brauchte meine Lesebrille, um die Gebrauchsanleitung überhaupt entziffern zu können. Und das Ergebnis.»

«Haha.»

«Ja, das musst du dir mal bildlich vorstellen. Die alte Jenny, wie sie sich mit ihrer Omabrille über den Beipackzettel eines Schwangerschaftstests beugt und versucht herauszufinden, wie diese modernen Dinger jetzt funktionieren. Bizarr.»

«Lustig jedenfalls. Und wie geht's dir jetzt?»

«Eh gut.»

«Wärst du's gern gewesen?»

«Schwanger?»

«Ja. Von ihm?»

«Weiß nicht. Die Idee war romantisch. Die Umsetzung wär's dann wohl weniger gewesen.»

«Hast du ihm denn von deinem Verdacht erzählt?»

«Ja. Er fand die Vorstellung eigentlich gleich super. Er war direkt enttäuscht, wie es dann nichts war.»

«Der hat eben noch kein eigenes.»

«Richtig.»

«Und, macht ihr jetzt eins? Ein Kind der Liebe?»

«Bist du sarkastisch?»

«Nein!»

«Weiß nicht. Mal sehen. Er sollte wohl erst mal einen neuen Job finden.»

«Hatte er nicht letztes Mal noch einen?»

«Ja, aber da war er so unglücklich. Er überlegt, seine Wohnung aufzugeben und zu mir zu ziehen. Zumindest vorübergehend, bis er einen besseren Job gefunden hat. Wobei, bei mir im Magazin lässt sich vielleicht was drehen. Die Fotoredaktion gehört sowieso dringend auf Vordermann gebracht.» Das ist nun die Stelle, an der ich einen Drei-Rufezeichen-Alarm angebracht fände. Ach was, einen Sieben-Rufezeichen-Fettdruck-Alarm. Genau, wie ich's mir gedacht hatte. Zieht schon ein bei ihr, liegt schon auf ihrem Sofa, wird schon von ihr versorgt. Und entmännlicht. Das machen die meisten Kerle nicht lange mit, diese moderne Form der Kastration.

«Aha. Hm. Willst du das?»

«Was, dass er einzieht?»

«Dass er für dich arbeitet. Und bei dir wohnt.»

«Ja, schon.» Das klingt ein bisschen kleinlaut. Ganz überzeugt ist sie offenbar nicht. Hier muss man sofort einhaken. Und am besten gleich den richtig großen Hammer auspacken. Ihn ganz hoch schwingen und dann brutal niederpracken lassen.

«Was sagt Luna dazu?»

«Sie versteht sich gut mit ihm.»

«Aber will sie auch, dass er bei euch einzieht?»

«Hab noch nicht mit ihr darüber geredet.»

«Hm. Ich würde mir das wegen Luna genau überlegen. Ich meine, so lange kennst du ihn ja noch nicht, oder? Und für Luna wäre das schon eine Riesenveränderung, wenn da plötzlich ein Mann in der Wohnung wohnt.»

«Du magst ihn nicht.»

«Doch! Er ist nett und fesch, und ich freu mich total, dass du so glücklich bist mit ihm. Ich denk nur an Luna.»

«Ja. Ich überlege mir das noch.»

«Wie geht's ihr überhaupt? Luna? Wie läuft's in der Schule?»

«Eh gut. Bis auf diese Sache mit dem Fridolin.»

«Was denn für eine Sache? Und welcher Fridolin?»

«Der Fridolin aus ihrer Klasse. Der Sohn vom Kramer. Weißt eh.»

Ich weiß eh. Der Kramer. Der heilige Kramer. Grüner Politiker, daneben im Sozialbereich tätig und im Vorstand von minimum drei weltverbessernden NGOs. Immer auf der Seite der Armen und Schwachen, der Benachteiligten, Unterprivilegierten. Immer im Kampf für das Gute, eh super. Aber natürlich hat er seine Kinder, wie alle unbestechlichen Nonkonformisten-Gutmenschen in meinem Bekanntenkreis, in einem privaten, sauteuren Elite-Gymnasium voller Diplomatensöhne und -töchter. Denn man weiß ja trotz aller Bemühungen nie. Sicher ist sicher, lieber kein Risiko eingehen, höchstwahrscheinlich fruchtet das eigene Trachten, die Welt zu einem Ort der Gleichen und gleich Privilegierten zu machen, ja leider doch nicht, und da weiß man die eigenen Kinder dann doch lieber auf der sicheren Seite. Jenny macht es auch nicht anders, schiebt die Schuld aber auf Lunas Vater, einen Philosophieprofessor, der offenbar für sein Kind nur das Beste will, während es Jenny, wie sie zumindest behauptet, wurscht wäre. Beim Kramer dagegen frage ich mich schon. Dass ich Elena gern in einer netten, kuscheligen, kleinen Privatschule hätte, gut und schön, ich bin eine Spießerin, hab nie etwas anderes behauptet, aber beim Kramer wirkt es doch ein bisschen ... bigott. Adam mag ihn nicht, aus genau diesen Gründen. Er hat da ein sehr feines Sensorium. Wir lernten den Kramer einmal bei den Millers kennen und wurden keine Freunde.

«Ja, kenn ihn doch. Das Kind nicht, aber ihn. Was war?»

«Die Luna ist gestern heulend heimgekommen. Den Fridolin kennt sie schon aus der Volksschule, sie waren befreundet, zumindest phasenweise, sie war auch immer wieder an Wochenenden mit denen am Land.»

«Wusste ich gar nicht.»

«Doch. Aber jetzt sind sie halt elf, und das ist gendermäßig ein eher deppertes Alter.»

«Ich fürchte mich schon bei den unseren ...»

«Jedenfalls hat Luna den Fridolin offenbar am Schulhof angequatscht und wollte ihn einladen. So für den Nachmittag, wie früher.»

«Und?»

«Weißt du, was er zu ihr gesagt hat, vor ihren Freundinnen und vor seinen Freunden?»

«Was?»

«Der elfjährige Sohn vom heiligen Kramer?»

«Ja, was jetzt?»

«Er sagte: Gerne, du Hure, und dann fickischdisch.»

«Oida!»

«Ja, genau.»

«Hahaha. Großartig.»

«Hallo? Ich finde das nicht lustig.»

«Eh nicht. Ich meinte, weils ein Kramer-Kind war. Aber arme Luna.»

«Ja. Der war das nicht egal. Puh.»

«Aber bitte, der Sohn vom Kramer, dem Paradeweltverbesserer, das ist doch Spitzenklasse. Die Luna tut mir natürlich wirklich leid.»

«Ja, genau.»

«Und was machst du? Redest du mit ihm?»

«Aber hundertprozentig. Habe gestern schon angerufen.»

«Und?»

«Mailbox.»

«Er hat nicht zurückgerufen bisher?»

«Nein, bisher nicht.»

«Die feige Sau. Typisch!»

«Gell.»

«Ruf ihn nochmal an.»

«Mach ich sofort.»

Ja, mach das. Ich muss jetzt auflegen und weiter warten, auf ein Glong, auf ein Dingdong, auf ein Piep, auf die Nachricht von einem, von dem ich keine Nachrichten mehr will und keine ersten Küsse, der mein Leben nicht mehr verunreinigen soll und verlügen und verbetrügen und mich zu Gedanken verleiten, die früher oder später den Zorn eines strafenden Gottes in meine Richtung locken werden, egal jetzt, ob ich an einen glaube oder nicht. Eine Nachricht von einem, ohne den ich ein sauberes, ehrliches Mädchen werde, mit einem ordentlichen Leben ohne neue Schuld. Von einem, der vermintes Gebiet ist, auf dem ich hochgehen werde, wenn ich es nicht sofort verlasse. Von einem, der sowieso nie da und also nicht wirklich vorhanden ist, außer als romantische Idee. Von einem, den ich nicht habe und nicht brauche und nicht will und nicht haben sollte und nicht haben darf. Von einem, der mir jetzt eine Nachricht schicken soll. Sein Okay. Sein Wennsnichtandersgeht. Sein Aber. Sein Daswillichnicht. Sein Bittetudasnicht. Sein Kommzurück. Von dem einen, ohne dessen Nachricht ich jetzt nicht ruhig werde und nicht froh, Lügen und Betrug und Schuld hin oder her. Und da erklingt es, das Dong, das ersehnte Dong, und auf meinem iPhone steht: Adam, iMessage. Adam. Nachricht von Adam, gut. Von Adam, der zu mir gehört und ich zu ihm. Ja, gut, und Adam sagt, er macht sich jetzt auf den Heimweg, und er fragt, ob er fürs Abendessen etwas mitbringen soll, und ich antworte, danke, nein, ich mache Crêpes mit den Kids, echte, mit Cremespinat und mit Pilzen, und mit Marmelade und Puderzucker, und es ist alles da.

Vierundvierzig Das ist er. Da, vor dir in der Zeitung. Auf Seite vierzehn. Du hast umgeblättert und hast ein Bild gesehen, du wolltest weiterblättern, aber irgendwas an dem Bild hielt dich fest. Du gingst näher an das Bild ran und schautest es dir noch einmal genau an. Und da ist er. Doch, sicher. Er ist das, auf dem Bild. Du stellst abrupt dein Wasserglas ab, das kleine silberne Tablett mit deiner leeren Kaffeetasse scheppert unschön, am Nebentisch dreht ein alter Mann sein altes Gesicht zu dir, um dich an seiner mürrischen Miene teilhaben zu lassen. Du registrierst es kaum, sondern starrst auf das Foto vor dir in dieser Zeitung, einer kleinformatigen Zeitung mit großen Lettern, die dein Mann nie ins Haus lassen würde, aber hier, in diesem Kaffeehaus, liest du, was du willst, die Illustrierten und Klatschblätter in den Lesezirkel-Papp-Umschlägen mit den Stempeln drauf, und kleinformatige Tageszeitungen mit kurzen, fetten Schlagzeilen. Das Bild in der Zeitung ist grau, verschwommen und unscharf, aber was du darauf erkennst, hinter einer dicken Glasscheibe, ist unzweifelhaft seine hagere Gestalt. Seine magere Gestalt, magerer als beim letzten Mal, als du ihn getroffen hast und mit ihm in einem anderen Café saßest, jetzt wieder so mager wie damals, mit grauen, eingefallenen Wangen und trüben Augen.

Du kannst seine Augen auf dem Foto nicht sehen, er verbirgt sie hinter einer schwarzen Sonnenbrille, aber du weißt, dass seine Augen stumpf blicken hinter den dunklen Gläsern, und du weißt, dass seine Pupillen riesig sind, und du weißt, warum. Auf dem Foto trägt er eine dunkle Strickhaube, aber du siehst sein Haar darunter herausblitzen, eine bleiche Strähne hat sich freigemacht und hängt über die schwarze Brille. Du siehst die schwarze Nylonjacke an seinem Oberkörper schlabbern, der Reißverschluss mit dem Ring daran ist bis ganz oben zugezogen, sodass der kurze Strickkragen die Narbe verdeckt, aber du spürst sie, die Narbe, du spürst sie. Du siehst die Waffe in seiner Hand, sie ist kantig und schwarz, wie die Hand mit dem Handschuh darüber. Das ist er. Kein Zweifel, das ist er. Du starrst auf das Foto, auf ihn, auf sein von Anspannung gezeichnetes Gesicht, das nicht in die Kamera schaut, sondern auf irgendetwas darunter, direkt vor ihm, du starrst sein unscharfes Bild an, und unter dem Bild siehst du jetzt die Worte, und du liest die Worte. Und du siehst zwischen ihnen eine Nummer. Eine Telefonnummer. Eine Telefonnummer mit zwei Dreien drin, einer Sechs und einer Neun, eine Nummer voller Glückszahlen, deinen Glückszahlen. Eine Glücksnummer. Du brauchst nur diese Nummer anzurufen, und dein Leben wird wieder richtig, dein Leben wird wieder in Ordnung sein für viele Jahre, wenn du nur diese Nummer wählst. Die miese Kleinformatszeitung hat dir eine Glücksnummer geschenkt, und diese Nummer kann deine Seele heilen, diese Nummer kann dich retten. Und deine Kinder, und deinen Mann, diese Nummer schützt deine Familie, diese Nummer, voll mit deinen Zahlen, macht alles wieder gut. Diese Nummer gibt dir einen Faden deines Schicksals in die Hand, macht dich zum Meister, zum Kapitän, zum Bauherrn deines kommenden Glücks und seiner immerwährenden Stabilität. Und des Glücks deiner Familie.

Du starrst das Foto an und die Nummer, du nimmst einen Schluck von deinem Wasser und stellst das Glas vorsichtig auf die Marmorplatte vor dir, und du steckst dir eine Zigarette an, und du rauchst und starrst das Foto an und starrst die Nummer an, und du starrst durch den Rauch deiner Zigarette hindurch dein iPhone an, das neben dem silbernen Tablett auf dem Tisch liegt. Und du siehst hoch und blickst um dich und der alte Mann mit dem bösen Gesicht ist weg. Und du siehst drüben, hinter der Glastür, durch die es in den Nichtraucherbereich und zu den Klos geht, das Telefon an der Wand, da vorne, direkt zwischen den Toiletten, ein altmodischer Apparat mit großen silbernen Knöpfen. Und du starrst das Foto an und dann die Nummer und dann den Apparat, und du drückst deine Zigarette im Aschenbecher krumm, und du legst Geld auf den Tisch, und du hängst dir deine Tasche um, und du schlüpfst in die Ärmel deiner Jacke, und du drückst die immer noch qualmende Zigarette ganz aus, und du nimmst einen Schluck von deinem Wasser, und dann stehst du auf.

Fünfundvierzig Damals wohnte ich in dieser winzigen Wohnung zum Hinterhof hinaus. Die Wohnung war schrecklich, abgewohnt und kaum zu heizen, aber hell und sonnig, und ich hatte sie ganz für mich allein. Mein erstes wirkliches Zuhause. Es gab kein Badezimmer und keine richtige Küche, nur einen Vorraum mit einem ramponierten Emailleherd, einem wackeligen Küchenkasten, einer Abwasch und einer Dusche. Ich arbeitete als Kellnerin in einem Szenelokal, und an dem Tag hatte ich mich nach einer langen Nachtschicht aus dem Bett gequält, an einem ganz normalen Vormittag nach den vielen Vormittagen, an denen ich mich hochgezwungen hatte in die einigermaßen aufrechte Position, die ich mir erst mühevoll und unter Schmerzen zurückerkämpfen musste. Aufstehen war wichtig. Aufstehen war das Wichtigste. Aufstehen, egal wofür und warum.

Ich war wie jeden Tag, noch immer wund, noch immer angeschlagen, noch immer nicht ganz ganz, unvollständig, rekonvaleszent, befreit von ihm, aber doch noch voller Verlangen nach ihm, weil ich ja trotzdem nichts anderes hatte statt seiner, niemanden. Ich war noch immer halb, ohne ihn. Noch immer unfähig, mir ein Leben ohne ihn vorzustellen. Und schon ganz abgewetzt vom Warten, aufgerieben vom Sehnen, so viel gesehnt hatte ich mich, seit er mir weggenommen worden war, jeden Tag hatte ich mich gesehnt, ob ich wollte oder nicht, ich konnte mich nicht dagegen wehren, da halfen keine bösen Erinnerungen und keine guten Gründe.

Es half nicht, die Narben anzuschauen und zu berühren, ich hatte ihn im System, immer noch.

An diesem Morgen war ich aufgewacht, aufgestanden und in die Küche getapt, noch blöde vom Schlaf, halbblind ohne meine Brille. Hatte nach der Espressokanne getastet und den Herd eingeschaltet und die Kanne auseinandergeschraubt und den Filter am Rand des Abwaschbeckens ausgeklopft, an der Stelle, an der es von splittrigen, grauen Rissen durchzogen war, und während ich geschlagen hatte, während der gepresste, kalte, alte Kaffeesatz in das Becken gefallen und zerbröckelt war, und während ich ihn weggespült hatte, fiel mir auf einmal auf, dass etwas fehlte. Irgendwas, das sonst da war, war jetzt nicht da. Und dann erkannte ich es: Das Sehnen war weg. Da war keine Sehnsucht mehr. Sie war verschwunden. Ich hatte heißes Wasser aus dem Hahn in die Kanne gefüllt und das Sieb eingesetzt und die Dose aufgeschraubt und den letzten Rest Kaffee aus der Dose in das Sieb gelöffelt, und hatte dabei in mir nach der Sehnsucht gesucht, gewühlt, gegraben, und sie war nicht mehr da. Sie war mir ausgegangen wie der Kaffee. Die Sehnsucht hatte keine Entsprechung mehr im Realen, war verschlungen worden von einer Leere. Nichts mehr da, da wo die Sehnsucht gewesen war, alles leer, aber das leer fühlte sich gut an.

Da, wo die Sehnsucht gewesen war, war jetzt ein glatter, schöner, leicht staubiger Ort, ein Platz auf einem warmen Fensterbrett, auf dem die Morgensonne mit einem Mal auf eine Stelle trifft, an der bisher immer ein alter, welker Blumentopf gestanden hatte. Ein schöner, warmer, sonniger, leerer Platz, so war nun auch der Ort, an dem zuvor die Sehnsucht gehockt hatte, so lange gehockt hatte, dass man den Raum, den sie einnahm und verstellte, schon gar nicht mehr bemerkt hatte. Und während ich die Kanne fest zuschraubte, sah ich, dass der Raum nun wieder verfügbar war, sich materialisierte, Luft in sich einsog. Und vielleicht irgendwann von etwas anderem besetzt, mit etwas anderem befüllt werden konnte. Aber im Moment war es nur schöner, leerer, luftiger Raum, der einfach da war. Den man jetzt hatte. Den man ertasten, in dem man die Hand in der Sonne wärmen, sie dann wieder zurückziehen und den Raum wieder anschauen konnte. Ich stellte die Kanne auf den Herd und starrte sie an. Ich suchte einmal noch nach der Sehnsucht, wühlte in mir danach, vielleicht hatte sie nur verschlafen, vielleicht war sie nur noch im Bad, putzte sich nur die Zähne, ich rief nach ihr, ich lockte sie mit den Erinnerungen, auf die sie sonst immer reagiert hatte wie eine Katze auf das Geräusch der Futterschüssel, aber die Sehnsucht war weg. Und sie kam nicht wieder. Nicht während der Kaffee hochbrodelte, nicht während ich ihn in eine Tasse goss, nicht während ich an der Milch roch und nicht während ich den schwarzen Kaffee trank. Nicht an diesem Tag und an keinem anderen. Ich suchte noch eine Zeitlang nach der Sehnsucht, aus Pflichtbewusstsein, wie nach der Katze, die man nicht geliebt, aber an die man sich gewöhnt hatte. Ich lockte sie, mit Fotos, die ich mir ansah, mit Ansichtskarten und Briefen aus dem Gefängnis, die ich noch einmal las, und einmal war mir, als wehte eine Erinnerung an die Sehnsucht vorbei, als miaute eine Katze in der Ferne, aber die Sehnsucht selbst kam nicht. Sie blieb weg, ihr Platz stand leer. Ein paar Wochen lang wenigstens, dann schoben sich andere Dinge dorthin, in den Raum hinein, Pläne, Ziele, Wünsche, Ideen, sie kamen einfach, ohne Absicht, verwischten die Leere, und der Raum, den die Sehnsucht früher besetzt hatte, verschwand einfach. Ich löschte die Mails, und ich nahm seine Fotos und seine Briefe und seine Karten, ich griff mir ein Feuerzeug und zündete alles im Küchenbecken an, wie ich es in Filmen gesehen hatte, aber der Hahn leckte und tropfte das Papier nass. Es brannte schlecht, ich musste es drei Mal anzünden, und nachdem das Feuer das feuchte Papier endlich doch gefangen und gefressen hatte, spürte ich keine Befriedigung.

Und genau das war letztlich das Befriedigende. Das Befriedigende, das Befreiende: dass die Dinge vielleicht, manchmal ganz von selber gut werden, ohne mein Zutun, dass ich nichts verbrennen muss und nichts regeln und nichts verhindern.

Und dass ich vielleicht nichts dafür kann. Nichts tun kann und nichts tun muss. Gar nicht schuld bin. Und auch nicht schuld sein werde. Und dass vielleicht gar nichts passiert. Dass es vielleicht einfach gut bleibt. Es ist unwahrscheinlich, aber möglich wäre es.

Sechsundvierzig

Manchmal braucht es nicht viel, damit man etwas begreift. Es ist nicht wie ein Blitz, der einschlägt, es ist kein Erdbeben, und keine Botschaft schreibt sich in flammenden Lettern in den Horizont.

Manchmal schleicht es sich einfach an, zwischen Hauptgang und Dessert, während du den Schweinsbraten vom Moser verdaust und die Moserin dir einen Schnaps einschenkt, damit du dich dabei leichter tust.

Es kommt, während die Mahringers erzählen, wie sie ein paar Tage davor ihre alte Katze einschläfern lassen mussten, und wie sie den Abend mit den weinenden Kindern am Sofa verbrachten und sie mit Schokolade fütterten und über das Schicksal sprachen und über das Jenseits und ob es einen Katzenhimmel gibt, und dass es besser werden wird, immer besser, jeden Tag ein bisschen.

Es passiert, während der Moser erzählt, wie sein Vater seine kranke Katze mit dem Jagdgewehr vor seinen Augen erschossen hatte, als er zehn war, und sie dann in einen Müllsack und in den Abfalleimer stopfte, weil er fand, dass Viecher Viecher seien und keine Gräber wie Menschen haben sollten, und wie er, der kleine Moser, sie dann, als der Vater in der Nachtschicht war, aus dem Mülleimer holte und in der Abenddämmerung im Wald begrub, mit einem Holzkreuz und schönen Steinen und einem Gebet.

Es kitzelt dich, während es still ist am Tisch, bis einer fragt, ob dem Moser sein Vater denn immer so ein Arschloch gewesen sei, und der Moser sagt, meistens, und dass er es noch immer sei, soweit seine fortschreitende Demenz es zulasse. Während dann wie von selber die Leute am Tisch zu erzählen anfangen, einer nach dem anderen. Während der Gruber erzählt, dass er sich nicht daran erinnern kann, von seinem Vater, einem bekannten Enthüllungsjournalisten, je umarmt worden zu sein. Während Jenny erzählt, wie ihr Vater, ein Banker, sie grün und blau drosch, wenn er getrunken hatte, bis sie fünfzehn oder sechzehn war, und ihre Mutter verprügelte er ebenfalls, und dass sie auch nicht genau sagen kann, warum sie noch mit ihm spricht. Während Feli erzählt, wie ihre Eltern sie mit zehn in ein Schweizer Internat steckten und wie sie ihre Eltern seither nur noch in den Ferien sah. Während Sven erzählt, wie sich, als er sechs war, sein Vater im Keller erhängte, weil seine Mutter sich von ihm trennen wollte, und wie er das Glück hatte, danach von einem netten, liebevollen Stiefvater aufgezogen zu werden. Während die Kaufmann erzählt, dass sie mit acht zu ihren Großeltern kam und fortan dort lebte, weil ihre bis dahin alleinerziehende Mutter ihrem neuen Mann lieber ganz neue, eigene süße Kinder schenken wollte, und nicht eine verunsicherte, achtjährige Bastardtochter. Wie die Miller erzählt, dass ihre Mutter ihr mit siebzehn, als sie die Miller im Jugendzimmerbett mit ihrem Freund erwischte, zur Strafe das ganze Geld wegnahm, das die Miller für eine Interrailreise gespart hatte, und es ihr nie wieder zurückgab. Wie der Miller erzählt, dass er von seiner Mutter hin und wieder mit Kochlöffeln verhauen wurde, aber sonst sei sie eh lustig und nett gewesen. Während nur Adam sagt, er habe eine passable, ja, doch, recht glückliche Kindheit gehabt. Während alle anderen ihm dazu gratulieren. Da schleicht es sich an, ganz langsam, genau da.

Ich saß an dem Tisch und trank meinen Wein, still. Ich hörte zu. Das Licht war warm, Rufus Wainwright sang aus verborgenen Lautsprechern und aus der Küche drang Geschirrklirren. Ich betrachtete die Bilder an der Wand, abstrakte Gemälde in Pastellfarben. Ich hätte auch etwas sagen können, hätte auch erzählen können, aber ich hörte nur zu. Ich hatte das alles nicht gewusst, nichts davon. Ich hatte nur Eckdaten gekannt, wer aus reichem oder gebildetem oder einfachem Haus kam, aber ich hatte von keinem gewusst, wie es in seinem Haus zugegangen war. Ich schämte mich ein bisschen. Und mir wurde ein bisschen warm, von dem Rotwein und von dem zweiten Schnaps, und weil ich diese Leute kenne, so, wie sie da saßen, und ich weiß, wie sie sind und wie sie leben, wie sie handeln und reagieren. Und wie sie mit ihren eigenen Kindern umgehen. Wie sie alle nett und zärtlich zu ihnen sind, zu gluckig manchmal und zu fixiert auf und zu verliebt in sie, aber aufmerksam und verständnisvoll und mit maximalem Vertrauen. Wie keiner von denen sein Kind schlägt oder schlagen würde. Nein, stimmt nicht, ich weiß, dass Jenny ihre zornende Tochter einmal gehauen hat und danach tagelang taub war vor schlechtem Gewissen. Wie keiner von ihnen die eigene kaputte, verkorkste und in all dem ganz normale Kindheit auf die eigenen Kinder überträgt, wie keiner die erlittenen Schrecken zu einem Erbe macht, von dem auch die eigenen Kinder etwas haben sollen. Wie jeder versucht, ein einigermaßen anständiges Leben zu führen. Wie jeder seine Kinder glücklich und glückliche, unversaute, unbeschädigte Menschen aus ihnen machen möchte, fern von den eigenen Beschädigungen und dem eigenen, tief implantierten Unglück. Wie jeder von ihnen für sich die Entscheidung getroffen hatte: Okay, das war das. Und ich mache das jetzt besser. Ich kann das. Egal, was war, ich kann das.

Wir kommen alle von irgendwo her. Wir sind alle beschädigt. Und die meisten von uns wissen, warum sie jetzt da sind, wo sie sind. Und warum wir leben, wie wir leben, und warum wir sind, wie wir sind. Und warum wir so leben wollen, wie wir leben, warum wir genau so lieben, nicht anders.

Siebenundvierzig Ich ziehe meine Glücksunterhose an und enge Jeans, ich trage Lippenstift auf und schlüpfe in die dunkelroten Stiefel, in denen ich mich groß fühle und schlank. Ich bringe Juri und Elena in den Kindergarten, und als der Kleine vor der Bäckerei sein Laufrad umwirft und sich auf den Bauch schmeißt, rede ich mit Elena über Adile, und dass es ihr jetzt sicher gut geht bei ihrer netten Tante, und dann hebe ich Juri hoch und sage ihm in sein strampelndes Gebrüll hinein, dass ich ihn liebhabe und ihn immer liebhaben werde, immer, immer, immerimmerimmer, und dann setze ich ihn wieder ab, schnappe mir das Laufrad, packe ihn fest am Handgelenk und schleife ihn in den Kindergarten. Es gibt keinen Gott. Auf dem Weg zum Atelier mache ich einen kleinen Umweg und kaufe mir eine Rolle Draht und einen großen Karton Tapetenkleister, und ich hole, bevor ich mit dem Aufzug ins Dach hinauffahre, einen Packen alter Zeitungen aus dem Altpapier. Etwas Derartiges wie ein zorniger Gott existiert nicht. Ich ziehe meine Stiefel aus und meine Jeans und meinen Pulli, ich streife den alten blauen Overall über und hole die Rolle Hasengitter und die Beißzange aus dem Abstellraum. Es gibt keinen Gott, keinen guten, keinen strafenden. Ich setze mich an den Schreibtisch und schalte den Laptop an. Kein Gott, nirgends: Wir sind ganz unter uns. Ich überfliege meine Mails und finde nicht, was ich suche. Das Schicksal ist keine Strafe, es ist einfach Schicksal. Ich lösche den Spam. Man kann nichts für seine

Kindheit, sie passiert einem einfach. Ich schicke Adam eine nette Mail und schreibe ihm, dass ich mit einer öffentlichen Schule für Elena einverstanden bin, und hänge ihm die Websites zweier Schulen in unserer Nähe an, die beide nett aussehen und von Bekannten empfohlen werden. Ich überfliege die Facebook-Einträge, die er gestern noch gepostet hat. Er ist wieder daheim, in der Stadt, ganz offensichtlich. Wir sind das, was wir trotz unseres Schicksals sind und tun, wir sind das, was wir aus uns machen. Ich bekomme eine nette Mail von Adam, in der er etwas skeptisch fragt, ob ich mir ganz sicher sei: ja, bin ich. Wir sind, wie wir lieben. Und wen wir lieben. Ich bestelle mir bei Amazon eine Laufhose und eine atmungsaktive Fleecejacke. Keiner straft einen, man bestraft sich meistens selbst. Und für die Kinder alle Folgen «Pan Tau» und einen Bobbycar für Adile und «Moonstruck» für Astrid und für Adam die neue Leonard-Cohen-CD. Mir ist Cohen wurscht, aber Adam, dieses Mädchen, liebt ihn. Die Vergangenheit ist vergangen. Ich google die Züge nach Linz und an einen Ort nicht weit davon. Jeder ist verletzt. Ich lehne mich in meinem Schreibtischstuhl zurück und schaue ungefähr fünf Minuten durch die riesigen Fenster in den brüllend blauen Himmel hinein. Jeder hat sein Geheimnis. Oder zwei. Dann tippe ich meinen Code ins iPhone ein, 3993, und schicke ihm eine Nachricht. Ich lese die Nachricht noch einmal, und dann stecke ich mein iPhone in das weiße Lautsprecherding und stelle Scott Matthew auf Repeat. «Make it beautiful now». Ja, mach es schön jetzt, mach es besser. Ich beginne, die alten Zeitungen in kleine Fetzen zu reißen. Es dauert länger als eine halbe Stunde, bis mein Telefon zwitschert, es dauert genau dreiunddreißig und nochmal sechs

Minuten, aber dann zwitschert es. Als ich seinen Namen auf dem Display lese, W, fällt mich die Erleichterung an wie ein tollwütiger Hund. Ich nehme das iPhone aus dem Lautsprecherding und lasse es noch einmal klingeln, und ich lese noch einmal seinen Namen, und dann schiebe ich den grünen Pfeil nach rechts und sage hei.

Komisch, warm und lebensnah: ein mitreißend erzählter Familienroman

Oft weiß Sofia nicht aus noch ein: Ihre kleine Tochter wird bald am Herzen operiert, ihre Mutter ist mehr Last als Hilfe, und ihre Großmutter dämmert dement vor sich hin. Nur ihre Leidenschaft, Listen anzulegen, bringt ein wenig Ordnung in Sofias Leben. Da macht sie in der großmütterlichen Wohnung eine Entdeckung: eine andere Listensammlung, in vergilbte Hefte notiert, in kyrillischer Schrift. Anhand der Listen spürt Sofia der dunklen Geschichte ihrer Familie nach und entdeckt, was die Vergangenheit für das Jetzt und für sie bedeuten kann ...

ISBN 978-3-87134-606-4